ro
ro
ro

Madeleine Giese, 1960 geboren, ist Schauspielerin, Regisseurin und Theaterautorin. Von 1982 bis 2001 hat sie in verschiedenen süddeutschen Ensembles gearbeitet. Zurzeit lebt Madeleine Giese mit ihrem Mann in Kaiserslautern.

Ihr erster Theaterkrimi «Das Spiel heißt Mord» mit Kommissar Prottengeier in einer tragenden Rolle liegt als rororo 23488 vor.

Madeleine Giese

Die letzte Rolle

KRIMINALROMAN

Rowohlt Taschenbuch Verlag

Originalausgabe
Veröffentlicht im Rowohlt Taschenbuch Verlag,
Reinbek bei Hamburg, August 2004

Redaktion Andreas Feßer
Umschlaggestaltung any.way,
Barbara Hanke/Cordula Schmidt
(Foto: Photonica)
Satz Proforma PostScript bei Pinkuin
Satz und Datentechnik, Berlin
Druck und Bindung C. H. Beck, Nördlingen
Printed in Germany
ISBN 3 499 23487 4

Für den Besten. Für Rainer.

Wir sind aus jenem Stoff,
wie dem zum Träumen.
Und unser kleines Leben
beginnt und endet ein Schlaf.

William Shakespeare, *Der Sturm*

• Prolog •

Jäh zuckt der Blitz und jagt sein fahles Licht durch das bodenhohe Fenster. Der Donner brüllt gleich hinterher. Die Zweige der großen Eiche peitschen gegen die Scheibe wie Riesenfinger, die Einlass fordern. Wieder ein Lichtschlag, die Tür öffnet sich, und eine Gestalt huscht in den Raum. Wirft die Tür hinter sich zu, lehnt sich keuchend dagegen. Ein kurzes, freundliches Nicken zur Leiche in der Badewanne.

Sie ist gerannt, so schnell gerannt, wie sie konnte. Immer dem Sturm nach. Als er noch weiter entfernt war, ihm entgegen, dann immer unter ihm, um von ihm umhüllt zu bleiben. Das lachende Gesicht in den klatschenden Regen gewandt, den Wind unter den Kleidern und in den Haaren. Die Arme zum Himmel gestreckt, um die Blitze zu fangen, Lust, die Donnerschläge wie von einer gigantischen Basstrommel durch den Körper vibrieren zu lassen.

Es war laut, es war gewalttätig. Es war wunderbar.

Erschöpft lässt sie sich auf den Boden sinken und legt ihr Gesicht auf die bloßen Knie. Ihr Gesicht ist heiß. Atemlos keucht sie: «*Zieht das Toppsegel ein! Blas nur, Sturm, bis dir die Luft ausgeht! Herunter mit dem Toppmast, schnell! Tiefer, noch tiefer! Dreht bei, nehmt das Großsegel!*»

Geschmeidig wie eine Katze steht sie auf und läuft zu dem großen Spiegel über dem Waschbecken.

«Elsa, Elsa! Wie siehst du aus? Böses Mädchen. So kannst du nicht herumlaufen. Wenn sie dich so sehen, gibt es Strafe, das ist klar.» Mit fliegenden Händen versucht sie, ihr langes Haar zu einem Zopf zu flechten. Im Spiegel mustert sie den Raum, der hinter ihr in dunklem Licht schwimmt, nur ab und zu von den zuckenden Blitzen zerrissen. Die grünen Kacheln lassen ihn wie unter Wasser aussehen.

«Was? Schon auf dem Meeresgrund? Lass dich aufhängen, du Hund, du Hurensohn! Vor dem Ertrinken fürchten wir uns nicht», ruft sie der Toten zu, die friedlich in der Badewanne dümpelt.

Der Zopf ist fertig, und sie tänzelt zur Wanne. «Der Sturm ist direkt über dem Haus», erzählt sie eifrig. «Ihr müsstet draußen sein und proben. Stattdessen liegst du hier! Aber du brauchst ja nichts anderes zu tun. Sie bewundern dich trotzdem.»

Lächelnd sieht sie die Tote an und flüstert: *«Ihr seid ein Staatsrat; könnt Ihr diesen Elementen Schweigen gebieten und Ruhe wie am Hof schaffen, so wollen wir kein Tau mehr anrühren. Gebraucht doch Eure Macht! Könnt Ihr das nicht, dann dankt, dass Ihr so lange gelebt habt.»* Wasser schwappt der Frau in der Wanne über die schreckensstarren Augen.

«Das war doch gut, oder? Wenigstens den Bootsmann hättet ihr mich spielen lassen können.»

Als keine Reaktion kommt, setzt sie sich auf den Wannenrand und wirbelt mit den Fingerspitzen im Wasser. Haarsträhnen legen sich über das tote Gesicht. Zärtlich streicht die Frau am Wannenrand die Haare beiseite: *«Mein Ariel. Du warst Geist von zu feinem Wesen, um die erdgebunden-rohen und grausigen Befehle zu vollstrecken, die die Hexe Sycorax dir auftrug.»*

Mit beiden Händen greift sie ins Wasser und hebt den leblosen Kopf an. Lächelnd beugt sie sich hinunter und küsst ihn. *«Geh und verwandle dich in eine Meerjungfrau; sei keinem Blick sichtbar als deinem eigenen und meinem, unsichtbar …»* Sie bricht ab. Dreht sich zur Tür. Langsam bewegt sich die Klinke.

Sycorax! Sie hält sich erschreckt die Hand vor den Mund und sieht sich nach einem Versteck um. Aussichtslos. Das Bad hat keine geheimen Ecken. Knarrend und langsam öffnet sich die schwere Tür, und ein Lichtstreifen vom Flur fällt in den dunklen Raum. «Ist da jemand?», ruft eine Stimme. Freundlich.

Aber sie lässt sich nicht täuschen. Es ist die Hexe. Mit einer lautlosen Bewegung gleitet sie vom Wannenrand, kauert sich zusammen und legt schützend beide Arme über den Kopf. Vielleicht sieht die Hexe sie nicht. Vielleicht bleibt sie vor der Tür stehen. Nicht atmen, sich nicht bewegen. Die Dunkelheit schützt. Wenn nur kein Blitz kommt und alles hell macht.

Es wird hell. Die Hexe hat das Deckenlicht angemacht. Damit hat sie nicht gerechnet. Sie versucht, sich noch kleiner zu machen. Unsichtbar.

Von der Tür ist ein erstauntes Luftholen zu hören. Schritte kommen auf sie zu. Sie kommt.

«Elsa. Was machst du denn hier? Wo warst du, du bist ja ganz nass?»

Die Hexe hat kräftige Arme. Hart packen sie zu. Das Schlimmste ist, dass die Hexe keinen eigenen Geruch hat. Sie riecht wie ein frisch geputzter Raum, wie gewaschene Wäsche. Wie Pfefferminze. Nicht wie ein Mensch.

O nein, die Hexe hebt sie hoch. O nein. Sie versucht, sich ganz schwer zu machen. Schwerer als ein Sack, schwerer als ein Haus. So schwer wie ein Gebirge. Die Arme lassen sie plötzlich los. Die Hexe schreit: «Um Gottes willen! Frau Braun.» Sie blinzelt nach oben und sieht, dass die Hexe sich über die Badewanne beugt. Gerettet.

Ihr Zopf hat sich gelöst, und durch den Schleier ihrer weißen Haare sieht sie, wie die Hexe die Tote aus dem Wasser zieht. Das muss schwer sein, die Hexe atmet ganz schnell. Sie legt Frau Braun auf den Boden und drückt ihr fest auf die Brust. Immer und immer wieder. Arme Frau Braun. Dann presst sie sogar ihren Mund auf den der Toten. Sie küsst sie.

Das ist ja eklig. Nein, sie bläst Luft in sie. Sie will Ariel aufblasen, wie einen Ballon. Aber es geht nicht, und die Hexe drückt wieder auf den Brustkorb. Ganz schnell. Und jetzt bläst sie wieder. Aber Frau Braun wird nicht dicker. Es geht nicht. Um einen Körper aufzublasen, braucht man bestimmt viel Luft. Wie bei den Luftmatratzen. Oder noch mehr? Die Hexe kann es nicht. Fast muss sie kichern. Das vergeht ihr ganz schnell, als die Hexe sich ihr zuwendet.

«Komm, Elsa, wir müssen Hilfe holen.»

Heftig schüttelt sie den Kopf.

«Gut. Dann bleibst du hier und passt auf Frau Braun auf. Ich hole Hilfe! Abgemacht?»

Es ist besser, der Hexe nicht zu widersprechen. Elsa nickt.

Die Hexe geht, und sie atmet auf. Schnell kuschelt sie sich an die Tote: «Der Sturm hört auf. Die Abstände zwischen Blitz und Donner werden länger. Man muss die Sekunden zählen, weißt du? Und so viele Sekunden, wie dazwischenliegen, so viele Kilometer entfernt sich das Gewitter.»

Seufzend legt sie ihren Kopf auf die Brust der nassen Leiche und murmelt: *«Mein Ariel, mein Vögelchen. Sei frei von allen Elementen und lebe wohl.»*

Als der Arzt wenig später das Badezimmer betritt, findet er auf dem Boden zwei alte, weißhaarige Frauen. Die Lebende hält die Tote umklammert und schläft. Auf einem Hocker sitzt die Nachtschwester, den Blick starr auf die beiden gerichtet.

• I •

«Prottengeier, das kann doch einfach nicht wahr sein!»

Erstaunt setzte sich der so Angesprochene in den Besucherstuhl und sah seinem Chef ins rote Gesicht. Felix Petry wirkte nicht gerade so, wie sein Vorname verhieß – der Glückliche.

«Wie lange sind Sie eigentlich schon bei der Mordkommission?»

Als ob ausgerechnet Felix Petry seine Personalakte nicht auswendig kannte. Inklusive aller Einträge über Fehlverhalten, versteht sich.

«Prottengeier, diesmal ist die Beschwerde sogar über die Ärztekammer gelaufen. Führen Sie einen Privatkrieg gegen Ärzte, oder was?»

Der junge Dr. Fuchs, dieser Quacksalber. Hätte er sich denken können. Dieses hanseatisch-kühle Pickelgesicht. Typischer Papierkrieger. Angst vor Leichen, aber am Schreibtisch ein Löwe.

Der Chef kramte in seinen Papieren, zog ein Blatt heraus und hielt es Prottengeier anklagend entgegen.

«Hier steht, Sie hätten Herrn Dr. Fuchs beleidigt.»

«Ich habe Herrn Dr. Fuchs nur gefragt, ob er schon mal eine Leiche gesehen hat», antwortete der Kommissar ruhig. «Vielleicht ist er ja Gynäkologe. Weiß ich, wen die Rechtsmedizin uns an den Unfallort schickt?»

«Der Mann ist praktischer Arzt, und das wissen Sie genau», schnaubte Felix Petry.

«Eben», gab Prottengeier zurück. «Der Mann ist Arzt und will den Lebendigen helfen. Im besten Falle. Der Umgang mit

Leichen ist für den nur eine unangenehme und schlecht bezahlte Pflicht.»

«Hier steht, Sie hätten versucht, das Ergebnis der Leichenschau zu beeinflussen.»

«Der Kerl ... Herr Dr. Fuchs wollte einfach ‹Tod durch Unfall› ankreuzen. Aber wenn das Opfer beim Gehen oder Stehen von dem Fahrzeug erfasst worden wäre, wären Stoßstellen an den Beinen. Da war nichts.»

«Ach! Sind Sie jetzt auch noch Mediziner?»

«Vermutlich hätten sogar Sie das bemerkt. Immerhin trug das Opfer kurze Hosen.»

Felix Petry schnappte nach Luft.

Prottengeier betrachtete ihn interessiert. Dieses unterständige Maul, genau wie beim Grauen Knurrhahn. Und derselbe dämliche Gesichtsausdruck. Der graubraune Anzug, den Petry heute trug, machte die Ähnlichkeit mit dem Fisch noch frappierender.

«Prottengeier, nehmen Sie doch einfach mal Urlaub.»

Wie bitte?

«Ich meine das ernst», fuhr sein Chef fort. «Entspannen Sie sich mal. Ein bisschen raus, in die Sonne. Ans Meer. Glauben Sie mir, ich würde viel darum geben, wenn ich aus diesem Dauerregen rauskäme. Ein mieser Sommer, dieses Jahr.»

«Glauben Sie, jemand legt sich extra mitten auf die Straße, um sich überfahren zu lassen?»

«Meine Frau nennt dieses Wetter immer ‹English Summer›», meinte Petry lächelnd. «Englischer Sommer.»

Was sollte das denn? Hatte ihm die sprechende Perlenkette, mit der er verheiratet war, endgültig das Hirn aus dem Schädel gequatscht?

«Wie hoch ist die Dunkelziffer der unentdeckten Morde?», fuhr Prottengeier unbeirrt fort. «Wie viele Ärzte haben ihre letzte Leiche während des Studiums gesehen? Die kreuzen doch noch natürlichen Tod an, wenn das Messer bis zum Heft im Brustkorb steckt.»

«Prottengeier, noch einmal: Nehmen Sie Urlaub. Spannen Sie aus. Sie sehen doch überall nur noch Morde.»

Daher wehte also der Wind. Er war mal wieder zu genau, zu misstrauisch. Schaffte der Mordkommission Überstunden an den Hals. Überflüssige Ermittlungsarbeit. Verwaltungskosten.

«Die Probleme liegen nicht darin, einen Mord zu bearbeiten. Sondern darin, ihn überhaupt zu erkennen», sagte Prottengeier. Er wusste, dass er penetrant war. Aber das war ihm egal.

Unvermittelt schlug Petry mit der flachen Hand auf seinen Schreibtisch. «Prottengeier, der Staatsanwalt hat jeden Monat hundertfünfzig Ablebensverfahren auf dem Schreibtisch. Sieben pro Tag! Wenn wir anfangen, jeden Unfall, jeden Selbstmord zu überprüfen, sind wir in einem Monat völlig lahm gelegt und im zweiten pleite.»

«Ist das jetzt die Direktive? Nur zu ermitteln, wenn der Mörder weinend neben der Leiche kniet? Die Axt mit Fingerabdrücken noch im Kopf steckt?»

«Machen Sie sich nicht lächerlich.»

«Soll ich wegsehen, damit der Staatskasse Geld gespart wird? Was wollen Sie werden? Der sparsamste Leiter des Morddezernats?»

«Prottengeier!»

Der Kommissar biss sich auf die Lippen. Er war zu weit gegangen, das wusste er. Aber dieser Petry mit seinem perfekten Familienleben und seinen politischen Ambitionen schaffte es jedes Mal, ihn so zu reizen, dass er über das Ziel hinausschoss.

«Herr Prottengeier, an Ihr schroffes Benehmen mir gegenüber gewöhne ich mich ja langsam. Aber Sie zeigen dasselbe Verhalten gegenüber Ihren Kollegen und allen offiziellen Stellen, mit denen wir zusammenarbeiten.»

Na und? Ging es um einen Beliebtheitswettbewerb?

«Fast täglich sitzt mir hier jemand gegenüber, den Sie vor den Kopf gestoßen haben. So geht das einfach nicht.»

«Wissen Sie eigentlich, dass in Deutschland jedes Jahr die *Titanic* untergeht, ohne dass es einer merkt?»

Petry stutzte. Offensichtlich konnte er diesem Gedankensprung seines Hauptkommissars nicht ganz folgen.

«Wir haben eine Aufklärungsquote von über neunzig Prozent. Aber die Rechtsmedizin geht davon aus, dass jede zweite Tötung unentdeckt bleibt. Jede zweite! Das macht die *Titanic* mit Mann und Maus.»

Unwillig schüttelte Petry den Kopf. «Das ist doch gerade nicht unser Thema.»

«Doch. Das ist genau das Thema.»

«Prottengeier, Ihr Eifer in allen Ehren. Ich schätze Ihre Arbeit durchaus. Aber dieses Verbohrte an Ihnen ... Meine Frau meint auch, dass Sie seit Ihrer Scheidung nicht mehr derselbe sind.» Petry rückte vertraulich näher. «Aber, Prottengeier, mal unter Männern: Das liegt doch schon über zwei Jahre zurück. Langsam ...»

Prottengeier stand auf und ging.

Als die Tür hinter ihm zufiel, konnte er Petry noch «Herr Prottengeier, bitte ...» rufen hören.

Wütend stapfte er durch die Gänge. Dieser Idiot. Leiter der Mordkommission. Ausgerechnet! Saß wahrscheinlich mit der sprechenden Perlenkette am Kamin und sezierte die Familienverhältnisse seiner Kommissare. Mord eignete sich auch nicht so gut als Cocktailparty-Thema. Und etwas anderem konnte die Perlenkette kaum folgen. Da war das Privatleben der Abteilung natürlich interessanter.

Plötzlich stand er im Freien und atmete tief durch. Er hatte überhaupt nicht gemerkt, dass er durch das ganze Kommissariat marschiert war. Wahrscheinlich schnaubend und mürrisch. Ohne nach rechts und links zu sehen. Ohne Gruß und Nicken an allen Kollegen vorbei. Auch egal.

Den Fall konnte er abhaken. Wahrscheinlich gab es noch nicht einmal eine Obduktion. Tod durch Unfall. Unfall mit Fahrerflucht. Ob sie den Wagen finden würden, war fraglich. Alles hatte wie arrangiert ausgesehen. Einfach zu offensichtlich.

Müde hob er den Kopf und sah in den grauen Nachmittagshimmel. English Summer. So ein Quatsch. Immer noch besser als diese Affenhitze. Ans Meer, in den Süden. Ohne ihn. In einer Blechlawine über heißen Asphalt zu rollen, um dann wie Ölsardinen in genauso heißem Sand zu liegen. Und nach zwei Tagen war er mit jeder Speckfalte, jeder Krampfader, die der Strandnachbar ihm vor die Nase hielt, per du. Dann lieber Regen im August.

Wie auf Kommando lösten sich vom Himmel die ersten dicken Tropfen. Erwartungsvoll hob er das Gesicht. Um ihn herum wurden Regenschirme aufgespannt, Mantelkragen hochgeklappt und Schritte beschleunigt. Prottengeier schloss die Augen und genoss den warmen Regen, der in sein Gesicht prasselte.

Von den Fenstern des Kommissariats aus konnten sie ihn sehen. Egal, das Urteil stand sowieso fest. Sollten sie ruhig denken, er sei endgültig übergeschnappt. Urlaub. Warum eigentlich nicht?

Die Söhne waren mit ihrer Mutter irgendwo im Süden. Wie er diese Familienurlaube immer gehasst hatte. Das gemietete

Haus, das immer ungemütlich blieb. Die Landschaften, die sich aufdrängten und nach Betrachtung schrien. Keine Zeit zum Nachdenken, zum Alleinsein. Die ewige Sonne. Der Trubel. Und er tappte neben den dreien her wie ein Fremder.

Er schüttelte sich. Das Wasser zwischen Hemdkragen und nackter Haut war angenehm warm. Vielleicht hieß Platzregen so, weil er die Plätze leer fegte.

Neben ihm bremste ein Wagen und schleuderte eine Ladung Spritzwasser auf seinen Anzug. Hastig öffnete der Fahrer die Tür. «Mist, der schöne Anzug. Tut mir Leid, Herr Prottengeier.»

Die dunklen Haare und der spöttisch verzogene Mund. Dieses scharfkantige Gesicht, das die Renaissancemaler ihren Mönchen gaben ... Peter Less. Schlagartig fiel Prottengeier ein anderes Gesicht ein. Lehmbraune Augen und zerzauste blonde Locken. Wie lange hatte er nicht mehr an sie gedacht?

«Kommen Sie, ich fahre Sie nach Hause», sagte der Schauspieler und zog sich wieder ins Wageninnere zurück. Misstrauisch umrundete der Kommissar den Wagen und ließ sich auf den Beifahrersitz fallen. Stumm sahen die beiden Männer sich an. Das konnte doch kein Zufall sein. Peter Less. Hatte der auf ihn gewartet? Warum?

«Lange her, was?», sagte Less endlich.

Prottengeier nickte. Über ein Jahr. Die Mordserie im Theater. Karl Brandner, Peter Less und Magda Mann. Seine drei Hauptverdächtigen.

«Als ich Sie am Straßenrand stehen sah, musste ich einfach anhalten. Einen Fingerzeig des Schicksals ignoriert man besser nicht.»

Jetzt war Prottengeier sicher, dass ihr Treffen kein Zufall war. Trotzdem sagte er nur: «Soweit ich weiß, stehe ich beim Schicksal nicht auf der Gehaltsliste.»

Peter Less begann zu lachen. «Sagen Sie das nicht, Herr Prottengeier. Im Regen sahen Sie aus wie eine der Erinnyen – eine sehr männliche allerdings.»

Der Schauspieler ließ den Motor an und wandte sich wieder an den Kommissar. «Erinnyen sind griechische Rachegöttinnen. Mit Schlangen auf dem Kopf. Statt Haaren.»

«Hört sich nett an.»

«Auf der Rückbank liegt ein Handtuch. Um die Schlangen zu trocknen.»

«Danke, es geht schon», meinte Prottengeier und strich sich die nassen Haare nach hinten. Peter Less beobachtete ihn neugierig.

Dieser Prottengeier hatte sich so gut wie nicht verändert. Grauer um die Schläfen herum. Nicht mehr ganz so massig. Stand ihm gut. Normalerweise wurden Heteros ab Mitte vierzig fett. Ein Haarschnitt und eine Rasur würden nicht schaden. Diese Spur von Vernachlässigung hatte er damals schon gehabt. Die Weiber standen ja auf so was. Sogar Magda. Erstaunlicherweise. Gut, dass er ihn erwischt hatte. Ob Prottengeier ihm das zufällige Treffen glaubte? Auch egal.

Der Schauspieler lächelte. «Wie wäre es, wenn wir einen trinken gehen? Auf die alten Zeiten?»

«In Ihre Kneipe? Diesen Theatertreff?»

Less nickte und fädelte sich in den Verkehr ein.

Prottengeier starrte durch die Windschutzscheibe auf den Regen, der sich, unbeeindruckt von den hysterisch wedelnden Scheibenwischern, wie ein grauer Vorhang vor die Welt schob.

Peter Less, Karl Brandner und Magda. Ihr großzügiges Lächeln und die unmöglichen Kleider, die sie trug. Ihr wortloses Verschwinden nach dem Tod des alten Warnak. Ob Less wieder Kontakt zu ihr hatte? Sie hatte niemandem gesagt, wo sie hinwollte. Aber es war nicht schwer gewesen, es herauszubekommen. Nicht für einen Polizisten.

Unauffällig musterte er den Schauspieler, der konzentriert den Verkehr beobachtete.

Selbstsicher und elegant, so wie er ihn kennen gelernt hatte. Das Jackett war aus Wildseide. So eins hatte er neulich im Schaufenster gesehen und sich kurz überlegt, es zu kaufen. Aber in einer Woche wären die Taschen ausgebeult und die Ärmel aufgescheuert. Und damit im Regen stehen ginge auch nicht. Erinnyen! Was sollte das? Irgendetwas wollte der Kerl doch von ihm. Vor einem Jahr hatten sie sich nicht gerade als Freunde getrennt. Aber man musste bei diesen Schauspielern nur still sein, dann wurden sie geschwätzig.

Der Wagen hielt vor der Kneipe. «Na los, schwimmen wir ins Trockene», meinte Less munter.

Im Laufschritt stürmten sie ins Lokal, und der kleine griechische Kellner begrüßte sie strahlend. Wie hieß er gleich noch? Prottengeier runzelte die Stirn. Sein Namensgedächtnis wurde auch immer schlechter.

«Für mich ein Bier, Kosta. Und Sie, Herr Kommissar?»

Kosta, genau. Ein Freund von Magda. Prottengeier erinnerte sich. Zwei zusammengesteckte Köpfe und Gekichere.

«Du bist Freund von Magda, was? Ich erinnere. Was macht Magda? Wie geht es?», schnatterte der Kellner los.

«Lass gut sein, Kosta», griff der Schauspieler ein. «Wir wissen auch nichts. Aber sobald wir von Magda hören, sagen wir Bescheid.»

Prottengeier spürte, wie Enttäuschung in ihm hochkroch. Irgendwie hatte er damit gerechnet, dass Less etwas Neues wusste. Dass er ihn vielleicht deshalb angesprochen hatte.

«Für mich auch ein Bier.» Er folgte Less an einen Ecktisch.

«Kosta kann mit seiner Fragerei ganz schön lästig sein»,

meinte der Schauspieler und setzte sich. «Aber man muss ihm ja nicht alles auf die Nase binden.»

Merkwürdig gereizt schob der Kommissar die kränkliche Geranie beiseite, die in der Mitte des Tisches thronte. «Haben Sie denn etwas von ihr gehört?», fragte er betont beiläufig.

«Eigentlich dachte ich ja, Sie würden nach ihr suchen. So wie Sie damals in die Kantine gestürmt kamen.» Less grinste anzüglich.

Mistkerl. Prottengeier sah ihn ausdruckslos an.

«Aber egal. Ich weiß, wo sie ist. In dem Städtchen, wo sie aufgewachsen ist. Sie spielt dort an einem kleinen Privattheater.»

Das wusste er schon lange. Wenn das alles war, was dieser Kerl ihm zu sagen hatte.

«Vor zwei Monaten hat sie mich angerufen und ...» Less unterbrach sich, als Kosta die Biere abstellte. Nachdem der kleine Kellner wieder hinter seinem Tresen verschwunden war, fuhr er leise fort: «Sie war beunruhigt. Wegen der Vorkommnisse. Da waren aber erst zwei tot. Und gestern dann die Dritte. Sie hat angerufen und war völlig außer sich.»

«Moment, Herr Less. Wer ist tot?»

«Diese alten Damen. Aus dem Altenheim. Magdas Tante ist dort in irgend so einem Heim, und anscheinend sterben die Alten dort wie die Fliegen.»

«Wenn ich Sie richtig verstanden habe, geht es um drei alte Damen in einem Altenheim?»

«Genau.» Der Schauspieler hob sein Glas. «Prost, Herr Kommissar. Drei alte Damen, die unter mysteriösen Umständen innerhalb kurzer Zeit verschieden sind.»

«Mysteriöse Umstände?»

Less zuckte mit den Schultern. «Genaueres weiß ich auch nicht. Magda hat eine wilde Geschichte von Pantoffeln erzählt, die nicht da waren, wo sie sein sollten. Und dass es dreimal dieselbe Rolle war.»

«Was heißt dieselbe Rolle?»

«Keine Ahnung. Sie hat geweint. Und sie war wohl ein bisschen betrunken.»

Betrunken, auch das noch. Prottengeier fühlte die alte Gereiztheit in sich aufsteigen. Seine Frau hatte niemals getrunken. Aber die war auch keine Schauspielerin. Gott sei Dank!

«Mein Gott, jetzt sehen Sie aus, als hätte Ihnen jemand ans Bein gepinkelt», sagte Less, der ihn aufmerksam beobachtete, und verzog spöttisch den Mund.

«Frau Mann war betrunken?»

«Da liegt also der Hund begraben? Das stört Sie?»

«Es geht nicht darum, ob mich das stört. Sondern wie ernst man den Verdacht von Frau Mann nehmen muss.»

«Wenn Magda trinkt, ist das beunruhigend. Das tut sie nämlich sonst nie. Da ist etwas faul in diesem Altenheim. Und Magda macht sich große Sorgen.»

«War sie denn bei der Polizei?»

«War sie. Aber die ermitteln nicht. Niemand hilft ihr, und deshalb ist sie so außer sich.»

«Wenn die Mordkommission nicht ermittelt, können die Todesumstände dieser alten Damen so mysteriös nicht sein.»

«Oder die Kompetenz der dortigen Mordkommission ist nicht so besonders», konterte der Schauspieler trocken. «Magdas Tante ist in diesem Altenheim. Und plötzlich sterben die Leute wie die Fliegen. Ist doch kein Wunder, dass sie sich Sorgen macht.»

«Warum erzählen Sie mir das, Less?»

Der Schauspieler lehnte sich in seinem Stuhl zurück und sah Prottengeier aufmerksam an. Nach einer Weile meinte er: «Genau weiß ich das selber nicht. Sie standen im Regen. Wie

Nemesis persönlich. Ich habe Sie gesehen und gedacht: Das ist die Lösung.»

«Erinnyen, Nemesis – hätten Sie es nicht ein bisschen kleiner, Herr Less?»

Der Schauspieler lachte. «Komisch, in der Mythologie sind die ganzen Rachegötter weiblich. Aber unsere gesellschaftlich bestallten Rachegötter sind meistens männlich. Oder gibt es viele weibliche Kommissare?»

«Einige. Aber ich muss Sie enttäuschen. Ich sehe mich keinesfalls als Rachegott. Und ich sehe auch nicht, wie ich Ihnen oder Ihrer Freundin helfen kann.»

Der Schauspieler kaute nachdenklich auf seiner Unterlippe. «Vielleicht könnten Sie ja mal anrufen und Ihren Kollegen einen Schubs geben?», meinte er schließlich.

«Wie stellen Sie sich das vor? Ich rufe an und sage: Übrigens, ich habe da jemanden getroffen. Einen meiner Hauptverdächtigen bei einer Mordermittlung letztes Jahr. Und der sagt, bei euch passieren Morde, und ihr tut nichts.»

«Wir könnten hinfahren», sagte der Schauspieler unbeeindruckt. «Das ist eine Idee. Ich habe noch Theaterferien. Wir könnten hinfahren und selbst sehen, was da los ist.»

Erwartungsvoll sah er den Kommissar an. Prottengeier lachte. «Ihr Enthusiasmus in Ehren, Herr Less. Aber ein Kommissar, der in seiner Freizeit Mörder jagt – das ist lächerlich. Ich weiß so gut wie nichts über diese Geschichte. Und dass in einem Altenheim Menschen sterben, ist relativ normal.»

«Das habe ich Magda auch gesagt. Aber sie behauptet steif und fest, dass da etwas Unheimliches vor sich geht. Was ist, wenn sich da wirklich ein Mörder herumtreibt? Wenn ihre Tante wirklich in Gefahr ist? Wir müssen doch irgendetwas tun.»

Dieser Less schien besorgt zu sein. Wie er ihm so gegenübersaß und ihn mit großen Augen ansah. Aber bei den Theatermorden hatte Less auch schon versucht, ihn zu manipulieren. In eine Richtung zu drängen. Mit demselben unschuldigen Gesichtsausdruck.

«Sie erwarten, dass ich etwas unternehme? Mit dieser vagen Geschichte als einziger Information? Nur weil Ihre Kollegin, betrunken wohlgemerkt, etwas von ‹mysteriös› und ‹unheimlich› faselt? Das kann nicht Ihr Ernst sein.»

Der Schauspieler war blass geworden. «Ich erwarte gar nichts. Ich habe Sie im Regen stehen sehen. Und ich habe mich daran erinnert, dass Magda Ihnen nicht ganz gleichgültig war. Kann sein, dass ich mich da getäuscht habe.»

Prottengeier zuckte leicht zusammen.

«Aber egal», fuhr Less fort. «Ich dachte, zumindest als Kriminalbeamter würde es Sie interessieren, ob sich ein Mörder herumtreibt. Aber da kann ich mich getäuscht haben. Vielleicht liegt die Betonung bei Ihrer Berufsbezeichnung ja auch eher auf ‹Beamter›. Tut mir Leid, dass ich Sie belästigt habe. Das Bier geht auf mich.»

Er stand auf. Verdutzt sah Prottengeier ihm nach, als er am Tresen bezahlte und das Lokal verließ, ohne sich umzusehen.

Ließ der Kerl ihn einfach sitzen. Einfach aufzustehen war nicht gerade die feine Art. Was dachten sich diese hysterischen Schauspieler eigentlich? Morde im Altenheim. Auch das noch. Das waren doch nur Hirngespinste dieser Magda.

Er sah sie vor sich. Ihren Scheinwerferblick, wenn sie auf ihn einredete. Das Lächeln, das in ihren Augen begann. Auf der Bühne kniend, aufmerksam dem Regisseur zugewandt. Und er erinnerte sich an das Gewicht ihres Körpers, als er sie nach dem schrecklichen Tod Warnaks von der Arbeitsgalerie nach unten trug …

Mit einer ärgerlichen Kopfbewegung verscheuchte er die

Bilder und trank sein Glas leer. Alles Blödsinn. Unentdeckte Morde. Natürlich gab es die wie Sand am Meer. «Wenn auf jedem Grab eines Mordopfers ein Lichtlein brennen würde, wäre der Friedhof hell erleuchtet.» Diesen alten Kriminalerspruch hätte er Petry auch noch an den Kopf werfen können.

Unwillkürlich musste er grinsen. Kosta, der an seinen Tisch gekommen war, deutete mit einer Kopfbewegung auf sein leeres Glas. Prottengeier verneinte und stand auf.

«Warte», sagte der kleine Kellner und trat dicht an den Kommissar heran. «Du Polizei? Richtig? Du findest Magda?»

Unwillig schüttelte der Kommissar den Kopf.

«Doch. Du musst», meinte der Kellner nachdrücklich und packte Prottengeier am Arm. Mit der freien Hand winkte er ihn zu sich herunter und flüsterte: «Ich habe geträumt. Von Magda. Magda in Gefahr, ich weiß das. Du findest sie. Schon dreimal hab ich geträumt. Magda in Gefahr. Du hilfst. Bitte!»

Hilflos sah der Kommissar zu ihm hinab. Kosta drückte bekräftigend seinen Arm und gab ihn dann frei. Hastig wandte sich Prottengeier zum Gehen.

Ein übersinnlicher Kellner. Das hatte ihm gerade noch gefehlt.

• 2 •

Die Türen zur Terrasse standen weit offen. Morgenlicht, Vogelgezwitscher und der Duft von frisch gemähtem Gras versuchten, den Speisesaal zu erobern. Doch schon nach wenigen Metern schlugen Kölnisch Wasser, Körperpuder und Frühstücksgemurmel die Eindringlinge in die Flucht.

Weiße, kahle und etliche lila getönte Köpfe, die sich über Tassen und Teller beugten, füllten den lang gezogenen Raum.

Da neigte sich doch ein Kopf auffällig tief. Frau Mann warf mal wieder etwas unter den Tisch.

Schwester Ingrid drehte sich zum Fenster und beobachtete sie aus den Augenwinkeln.

Natürlich fütterte sie wieder diesen fetten Kater. Widerliches Vieh. Dieses schelmische Lächeln quer durch den ganzen Raum, bevor sie etwas fallen ließ. Immer das Publikum im Blick. In Rosa heute Morgen. Lächerlich in ihrem Alter. Täuschte sie sich, oder war die Mann seit gestern wieder neu erblondet?

Sie musste hingehen und die Katze verscheuchen. Aber nur, wenn sie das Vieh offiziell bemerkte ...

Noch ein kurzer Dreher, und Gisela Mann plus Katze verschwanden aus ihrem Gesichtsfeld.

Wahrscheinlich lockte Elsa diese Katzen an. Wie die schon wieder aussah. Man sollte ihr die langen, unordentlichen Strähnen einfach abschneiden. Egal, ob sie schrie. Widerlich sah das aus. Und dann dieses Hexe-Sycorax-Geplapper.

Schwester Ingrid presste die Lippen zusammen. Ihr Blick wanderte weiter über die Tische des Speisesaals. Da saßen sie in Dreier- oder Vierer-Grüppchen und hatten keine anderen Sorgen, als zu meckern und sich aufzuspielen.

«Würden Sie mir bitte die Butter reichen?»

Dieser Kuhn! Gleich würde er sich verbeugen. Da war sie schon, die affige Bewegung.

«Herzlichen Dank.»

Wieder ein angedeutetes Aufstehen und ein höfliches Neigen des spärlich behaarten Kopfes. Als wäre er zu Besuch bei Fürstens. Wie Pensionsgäste. So benahmen die sich.

Einen kurzen Augenblick stellte sie sich vor, auf den Tisch

zu steigen. Im weißen Kittel. In die Hände zu klatschen. Alle würden erschreckt zu ihr sehen. Nochmals in die Hände klatschen. «Alle herhören! Das hier ist ein Altenheim. Kein Hotel. Endstation, Herrschaften. Schlussapplaus.»

Widerwillig zwinkerte sie das Bild fort und atmete tief durch.

Eine rauchen gehen. Sie griff in die Tasche ihres Kittels, fühlte die Hardbox und gleich daneben beruhigendes, flaches Glas.

Noch ein kurzer Kontrollblick, dann drehte sie sich zur Tür. Wenn diese alten Ungeheuer merkten, dass sie verschwinden wollte, würde es losgehen: «Ach, Schwester Ingrid, könnten Sie ...» – «Schwester Ingrid, würden Sie ...» – Schwester Ingrid dies, Schwester Ingrid das.

Mit angespanntem Rücken näherte sie sich der Freiheit.

Die große Flügeltür wurde mit einem Ruck aufgerissen. Eine Frau, gefolgt von zwei Männern, preschte mit energischen Schritten in den Saal. Unvermittelt blieb der Trupp stehen. Die Heimleiterin, Frau Dr. Krüger, an der Spitze der Phalanx. Der bleiche Verwaltungsleiter und ein grinsender Pfleger standen schräg aufgereiht hinter ihr.

Frau Dr. Krüger musterte mit kaltem Blick die etwa dreißig anwesenden Alten.

Dreißig Augenpaare blickten kühl und distanziert zurück.

«Meine Damen und Herren, Sie haben es geschafft. Ich weiß nicht mehr weiter. Ihr Verhalten gestern Abend spottet jeder Beschreibung.»

Die Blicke der Alten wurden um keinen Deut verständnisvoller.

«Sie haben nicht nur die Bemühungen von Herrn Dr. Selbig und mir zerstört ...» Verwaltungsdirektor Dr. Selbig nickte leidvoll.

«Nein. Auch die ganze Organisation, all die Arbeit, die es uns gekostet hat, eine adäquate Unterhaltung für Sie zu gestalten ...»

«Was redet sie da?», tönte eine Frauenstimme durch den Saal. Frau Schmidt-Urke hatte sich weit über den Tisch gelehnt und hielt sich mit hilfloser Gebärde eine Hand hinter das Ohr.

«Sie redet über das Theater gestern Abend», trompetete Kuhn neben ihr höflich.

Die zerbrechlich wirkende alte Dame sah ihn verständnislos an. «Über was, bitte?»

«Das Theater. Gestern Abend», schmetterte Kuhn hilfsbereit und strich sich seine drei Haare fester über den Kopf.

«Ach!» Frau Schmidt-Urke schaffte es, ihre Augenbrauen fast bis zum ondulierten Haaransatz hochzuziehen. «Das sollte Theater sein?»

Kuhn fand, dass ihr der Tonfall großen und echten Erstaunens hervorragend gelang. Gelernt war eben gelernt.

Frau Dr. Krüger ließ sich ungern unterbrechen. «Aber von unserer Arbeit will ich gar nicht reden. Haben Sie auch nur eine Sekunde an Ihre Kollegen gedacht? Wie die sich gefühlt haben, als Sie plötzlich den Zuschauerraum verließen? Mitten im ersten Akt?»

«Was sagt sie?», unterbrach Frau Schmidt-Urke mit durchdringender Stimme erneut.

Wieder beugte sich Kuhn vor und schrie zurück: «Sie redet über diese Menschen auf der Bühne. Sie sagt, das waren Kollegen.»

«Kollegen?» Die Runzeln im Gesicht der alten Dame begannen zu tanzen. Zuerst kamen nur vereinzelte Gluckser, die sich aneinander reihten und schnell heftiger wurden, bis sie in hysterisches Gekichere übergingen. «Kollegen, sagt sie?», stieß sie mühsam vor. «Kollegen? Mein Gott, die hat ja Humor.»

Bei diesem Stichwort wurde ihr Gekichere zunächst vom Nebentisch aufgenommen, plätscherte weiter zu den nächsten Tischen und erfüllte in Sekunden den ganzen Saal.

Frau Dr. Krüger kniff die Augen zusammen. Der Raum war auf einmal voll feixender Falten und bösartig glitzernder Augen. War sie denn hier im Irrenhaus?

«Sie mögen das komisch finden», bellte sie gegen das Gelächter. «Ihre Kollegen fanden es nicht komisch, vor leeren Reihen zu stehen. Die Theatergruppe des Heimat- und Wandervereines weigert sich, jemals wieder bei uns zu spielen. Das hat mir der Vorsitzende gestern Nacht noch mitgeteilt.»

Applaus brandete auf. Irritiert wandte sie sich zu ihrem Verwaltungsleiter. Der zuckte nur die Achseln und sah ratlos aus.

Feige Memme. Das hatte sie immer schon gewusst.

Mit neuem Schwung warf sie sich der Meute entgegen und rief über den Applaus hinweg: «Das hat Konsequenzen. Der Seidenmalkurs ist gestrichen.»

Verblüfft hielten die Alten im Klatschen inne.

«Was sagt sie?», schrie Frau Schmidt-Urke in die Stille.

«Sie sagt, diese dicke Bastelhausfrau mit den geschmacklosen Tüchern und Krawatten kommt nicht mehr.»

«Herr Kuhn, also ...», stieß die Heimleiterin leicht atemlos hervor.

«Sehr schön», unterbrach sie Kuhns schwerhörige Nachbarin und nickte huldvoll in Frau Dr. Krügers Richtung. «Ich hoffe, Sie nehmen noch weitere personelle Veränderungen vor. Die Bedienung hier ist lausig.»

Die Heimleiterin zog scharf die Luft ein. «Frau Schmidt-Urke! Unser Personal bedient Sie nicht, sondern pflegt Sie.

Und das sehr geduldig und aufopferungsvoll. Auch Sie werden einmal auf unserer Pflegestation liegen und auf die Freundlichkeit des Personals angewiesen sein.»

«Was sagt sie?» Die Stimme von Frau Schmidt-Urke klang auf einmal dünn und leise.

Herr Kuhn legte seine Hand auf die ihre: «Sie sagt, wenn du erst bettlägerig und hilfsbedürftig bist, was durchaus in nächster Zeit sein könnte, meine Liebste, dann werden sie es dir zeigen.»

Frau Dr. Krüger wurde heiß. Sie konnte fühlen, wie ihr das Blut in den Kopf schoss. Das hatte sie nicht gesagt! Und nicht gemeint. Das war ... eine Frechheit. Eine böswillige Unterstellung. An ihrer Stirn begann eine Ader unkontrolliert zu pochen.

Mit Hilfe ihres Stockes zog sich Frau Schmidt-Urke hoch und richtete sich auf. Sehr gerade stand sie da. Herr Kuhn betrachtete liebevoll seine Freundin. War sie schon wieder geschrumpft? Sie schien ihm kleiner als ihre ein Meter fünfundfünfzig. Dünner geworden war sie auch schon wieder. Vielleicht machte sie sich ja millimeterweise davon. Jeden Tag ein Gramm weniger und einen Millimeter kleiner? Aber die Stimme saß immer noch. Stolz hörte er ihr zu.

«Sag ihr, dass es dazu nicht kommen wird», sagte sie gerade. «Vorher bringe ich mich um.»

Im Saal stand die Zeit still. Ein leichter Wind blähte die weißen Vorhänge an der Terrassentür. Nur die Vögel zwitscherten unbeeindruckt weiter.

Frau Dr. Krüger starrte die kleine alte Dame an, die ihr hoheitsvoll gegenüberstand. Sie waren verrückt, alle miteinander. Langsam drehte sie sich um und verließ den Frühstücksraum.

Mit offenem Mund sah der Verwaltungsleiter seiner Chefin

nach, nickte hilflos dem Pfleger und Schwester Ingrid zu und hastete hinterher.

Applaus brandete auf. Der Pfleger grinste dämlich und zuckte die Achseln. Schwester Ingrid schloss vor dem dröhnenden Klatschen die Augen. Gott, sie war völlig ausgetrocknet. Dick und pelzig klebte ihre Zunge am Gaumen. Sie musste raus. Sofort. Weg von diesen bösartigen Ungeheuern, die sie mit zahnlosen Mündern anfeixten. Weg von diesen Händen, die wie dürre Vogelklauen unermüdlich gegeneinander schlugen. Ein aberwitziger Spuk, all diese runzligen, hämischen Gesichter, dieses Gekichere ... Bloß nicht rennen. Langsam gehen, wie Frau Dr. Krüger.

Erst im Flur beschleunigte sie ihre Schritte.

Der übrig gebliebene Pfleger grinste die Alten an, machte mit zwei Fingern das Victory-Zeichen und schloss behutsam die Flügeltüren.

Die Alten wandten sich murmelnd und füßescharrend wieder ihrem Frühstück zu.

Kuhn stand geschmeidig auf, neigte den Kopf und küsste Frau Schmidt-Urke die Hand. Lächelnd ließ sie sich von ihm beim Hinsetzen helfen.

«Du warst wunderbar», flüsterte er, und seine lange Nase bebte gerührt.

Gisela Mann zupfte an ihren rosa Jackenärmeln. Wie sie diese Auftritte hasste. Diese Krüger musste unbedingt zum Friseur. Mit so einem plumpen Gesicht sollte man die Haare nicht so kurz tragen. Kinnlang vielleicht. Verträumt zupfte sie weiter an ihren Ärmeln.

Ein paar Tische weiter lehnte Heribert von Koch sich zurück und verschränkte die Hände über seinem ansehnlichen Bauch.

«Sie hat eine Zyanidkapsel um den Hals hängen. Damit

wird sie's tun. Hat sie von ihrem ehemaligen Geliebten. SS-Offizier.»

Ohne von seinem Frühstücksei aufzusehen, das er akribisch schälte, meinte Kurt Hännsen neben ihm: «Unsinn.»

Egon Hertz, der Dritte im Bunde, zuckte zusammen. Sie würden doch nicht streiten? Heriberts Kopf war schon wieder ganz rot.

Gelassen fuhr der kahlköpfige Hännsen fort: «Das Zyanid hat sie von Göring persönlich. Aus einer Laune heraus hat sie ihn darum gebeten. Fand es einfach schick, so was zu haben. Und war völlig überrascht, als er es ihr tatsächlich schenkte.»

«Quatsch!», schnarrte von Koch. «Die Schmidt-Urke hat doch niemals Göring persönlich gekannt. Die war doch bloß so 'ne kleine Ballettratte.»

«Sie war Schauspielerin. Außerdem hatte sie damals einen süßen Hintern», beharrte Hännsen und richtete seine wimpernlosen Augen auf Heribert.

«Entschuldigt, dass ich mich einmische», unterbrach Hertz leise. Hännsen und von Koch sahen erstaunt hoch. Hertz sprach nur selten. Der kleine Mann schluckte und fuhr fort: «Aber das Zyanid hat sie von Gründgens. Sie waren nämlich befreundet. Und sie war beides. Schauspielerin und Tänzerin.» Dann neigte er den Kopf schnell wieder über seinen Teller, als würde er den Vorstoß bereuen.

Am Nachbartisch beugte sich Elsa zu dem dicken, schwarzweißen Kater hinunter, der es sich auf ihren Füßen bequem gemacht hatte. Vertraulich flüsterte sie ihm zu: «*Nur Qual, Verwirrung und Entsetzen wohnt hier. Führ eine himmlische Gewalt uns aus diesem furchtbaren Lande.*»

Der Kater antwortete nicht.

Iris Mallak schlug mit ihrem Kaffeelöffel gegen die Tasse.

Als es im Saal ruhig wurde, stützte sie ihre Hände auf den Tisch und zog sich hoch. «Ich habe euch etwas mitzuteilen.»

Alle Blicke richteten sich auf sie. Auch Gisela Mann, die neben ihr saß, unterbrach das Ärmelzupfen und sah zu ihrer massigen Freundin hoch.

«Bei all diesen Kindereien dürfen wir den *Sturm* nicht vergessen. Eine Kollegin hat sich bereit erklärt, die freie Position des Ariel zu übernehmen.»

Erstaunte Ausrufe und Fragen. Iris Mallak hob beschwichtigend die Hände. Aber bevor sie etwas sagen konnte, dröhnte Heribert von Koch: «Wer ist denn die dumme Kuh?»

Wieder blieb ihr keine Möglichkeit zu antworten. Elsa sprang von ihrem Stuhl, der polternd zu Boden fiel, und schrie: «Nein! Nein!»

Falstaff, der dicke Kater, flüchtete erschrocken durch die Terrassentür.

«Beruhige dich, Elsa», herrschte Iris Mallak die Alte an. «Es gibt keinen Grund, sich aufzuregen.»

Erstaunlicherweise schien Elsa ihr das zu glauben, denn sie hob brav den Stuhl wieder auf und setzte sich.

Mit von Koch war es nicht so leicht. «Mallak, Sie Satansbraten. Wem haben Sie diese Unglücksrolle denn aufgedrückt?»

Gisela fand, dass Iris Mallak wie ein alter Boxer aussah. Wie sie diesen ordinären von Koch mit zusammengekniffenen Äugelchen anstierte. Angriffslustig. Dieselben hängenden Backen und Stirnfurchen wie der Hund. Gleich würde sie anfangen zu sabbern.

«Mallak, Gott sei Ihnen gnädig. Sie wissen ja nicht, was Sie tun», insistierte von Koch weiter.

«Gott ist nicht gnädig», gab Iris Mallak zurück. «Sonst hätte er Ihnen den Arsch in die Hose und nicht ins Gesicht gesetzt.»

Heribert von Koch wurde rot im Gesicht.

«Sie spielen doch die Hauptrolle im *Sturm*. Da muss Ihnen doch etwas am Zustandekommen liegen? Oder haben Sie Schiss, dass Sie den Prospero nicht mehr packen? Sind ganz froh, wenn die Produktion platzt? Textschwierigkeiten, was? Motten im Hirn?», machte Iris Mallak weiter.

Egon Hertz zuppelte ergebnislos an von Kochs Weste. «Denk an deinen Blutdruck, Heribert.»

Aber Heribert war nicht mehr zu bremsen. «Mein Gott, Mallak! Wir haben drei tote Ariels. Niemand von uns glaubt da noch an Zufall. Die Rolle bringt den Tod.»

Gisela Mann schluckte.

«Seien Sie nicht so melodramatisch», bellte Iris zurück. «Wir spielen Shakespeare und nicht Edgar Wallace.»

«Ich muss Heribert Recht geben», mümmelte ein zahnloser Alter vom Nebentisch. «In diesem Altenheim stimmt etwas nicht. Also ich würde den Ariel nicht übernehmen.»

«Sie würde auch keiner darum bitten», kam es trocken von Kuhn.

«Warum eigentlich nicht?», polterte von Koch dazwischen. «Wäre auf jeden Fall besser, als die ganzen schönen Rollen mit Weibern zu besetzen. Ein weiblicher Caliban und ein weiblicher Ariel. Das ist sowieso Schwachsinn. Das sind Männerrollen.»

«Da irrst du, Heribert», sagte Hännsen, der immer noch an seinem Ei herumklopfte. «Gerade Caliban und Ariel werden oft von Frauen gespielt.»

«Notlösungen», schimpfte von Koch. «Die Schnepfen hier sind einfach langlebiger als die Männer. Wahrscheinlich weil sie nicht so viel Hirn verbrauchen.»

Entrüstete Proteste schallten durch den Raum. «Das müssen ausgerechnet Sie sagen ...» – «Tom hat aber ...» – «Moment, in diesem Fall sterben doch gerade Frauen ...» – «Chauvinistenschwein ...»

Eine helle Stimme übertönte sie alle: «Lasst mich doch den Ariel spielen. Ich kann das.»

Mit geröteten Wangen stand Elsa in der Mitte des Saales. Einen kurzen Moment schwiegen alle. Iris Mallak holte tief Luft. «Elsa, das ist sehr lieb von dir. Aber Gisela hat sich schon dazu bereit erklärt. Gisela wird unser neuer Ariel. Und Tom als Regisseur ist einverstanden.»

«Ich finde Elsas Vorschlag gar nicht schlecht», kam es von Gisela Mann. Alle Anwesenden wandten sich ihr zu.

«Ich meine, wenn es wirklich gefährlich ist, den Ariel zu spielen, ist es doch besser, Elsa stirbt. Und nicht ich.»

Betretenes Schweigen breitete sich aus. Unvermittelt begann Hännsen zu lachen. «Bravo, Frau Mann. Ein guter Weg, uns allen zu zeigen, wie absurd diese ganze Diskussion ist. Natürlich ist es reiner Zufall, dass dreimal der Ariel gestorben ist. Feiner Humor, Frau Mann. Ein bisschen schwarz, aber gut. Kompliment.»

Erleichtertes Lachen und vereinzelter Beifall.

Iris Mallak musterte ihre Freundin, die sich mit leichtem Kopfnicken bedankte. Der sorgfältig rosa gemalte Mund war zu einem zarten Lächeln gekräuselt. Die immer noch schönen Augen blickten freundlich. Mit einer Hand schob sie sich eine glänzende Haarsträhne hinter ihr Ohr.

Ihr konnte Gisela nichts vormachen. Sie wusste, dass Gisela Mann jedes Wort genau so gemeint hatte.

3

«Tom, spinnst du? Tante Gisela spielt den Ariel nicht. Das kommt überhaupt nicht in Frage.»

Magda stürmte durch das Zimmer und schlug mit der flachen Hand auf den Schreibtisch. Der Mann dahinter zuckte zusammen.

«Ich verbiete das. Sie spielt diese Scheißrolle nicht.»

«Jetzt mal langsam, Magda. Warum regst du dich eigentlich auf?», fragte der Angesprochene und legte widerwillig sein Regiebuch beiseite.

«Dreimal stirbt der Ariel, meine Tante soll den vierten spielen, und du fragst, warum ich mich aufrege?», schnaubte die Schauspielerin.

«Bitte, Magda. Beruhige dich und setz dich erst mal.»

«Ich will mich nicht setzen. Und erst recht nicht beruhigen. Seit Wochen mach ich mir schon Sorgen, was in diesem Altenheim los ist, und jetzt das!»

Mit einem Seufzen stand Tom Haller auf und umrundete den Schreibtisch.

«Fass mich bloß nicht an», schnauzte sie.

Überrascht blieb der Theaterleiter stehen. «Mach es mir doch nicht so schwer, Magda. Lass uns miteinander reden.»

Sie trat einen Schritt zurück und verschränkte die Arme über der Brust. «Mach das rückgängig. Du bist schließlich der Theaterleiter. Sag, du willst nicht, dass sie den Ariel spielt. Sag ihr, du als Regisseur traust es ihr nicht zu. Sag irgendwas.»

«Das ist nicht dein Ernst, Magda. Gisela Mann ist die Idealbesetzung für den Ariel. Du weißt das. Ich weiß das. Und sie weiß das auch.»

Unwillig strich er sich die graublonden Haare aus der Stirn.

Magda sah ihm zu. Da war er wieder, der berühmte Stich ins Herz. Wie immer, wenn er eine altvertraute Geste machte. Der Held ihrer Jugend.

«Tom, ich bitte dich», sagte sie sanfter als beabsichtigt. «Rede ihr das aus. Sie darf den Ariel nicht spielen.»

Vorsichtig kam er näher und blies ihr eine Locke aus der Stirn. Zum ersten Mal bemerkte er die zarten Fältchen um ihre Augen. Braun wie Erde. Die Linien ihres Mundes. Mit dem Zeigefinger war er ihn entlanggefahren. Früher. Als seine Hände jede ihrer Linien kannten.

«Lass uns vernünftig sein, Magda. Drei alte Frauen sind gestorben. Das passiert. Frau Desch-Kallenberg, unser erster Ariel, war schon neunzig. Das ist alt, Magda.»

Dieser Mistkerl. Die zärtliche Stimme. Sein Geruch nach Herbst und frühem Morgen. Aber sie würde sich nicht einwickeln lassen.

«Der zweite Ariel war erst siebzig.»

«Stimmt. Aber Katharina hatte Herzrhythmusstörungen. Da ist auch mit siebzig ein Herzinfarkt nichts Außergewöhnliches.»

«Und die Geschichte mit ihren Pantoffeln?»

Tom Haller stöhnte auf. «Mein Gott, Magda. Elsa und ihre Pantoffel-Geschichte. Was soll denn dieser ganze Aufstand, wann Katharina Pantoffeln getragen hat und wann nicht?»

«Elsa war mit ihr befreundet. Jahrelang. Sie kannte Katharina besser als jeder andere. Und sie schwört, dass Katharina immer Pantoffeln trug, wenn sie sich aufs Sofa legte. Man hat sie auf dem Sofa gefunden. In ihre Decke eingewickelt. Aber sie trug keine Pantoffeln. Warum nicht?»

Tom Haller schüttelte den Kopf. Diese Frau war so hartnäckig wie eine Zecke. Schon mit achtzehn war sie so gewesen.

«Katharina hat also ihre sagenhaften Pantoffeln nicht angehabt, als sie auf ihrem Sofa gefunden wurde. Na und? Was folgerst du daraus? Dass sie ermordet wurde? Und der Mörder sie auf dem Sofa drapiert hat, damit es so aussieht, als hätte sie während des Mittagsschläfchens ihren Herzanfall gehabt?»

«Zum Beispiel.»

«Lächerlich. Woher will Elsa überhaupt wissen, dass Katharina diese blöden Pantoffeln immer trug? War sie jedes Mal dabei, wenn Katharina sich hinlegte? Außerdem – Menschen ändern sich.»

«Aber nicht ihre Gewohnheiten. Und im Alter schon gar nicht. Die Gewohnheiten sind ihre Gerüste des Tages», sagte sie bestimmt.

Wie sie so wild entschlossen vor ihm stand. Die Hände in die Hüften gestemmt, den Kopf im Nacken, das Kinn angriffslustig vorgestreckt.

Früher hatten sie ganze Tage so gestritten. Jeder hatte leidenschaftlich seinen Standpunkt vertreten. Und nachts hatten sie sich genauso leidenschaftlich versöhnt.

«Und was ist mit Frau Braun?», unterbrach sie seine Erinnerungen. «Dieser Tod in der Badewanne? Die dritte Spielerin des Ariel?»

«Ein Unfall», winkte er ab und sah auf ihren Mund. Er hätte sie gern geküsst, aber er wusste aus Erfahrung, dass er das jetzt besser nicht probierte.

Sie lachte höhnisch auf.

Er kam noch einen Schritt näher und umfasste ihre Schultern. Sie roch so verdammt gut.

«Magda, alte Frauen sterben eben.» Gereizt versuchte sie, sich aus seinem Griff zu befreien, aber er ließ nicht los. «Überleg doch mal: Wer sollte drei alte Schauspielerinnen ermorden? Zu vererben hatten die drei doch nichts. Um der

Produktion zu schaden? Warum? So wichtig ist das, was wir tun, auch wieder nicht. Außer für die Alten.»

Er hielt sie fest und zwang sie, zu ihm hochzusehen.

Dieser verletzte Marlon-Brando-Blick. Müde sah er aus. Wie von einer leichten Staubschicht überzogen. Dabei war er immer so strahlend gewesen. Für sie hatte er aus jeder Menge herausgeragt. Mit seinem Elan, seinen Ideen. Erstaunt merkte sie, dass sie ihn alt fand. Sie selbst war auch nicht viel jünger. Ob er wohl dasselbe dachte, wenn er sie ansah?

«Du müsstest sie aufblühen sehen, Magda», fuhr er fort, und ein bisschen von dem alten Feuer blitzte in seinen Augen. «Wie lebendig sie bei den Proben werden. Was es für sie bedeutet, wieder auf der Bühne zu stehen. Zu spielen. So viel gelebtes Leben. Und das in einem Stück wie Shakespeares *Sturm*. Sie sind hervorragend.»

Mit den letzten Worten sah er über ihren Kopf hinweg in irgendeine hoffnungsvolle Ferne.

Er hatte sich doch nicht so sehr verändert. Das Blühen alter Kollegen. Gelebtes Leben. Immer noch derselbe Schwärmer. Der Mann der Visionen. Seine Lieblingsrolle.

«Ich sehe nur, dass dreimal der Ariel stirbt», sagte sie trocken. «Dreimal dieselbe Rolle. Das gefällt mir nicht, Tom.»

«Dreimal stirbt dieselbe Rolle. Aber sie lassen sich nicht unterkriegen. Sie proben immer wieder von vorne. Ohne zu klagen. Wollen das Stück auf die Bühne bringen. Das ist einfach großartig.»

«Aber nicht mit meiner Tante als Ariel.»

Entnervt ließ er sie los. «Mein Gott, Magda. Siehst du nicht den Willen dahinter? Diesen Wunsch, noch zu leben? Zu etwas zu taugen? Kunst zu schaffen?»

«Ich sehe nur, dass etwas geschieht, was ich nicht verstehe. Was, wenn sich wirklich ein Mörder herumtreibt? Der es auf den Ariel abgesehen hat? Ein Verrückter, was weiß ich. Was, wenn es gefährlich ist, diese Rolle zu spielen? Tom, sieh doch einmal nicht nur das Theater. Sieh die Menschen.»

Ärgerlich drehte er sich um und stellte sich ans Fenster. Sie redete schon genau wie Ingrid. Natürlich sah er die Menschen. Was sonst beim Theater? Dass Frauen nie über ihren Tellerrand sehen konnten. Für wen machte er denn das Ganze? Für Menschen!

«Was erwartest du von mir?», fragte er knapp.

«Stopp die Produktion. Bis wir wissen, was los ist.»

Wütend drehte er sich um. «Wie stellst du dir das vor? Die Produktion ist der Clou. Die ganze Aufmerksamkeit der Presse. Was glaubst du, was das für unser Theater bedeutet? ‹Alte Schauspieler wieder auf der Bühne!› Riesige Vorankündigungen, überregionales Interesse. Und die Produktion wird etwas ganz Besonderes. Das hat noch keiner gemacht. Shakespeares Alterswerk fast nur mit alten Schauspielern!»

Langsam ging sie auf ihn zu. «Bitte, Tom. Tu's mir zuliebe. Ich habe ein ganz schlechtes Gefühl bei der Sache.»

«Magda, das kann ich nicht», antwortete er gequält. «Selbst dir zuliebe nicht. Ich bin der Leiter dieses Theaters. Ich muss tun, was für das Theater das Beste ist. Diese Produktion kann uns aus allen Schwierigkeiten herausreißen. Und als kleines Privattheater haben wir davon genug. Das kannst du mir glauben.»

Sie sah an ihm vorbei aus dem Fenster. Nach dem vielen Regen wirkte das Gras draußen wie poliert. Unecht. Einen kurzen Moment hatte sie das Gefühl, das Zwitschern der Vögel käme vom Band und der Sommergeruch aus der Spraydose.

Er würde nichts tun. Er wollte einfach nicht sehen, dass etwas vor sich ging. Tom sah nur, was Tom sehen wollte. Wie früher.

Irritiert merkte sie, dass er schon wieder ihre Schultern gepackt hatte und sie an sich zog. Mit dem Mund an ihrer Schläfe flüsterte er: «Du hast doch heute Abend probenfrei. Wie wäre es, wenn ich bei dir vorbeikäme? So um halb zehn?»

Mit einem Ruck machte sie sich frei. «Nein, Tom. Weder heute noch morgen, noch irgendwann.»

Mit einem Schlag veränderte sich sein Gesichtsausdruck. Kühl meinte er: «Wenn du mich jetzt bitte entschuldigen würdest? Ich habe noch zu tun. Um zehn Uhr kommt die *Sturm*-Mannschaft.» Und mit ausgestrecktem Arm deutete er zur Tür.

Natürlich, jetzt war er beleidigt. Vielleicht hätte sie die Abfuhr vorsichtiger formulieren sollen? Aber warum eigentlich? Schließlich war es ihr gutes Recht, nicht mit ihm ins Bett zu gehen.

Genauso kühl gab sie zurück: «Ich hoffe, du denkst noch einmal über die Ariel-Besetzung nach.»

«Wohl kaum», sagte er und musterte sie von oben herab. «Deine Tante will den Ariel spielen. Und du bist nicht ihr Vormund.»

Dieser blöde Arsch! Wenn sie nur nicht zurückgekommen wäre. Wütend wandte sie sich zur Tür.

«Du sollst übrigens noch bei Ernst vorbei. Er hat einen Brief für dich», rief er, bevor sie die Tür schloss.

Auf dem Gang blieb sie stehen und atmete tief durch.

Auch hier standen die Fenster weit offen für die in diesem Sommer seltene Sonne.

Ein Brief. Sie starrte auf das flimmernde Grün vor dem Fenster. Sie hätte nicht mit ihm ins Bett gehen sollen, als sie zurückkam. Das machte alles nur schwieriger. Klar war er jetzt sauer, wenn sie sich weigerte. Hatte das vermutlich als bequemes Arrangement beibehalten wollen. Sie war ein Idiot. Tom war kein Ehemann, sondern ein verheirateter Junggeselle. Mit denen gab es immer Ärger.

So oder so würde er nichts tun, was den *Sturm* gefährdete. Und wenn noch zehn Ariels starben.

Sie war allein.

Bedrückt ging sie zum Büro des Geschäftsführers. Nach einem kurzen Klopfen zwängte sie sich in den voll gestopften Raum, in dem Bücher und Papiere sich wie Unkraut an den Wänden entlangzogen, in Türmen aus dem Boden wuchsen und jede freie Fläche belagerten.

«Magda. Schön, dich zu sehen», grinste Ernst ihr von seinem überquellenden Schreibtisch entgegen. «Ich habe einen Brief für dich. An das Theater adressiert. Warte mal, hier muss er irgendwo sein.» Und mit zerzausten Haaren tauchte er hinter seinen Papierbergen ab.

Unwillkürlich lächelte sie. Ernst und das Chaos waren immer noch Geschwister.

«Hier hab ich dich.» Triumphierend tauchte er wieder auf und hielt ihr den Umschlag entgegen.

Nach einem Blick auf den Absender riss sie ihn hastig auf und überflog den Bogen.

«Gute Nachrichten?», fragte er, als sie zu strahlen begann.

«Ein alter Freund kommt mich besuchen. Peter Less, ein Schauspielkollege», antwortete sie bereitwillig. «Ich habe ihn nicht mehr gesehen, seit ...» Verlegen brach sie ab.

Ernst lächelte sie an. Er würde nicht fragen. Sie hatten beide keine Fragen gestellt, als sie vor einem Jahr hier ankam und um Arbeit bat. Ernst nicht und Tom auch nicht. Sie hatten sie einfach eingestellt. Und sie hatte nicht viel erzählt. Nichts über die Mordermittlung im vergangenen Jahr. Oder den Todessprung des alten Warnak.

«Ernst, kannst du mir nicht helfen?», fragte sie impulsiv

und kniete sich neben seinen Stuhl. «Ich mache mir Sorgen. Heute Morgen kam Tante Gisela und hat mir verkündet, dass sie bei euch den Ariel spielt. Ich hab sie gebeten, es nicht zu tun. Aber sie hört nicht auf mich. Und Tom will auch nichts unternehmen.»

Ernst nahm seine Brille ab und sah sie mit großen, kurzsichtigen Augen an. «Aber was soll er denn unternehmen? Magda, du glaubst doch nicht wirklich, dass hinter den Todesfällen etwas anderes als Zufall steckt?»

«Zufall?», fragte sie verächtlich. «Drei tote Ariels, und ihr nennt das Zufall?»

«Magda, die Schauspielerinnen waren alt.»

«Wenn ich das noch einmal höre, fange ich an zu schreien», unterbrach sie ihn. «Die Schwestern im Heim, der Arzt, sogar die Polizei. Alle sagen nur: Sie waren alt.»

Verwirrt ließ er seine Brille sinken und blinzelte sie kurzsichtig an. «Polizei? Wieso denn Polizei?»

«Elsa war nach Katharinas Tod bei der Polizei. Weil sie doch ihre Pantoffeln nicht trug.»

«Ach ja. Die Pantoffeln. Mit dieser wilden Geschichte kam sie auch ins Theater gerannt.»

«Das ist keine wilde Geschichte», beharrte Magda.

Er zog ein Taschentuch hervor und begann, seine Brille zu putzen. «Nur weil Katharina keine Pantoffeln trug, kannst du doch nicht glauben, dass sie ermordet wurde.»

«Tu ich doch nicht.» Erregt stand sie auf. «Das ist doch nur ein Indiz in einer ganzen Kette von Merkwürdigkeiten. Ihr probt den *Sturm*. Der erste Ariel stirbt. Okay, das kann passieren. Der zweite Ariel probt, stirbt aber kurz darauf ebenfalls. Da wird es schon merkwürdiger. Dann kommt der dritte Ariel. Und der rutscht in der Badewanne aus und stirbt drei Tage nach Probenbeginn. Ernst, das schreit zum Himmel.»

«Was sagt denn die Polizei dazu?»

«Nichts. Der Arzt hat in allen drei Fällen natürlichen Tod attestiert. Also tun sie nichts. Die glauben doch sowieso, in dem Altenheim sitzen nur Verrückte. Hysterische Schauspieler.»

«Das sind sie ja auch, oder?», fragte er trocken. Als sie aufbegehren wollte, meinte er: «Was glaubst du, wie oft die Polizei schon dort oben war, weil jemand seine goldene Pillendose verlegt hat? Oder ein Mordkomplott witterte? Magda, die alten Leutchen haben ihr Leben lang auf der Bühne gestanden. Im Mittelpunkt. Die meisten haben keine Familie, keine Kinder. Sie langweilen sich. Also inszenieren sie ihre eigenen Dramen. Deshalb ist es doch so heilsam, dass sie bei uns den *Sturm* machen.»

Resigniert sah sie ihn an. Seine Hände lagen wie etwas Fremdes ineinander verschränkt auf dem Tisch. Kindermörderhände. Jedes Mal fiel ihr dieses Wort ein, wenn sie seine zu großen, klobigen Hände mit den breiten Fingerkuppen und schwarzen Härchen bis zu den Nägeln sah. Hände, die so gar nicht zu seiner hageren Gestalt passen wollten, nicht zu dem gutmütigen Blick hinter den dicken Brillengläsern.

Als hätte er ihre Gedanken gespürt, versteckte er seine Hände unter dem Schreibtisch. Weg von ihren Blicken.

«Du willst mir also auch nicht helfen?», fragte sie traurig.

«Ich glaube, du machst dir unnötige Sorgen», antwortete er ruhig.

«Das glaube ich nicht. Und ich verspreche dir, dass ich nicht untätig herumsitze und zusehe, bis Tante Gisela etwas zustößt. Wenn etwas faul ist, kriege ich das raus. Egal, ob ich das Altenheim oder euer Theater aufmischen muss.»

Damit drehte sie sich um und ging.

Nachdenklich sah der Geschäftsführer zur geschlossenen Tür. Ein guter Abgang, das musste er ihr lassen. Er griff zum

Hörer und wählte. Als er die Verbindung hatte, sagte er kurz: «Magda war gerade bei mir. Sie macht Ärger. Es wird Zeit, dass wir etwas unternehmen.»

• 4 •

«Und – eins und zwei und Dreeehung, eins und zwei und Dreeehung, eins und zwei ...»

Schweißtropfen liefen ihr den Rücken hinunter, tropften von ihrer Stirn und lösten die Wimperntusche, die ihr brennend in die Augen lief. Hastig blinzelte sie, ignorierte den Schmerz und versuchte, sich weiter auf die Stimme zu konzentrieren.

«... eins und zwei und Dreeehung, eins und zwei und Dreeehung ...»

Ein schwitzender Körper wirbelte auf sie zu. Ihre Augen tränten. Egal. Gewichtsverlagerung. Denk an den Sprung.

«... eins und zwei ...»

Mit ausgestreckten Armen griff der Tänzer ihr unter die Achseln.

Mist. Die Arme vergessen.

«... Dreeehung, eins und zwei ...»

Sie fühlte, wie ihr der Boden unter den Füßen weggerissen wurde. Der Sprung. Sie hatte den Absprung vergessen. Wie ein Mehlsack hing sie in den Armen des Tänzers.

«Stopp, stopp, stopp», forderte die unerbittliche Stimme.

Der Choreograph am Ende der Tanzfläche klatschte genervt in die Hände. Der Tänzer, der sie hochgehoben hatte, ließ sie unsanft auf die Erde zurück.

Magda stützte die Hände auf die Oberschenkel und japste

nach Luft. Jeder Atemzug schmerzte. Ihre Beine waren tonnenschwer. Die Achselhöhlen brannten von dem plötzlichen Druck. Dieser Idiot hatte ihr bestimmt die Arme ausgerenkt. Wieso vergaß sie nur dauernd diesen blöden Absprung? Ein Luftzug streifte die warmen Schweißperlen auf ihrem Körper und ließ sie frösteln.

«Wieso schon wieder nicht vorbereitet? Wieso?»

Erregt fuchtelte Vlad Burmistov mit den Armen. Magda blieb in ihrer Kauerstellung und schloss die Augen. Wenn er sich aufregte, wurde sein Deutsch der reinste Schmonzes. Sollte er doch schreien. Sie musste erst mal wieder Luft bekommen.

«Musik macht TaTaTaTa ... Alexej macht Kreis um dich. Nächstes TaTa, er greift unter Achseln. Arme auf, Magda! Dann TaTaTaTa, du springst, er hebt. Dann TaTaTa ...»

TaTaTa – als ob sie das hören würde. Sie hörte nur ihre schmerzenden Füße schreien.

«Wie oft ich sage: Vorbereitet sein? Wie oft? Konzentration.»

«Wie oft ich sage: bin Schauspielerin. Keine Tänzerin», fuhr sie hoch.

Getroffen biss er sich auf die Unterlippe. Sie hätte ihn nicht nachmachen sollen.

«Du bist ein Mensch, Magda?», fuhr er betont ruhig fort. «Du kannst hören? Du kannst gehen? Also kannst du springen bei TaTaTaTa.»

«Klar. Und beim nächsten TaTaTaTa steh ich an der Rampe und rezitiere zarte Liebesgedichte. Und dabei keuche ich wie ein Walross und schwitze wie ein Stier. Klasse.»

«Ist gut. Ist Leidenschaft.»

«Ist Quatsch! Ist russisches Melodram, Vlad.»

Sie könnte sich ohrfeigen. Warum machte sie ihn nur dauernd nach? Weil sie wusste, dass es ihn verletzte. Sie war eine blöde Zicke. Eine Schauspiel-Diva. «Entschuldige bitte, Vlad. Ich bin doch ein Elefant zwischen Elfen. Ich kann mir Texte merken. Aber Schritte merken ...»

Seine mandelförmigen Augen zogen sich beim Lächeln zu kleinen Schlitzen zusammen. Mit elegantem Schwung drehte er sich in die Bühnenmitte. «Probe für Tänzer beendet. Unter die Dusche mit euch. Magda bleibt.»

Alexej, Elena und Nadja, die während der Unterbrechung weiter Schritte ausprobiert oder sich gedehnt hatten, applaudierten dem Choreographen. Der Dank für die Probe.

Einem Regisseur applaudieren. Höchstens bei der Premiere. Zusammen mit dem Publikum. Und nur dann, wenn die Arbeit wirklich außergewöhnlich war. Aber nach jeder Probe, wie diese Tänzer? Eigentlich sehr höflich.

Sehnsüchtig sah sie ihnen zu, wie sie aus den Seitenbühnen ihre Handtücher holten und sich auf den Weg nach draußen machten.

Wie gern wäre sie mitgegangen. Eine Dusche. Bei dem Gedanken an warmes Wasser auf ihrem müden Körper seufzte Magda auf. Wenn Vlad sie dabehielt, hieß das Einzelprobe. Sie konnte sich nicht vorstellen, sich jemals wieder zu bewegen.

Der Ballettsaal wirkte riesig. Der polierte Tanzboden war ein braun schillernder See, der uferlos im Halbdunkel der Dachschrägen verschwand. Umflirrt nur von kleinen Staubkörnchen, die in der Vormittagssonne tanzten. Mit sanftem Schmatzen fiel die gepolsterte Tür ins Schloss.

Vlad Burmistov ging über die Tanzfläche und schaltete den Kassettenrecorder ein. Ein einsames Cello füllte den Raum.

Vom Rand der Tanzfläche lächelte er sie an. «Du musst die Schritte nicht merken, Magda. Du musst sie fühlen. Tanz ist wie Text. Wie Malerei, wie Gesang. Es kommt von innen.»

Wie ein Panther kam er auf sie zu. Drehte sich. Tanzte. Dabei flüsterte er: «... eins und zwei und Dreeehung, Bewegung fließt, siehst du? Dreeehung. Arme ein Bogen, siehst du? Dreeehung, eins und zwei und Dreeehung ...»

Groß und geschmeidig tanzte er um sie herum, erklärte, zeigte. Alles mit derselben flüsternden Stimme im Takt des Cellos. Wie in Zeitlupe sah sie jeden seiner Muskeln einen Impuls an den nächsten senden, bis alles in einer perfekten Bewegung zusammenfloss. Bezähmte Kraft. Seine schwarzen, dichten Haare schimmerten im Licht fast bläulich. Sie schluckte.

Er wirbelte auf sie zu. Schob seine Arme unter ihre Achseln. Sie sprang.

Der Saal drehte sich. Sie flog. Im Rücken spürte sie seinen warmen Körper. Zusammen wirbelten sie mit dem Geistercello durch den Raum.

Sanft setzte er sie ab. Sie wollte nicht, dass er sie losließ. Und voll Sehnsucht nach dem Weiterfliegen begann sie mit klarer Stimme:

«... wo sich berühren Raum und Zeit,
Am Kreuzpunkt der Unendlichkeit –
Wie Windeswehen in gemalten Bäumen,
umrauscht uns diese Welt, die wir nur träumen.»

Mit ihrem letzten Wort verstummte auch das Cello.

Vlad Burmistov klatschte in die Hände. «Siehst du, Magda. Es geht. Ohne Keuchen und Zählen. Tanz und Text sind zusammen wie rechte und linke Hand.» Damit hob er seine fest verschränkten Hände über den Kopf und machte ein triumphierendes Siegeszeichen.

Befreit lachte sie auf. «Das war schön.»

«Weil du nicht dauernd denkst: Mache ich alles richtig? Weil du Sorgen an der Probentür abgibst. Wie lange bist du beim Theater, Magda? Zwanzig Jahre? Du weißt es. Geldsorgen? Dein Kind ist krank? Heimweh, Schmerzen, alles Dreck während der Probe.»

Auf einmal spürte sie wieder das Gewicht ihrer Glieder. Tonnenschwer zogen ihre Beine sie nach unten, und sie ließ sich auf den Boden plumpsen.

«Manchmal geht das eben nicht. Alles vergessen. Sich nur auf den Moment zu konzentrieren», murmelte sie müde.

Der Choreograph kniete sich zu ihr und hob vorsichtig eins ihrer ausgestreckten Beine an. Mit geübten Griffen begann er, ihr Bein zu schütteln und die Muskeln zu lockern. Entspannt lehnte sie sich zurück.

Nach einer Weile fragte er: «Was sind deine Sorgen?»

«Meine Tante. Diese toten Frauen. Das Altenheim. Der *Sturm.* Du weißt, dass Tante Gisela den Ariel spielt?»

Er nickte, ohne sie anzusehen oder seine Tätigkeit zu unterbrechen.

«Die ganze Zeit sagt sie, sie will nicht mehr spielen. Und jetzt muss es unbedingt dieser verflixte Ariel sein. Ich verstehe einfach nicht, warum sie so scharf darauf ist, in diese Produktion einzusteigen.»

«Vielleicht weil du an diesem Theater spielst? Ist vielleicht eine Herausforderung?»

«Quatsch», schnarrte Magda unwillig.

Der Choreograph winkelte ihr Bein an und klopfte die Wadenmuskeln ab.

«Wenn ich nur nicht so überzeugt wäre, dass diese drei toten Ariels kein Zufall sind. Aber damit steh ich ziemlich alleine da ...»

«Mit Elsa», sagte der Mann vor ihr.

Richtig, die verrückte Elsa. Nicht gerade die ideale Verbündete.

Als hätte er ihre Gedanken gelesen, sagte der Tänzer: «Elsa ist nicht verrückt. Sie ist nur manchmal in anderer Wirklichkeit.»

So konnte man es auch sehen, aber sie hatte keine Lust, darüber zu diskutieren.

«Das Theater hat viele Probleme», fuhr er fort. «Der *Sturm* ist ganz wichtige Produktion. Zu viele Erwartungen. Geld, Reputation, Erfolg. Das ist nicht gut. Zu viele Emotionen bei diesem Stück.»

Nachdenklich nahm er sich ihr anderes Bein vor. «Kein Geld für Kultur in Deutschland. In so einem reichen Land. Ich verstehe das nicht. In Russland, so viele sind arm und hungrig. Aber trotzdem auch hungrig nach Kultur. Und hier?» Er machte eine wegwerfende Bewegung. «Alle satt.»

Vielleicht bildete sie sich die Probleme auch nur ein. Der Mann vor ihr hatte wirklich welche. Kam irgendwo aus der sibirischen Steppe. Hatte eine Karriere hinter sich. Und lebte jetzt hier. In einem fremden Land, einer fremden Kultur mit einer fremden Sprache.

«Für dich und deine Tänzer ist das bestimmt nicht leicht», sagte sie leise. «Vom Moskauer Staatsballett an so ein popeliges Privattheater.»

«Nein, ist gut», unterbrach er sie. «Schönes Theater. Hat sogar einen Ballettsaal. Und ich kann Choreographien machen, wie ich will. War in Moskau nicht möglich. Immer nur klassisches Ballett. Wir können arbeiten. Können tanzen. Das ist wunderbar.»

Beschämt sah sie ihn an. Er hatte ja Recht. Sie könnte ruhig auch ein bisschen dankbarer sein, spielen zu dürfen.

«Du liebst Tante Gisela?», fragte er unvermittelt.

«Sie hat mich großgezogen. Als meine Eltern starben, hat sie mich zu sich genommen. Ist wegen mir hier am Stadttheater hängen geblieben. Mit einem kleinen Kind am Hals machst du keine Karriere. Dauernd umziehen und Schulwechsel sind da nicht drin.»

«Hat sie dir erzählt?»

«Das musste mir niemand erzählen, das hab ich gewusst. Sie war so begabt. So schön.»

«Du bist auch begabt. Und schön.»

Lachend stupste sie ihn mit ihrem Fuß vor die Brust. Lachend ließ er sich fallen, rollte mit elegantem Schwung über die Seite und landete auf allen vieren vor ihr. Spielerisch hob er seine Hand und stieß sie wie mit einer Tatze um. Sie ging ebenfalls in Tierhaltung und fauchte ihn an. Er wich aus. Sie kicherte: «Ich bin nicht schön.» Sie stupste ihn in die Seite: «Ich bin ein hässliches Entchen», ein neuer Stoß: «Eine alte Hexe.» Sie krümmte ihre Finger zu Krallen und versuchte, ihn zu erwischen. Aber er war schneller und wich zur Seite aus.

«Und jetzt kommt die Todeswaffe. Der Blick der Medusa», rief sie und schielte ihn an.

Er lachte so heftig, dass sie ihn erwischte und sich über ihn warf.

Mit beiden Armen umschlang er sie, drückte sie fest an sich und rollte mit ihr auf die Seite.

Seine Augen waren fast schwarz. Fasziniert versuchte sie, die Trennung zwischen Pupille und Iris zu sehen. Im Saal war nur ihr schweres Atmen zu hören.

Nach endlosen Sekunden sagte er mit belegter Stimme: «Sei vorsichtig, Magda. Ist Böses hier im Theater. Nicht gut für dich.»

Erschrocken ließ sie ihn los.

Ohne sich zu bewegen, flüsterte er: «Tom und Ernst. Freunde von dir? Vielleicht. Vielleicht auch nicht.»

Sie setzte sich aufrecht und fragte laut: «Wie meinst du das, Vlad?»

Als würde er einen Traum abschütteln, setzte er sich ebenfalls auf und sagte in den Saal: «Ich weiß nicht. Ein Gefühl. Ein Gespür. Ich bin Burjate, du weißt. In Sibirien, am Rand der Mongolei, Leute haben oft zweites Gesicht.»

Irritiert sah sie ihn an. Ein übersinnlicher Choreograph. Das hatte ihr gerade noch gefehlt.

• 5 •

Die Fassade in schmutzigem Gelb und mit abblätterndem Putz. Ein wenig schäbig, aber irgendwie heimelig. Vermutlich ein altes Lichtspieltheater.

Theater im Centrum verkündeten verblichene Leuchtbuchstaben in der typischen Fünfziger- Jahre-Schrift.

Neugierig trat Prottengeier näher und versuchte, durch die vergitterte Eingangstür zu spähen.

Hier arbeitete sie also.

Innen war alles dunkel und unbelebt. Ein kleines Kassenhäuschen mit Notlicht und der Fuß einer Treppe.

In seiner Stadt hatte es auch so ein altes Kino gegeben. Längst umgebaut zu einem Schlecker-Markt, an dem er nie vorbeigehen konnte, ohne den Geruch von damals in der Nase zu haben: nasse Klamotten, Popcorn und die ersten heimlichen Biere. Wie hieß noch der Filmvorführer? Der hatte so ein Röhrchen im Hals, durch das er sprach. Unheimlich. Wahrscheinlich Kehlkopfkrebs. Sulzke. So hieß er. Sulzke hatte sie in alle Filme gelassen, sich nie um Altersbegrenzungen geschert, ihnen Bier verkauft, das sie noch nicht trinken durften. Dabei hatten sie nie den Eindruck, dass er Jungs besonders mochte. Kühl und professionell war er. Auch als man sein Kino wegen dauernder Verstöße gegen das Jugendschutzgesetz zumachte.

Sulzke. An den hatte er schon hundert Jahre nicht mehr gedacht. Prottengeier seufzte und trat einen Schritt zurück.

Nicht gerade groß für ein Theater. Drei Stockwerke. Ohne Bühnenturm. Privattheater, dabei hatten die hier ein richtiges Stadttheater. Er war daran vorbeigekommen. Sah groß aus. Wieso brauchten die hier zwei Theater? Na ja, dieses Privattheater bekam fast keine öffentlichen Gelder. Lief alles über einen Verein, soweit er herausbekommen hatte. Aber die Schauspieler waren ordentlich angemeldet. Gott sei Dank, sonst hätte er erheblich mehr Schwierigkeiten gehabt, Magda zu finden.

Bestimmt gab es hier auch einen Bühneneingang.

Er stiefelte los. An der Querseite des Hauses entdeckte er Schaukästen mit Theaterfotos und Ankündigungen.

Er sah sie sofort. Strahlend und leuchtend blond in einer Gruppe von dunkel gekleideten Leuten. Aufmerksam studierte er das Foto.

Die Dunklen um sie herum könnten Tänzer sein, nach den exaltierten Bewegungen zu schließen. Oder modernes Theater, er hatte keine Ahnung.

Sie blickte den Betrachter über ihre Schulter hinweg an. Durch die starke Vergrößerung wirkte alles grobkörnig-unwirklich. Sie hatte sich nicht verändert. Auf dem Foto zumindest.

Waren die Wimpern angeklebt oder echt? Wie hieß das bei diesem Shakespeare? *Heb deiner Wimpern Fransenvorhang auf* – oder so ähnlich.

Er tastete in seiner Jacke nach dem Reclam-Heftchen, das

er am Bahnhof gekauft hatte. *Der Sturm.* Weit war er nicht gekommen mit der Lektüre.

Da stand es ja. Im zweiten Schaukasten eine riesige Ankündigung: «Der Sturm – von William Shakespeare». Rote Lettern auf schwarzem Grund.

Sein Blick glitt zu ihrem Gesicht zurück. Fransenvorhang. Das passte.

Und wenn sie ihn gar nicht wiedererkannte? Freundlich-verständnislos? Höflich, aber leicht ratlos, was sie mit ihm anfangen sollte?

Er riss sich von den Schaukästen los und suchte weiter nach dem Bühneneingang.

Auf der Rückseite des Gebäudes fand er eine unscheinbare Holztür. Ein weißes Emailleschild. «Bühneneingang». Na also.

Statt eines Pförtners empfing ihn ein langer, weißer Gang. Niemand war zu sehen. Wie war das noch mit den Probenzeiten? Von zehn Uhr morgens bis vierzehn Uhr und von achtzehn bis zweiundzwanzig Uhr. Zu diesen Zeiten hatte er die Schauspieler immer im Theater erwischt. Er erinnerte sich genau. Die Uhr am Ende des Ganges zeigte fünf vor zwei. Vielleicht waren alle noch am Proben? Er lauschte in die Stille.

Zögernd ging er den Gang entlang. Rechts von ihm stand eine Tür halb offen. Vorsichtig öffnete er sie ganz. Schien eine Art Schleuse zu sein. Ein winziger Raum und gleich eine zweite Tür.

Dahinter musste die Bühne sein. Langsam drückte er die Klinke herunter. Alles blieb still. Er öffnete die Tür einen kleinen Spalt, jederzeit bereit, sie sofort wieder zu schließen, wenn das unwirsche «Verdammt nochmal, hier ist Probe!» käme.

Nichts geschah. Durch den Spalt zwängte er sich in den Raum und stand auf der dunklen Bühne.

Zuerst konnte er gar nichts erkennen. Nur den Geruch, den erkannte er. Es roch genau wie auf der Bühne des Theaters zu Hause. Dieser Geruch war ihm gleich zu Anfang der Ermittlungen damals aufgefallen. Irgendwie staubig und nach Menschen und Licht. Das Scheinwerferlicht roch.

Durch die Tür hinter ihm fiel schwaches Licht auf die Bühne. Derselbe verschrammte, zerkratzte Holzfußboden. Wie erstaunt er damals gewesen war, als er merkte, dass «die Bretter, die die Welt bedeuten», tatsächlich Bretter waren.

Verdammt mickrige Bühne, alles in allem. Höchstens so groß wie die Probebühne, auf der er vor einem Jahr plötzlich gestanden hatte. Die Schauspieler hatten im Zuschauerraum gesessen, und er hatte sich beobachtet, bewertet gefühlt.

Er schaute nach oben.

Wie er es sich gedacht hatte. Kein Bühnenhimmel, keine Arbeitsgalerien, keine Züge. Einfach eine Decke. Mit ein bisschen Gestänge und Scheinwerfern dran. Keine geheimnisvolle Welt über der Bühne.

Merkwürdig enttäuscht ging er an den Bühnenrand und spähte nach unten. Hölzerne Klappstühle spähten zurück. Keine roten Polster, keine Lüster. Aber auch hier war der Zuschauerraum leicht ansteigend gebaut, und ein schwerer roter Samtvorhang trennte Bühne und Zuschauerraum.

Toll war das alles nicht. Und trotzdem ... Er schloss kurz die Augen und lauschte in den leeren Raum. Es war dieselbe Atmosphäre wie auf der großen Bühne, die er bei den Mordermittlungen letztes Jahr kennen gelernt hatte. Eine Energie, die in den Ritzen des Fußbodens und in den dunklen Ecken lauerte und wartete.

Unwillig schüttelte er den Kopf. Dieser Atmosphärenquatsch, der ihn immer wieder überfiel. Meist in Zimmern, in denen jemand umgebracht worden war. Wo er die Qual und die Angst zu spüren glaubte. Als würden die Räume die Emotionen speichern.

Entschlossen öffnete er die Augen wieder und verließ die Bühne.

Am Ende des schmalen Ganges führte eine gusseiserne Wendeltreppe nach oben. Der nächste Gang, und immer noch kein Mensch zu sehen. Hier waren die Wände mit Plakaten gepflastert. Spielpläne anderer Theater, Premierenankündigungen, Fotos. Rechts und links weiße Resopaltüren mit kleinen Schildern, die er im Vorbeigehen las: «Requisite», «Garderobe 1», «Garderobe 2», «Technik/Licht», «Technik/Ton», «Garderobe 3», «Schneiderei».

Niemand begegnete ihm, niemand schien hinter den Türen zu sein. «Dramaturgie». «Sekretariat».

Am Ende des Ganges hörte er Stimmen.

«Du musst mir versprechen, dass du um fünfzehn Uhr zu Hause bist.»

Eine Frauenstimme. Laut und fordernd mit einem Unterton von Angst. Diesen Ton kannte er.

«Ich muss mich auf dich verlassen können, Tom.»

Noch eine Spur drängender.

Eine tiefe Männerstimme, die er nicht verstand, antwortete etwas.

«Denk einmal nicht nur an das Theater. Denk an deine Kinder. Christian kann nicht alleine zum Arzt.»

«Mein Gott! Ich habe doch schon hundertmal gesagt, dass ich da bin.» Jetzt war die Männerstimme lauter und gereizter. Eine Tür klappte auf, und die flehende Frauenstimme sagte: «Ich muss los. Bitte, Tom.»

Erwartungsvoll blieb Prottengeier stehen. Eine große blonde Frau, die halblangen Haare zu einem strähnigen Pferdeschwanz zusammengebunden, erschien auf dem Gang. Sie hielt eine unhandliche Tasche fest an sich gedrückt und kam mit energischem Schritt auf Prottengeier zu.

Er hatte schon den Mund geöffnet, um eine Begrüßungsfloskel zu murmeln, aber die Frau ging mit starrem Blick einfach an ihm vorbei. Erstaunt sah er ihr nach. Hatte sie ihn nicht gesehen? So breit war der Gang auch wieder nicht.

Als sie die Wendeltreppe hinabstieg, wandte er sich leicht verunsichert der offenen Tür zu.

«Intendanz» war auf dem weißen Schildchen zu lesen.

Am Fenster gegenüber der Tür stand ein Mann mit dem Rücken zu Prottengeier. Bewegungslos, die Hände in den Taschen seiner verbeulten Cordhose vergraben, sah er hinaus.

Prottengeier räusperte sich.

Erschreckt fuhr der Mann herum. «Wo kommen Sie denn hergeschlichen?»

«Der Bühneneingang war offen, und einen Pförtner beschäftigen Sie ja offensichtlich nicht.»

Der Mann am Fenster fuhr sich mit einer Hand müde über das Gesicht, als wollte er die Unmutsfältchen wegstreichen. «Die Kasse ist ab achtzehn Uhr geöffnet.»

Für ihn schien die Unterhaltung damit beendet. Er stopfte sein kariertes Hemd in die Hose und wandte sich zum Schreibtisch. Beim Setzen sah er, dass Prottengeier immer noch an der Tür stand.

«Was ist denn noch?», fragte er gereizt.

«Magda Mann ist bei Ihnen beschäftigt?»

«Ja und?»

Prottengeier lag schon das übliche «Kriminalpolizei» auf der Zunge, aber er schluckte es herunter. Obwohl der Türöffner bei diesem muffigen Intendanten seinen Zweck bestimmt nicht verfehlen würde. Falls es überhaupt der Intendant war. Viel zu locker gekleidet. Eher ein in die Jahre gekommener

Alternativer. Aber er kannte als Gegenentwurf ja nur den ermordeten Knoller. Und ob der der Prototyp des Intendanten gewesen war? Bei diesen Theaterleuten konnte man sich auf nichts verlassen, das durfte er nicht vergessen. Er musterte den Mann am Schreibtisch. Sah ganz gut aus, wenn man diesen verlebten Marlon-Brando-Typ mochte. Nicht unbedingt eitel, wenn man seine Kleider und den herausgewachsenen Haarschnitt in Betracht zog. Definitiv gereizt, so wie er mit seinen Fingern auf der Schreibtischplatte trommelte und zu ihm hinsah. Wer wohl die Frau eben gewesen war?

«Na?», knurrte es ihm entgegen.

Was wollte er eigentlich von Magda Mann? Was sollte er sagen? Frau Mann war eine der Hauptverdächtigen in einem Mordfall? Und jetzt befürchte ich, sie ist wieder in etwas verwickelt?

«Ich bin ein Bekannter von Frau Mann. Ich möchte sie besuchen», meinte er schließlich widerwillig. «Mein Name ist Prottengeier, Herr ...?»

Der Mann hinter dem Schreibtisch ließ das Getrommele sein und setzte sich aufrechter hin.

«Tom Haller. Ich leite den Laden hier.»

Also doch der Intendant.

«Mein Geschäftsführer hat mir gesagt, dass Magda einen Freund erwartet. Setzen Sie sich doch, Herr Prottengeier.»

Wieso sollte Magda ihn erwarten? Das musste ein Missverständnis sein. Sie wusste doch gar nicht, dass er kam.

«Setzen Sie sich doch.»

Dieser Haller war auf einmal die Freundlichkeit in Person.

«Entschuldigen Sie, dass ich eben so ... Na ja, kleine Auseinandersetzung mit meiner Frau. Sie verstehen?»

Dieses kumpelhafte Von-Mann-zu-Mann-Getue hatte er schon immer gehasst. Wahrscheinlich konnte dieser Haller es ihm ansehen, denn er räusperte sich und fragte förmlich: «Sind Sie momentan frei?»

Prottengeier nickte verdutzt. Woher wusste der Kerl, dass er frei hatte?

«Ich weiß ja nicht, was Magda Ihnen schon von unserem Haus erzählt hat. Ein Privattheater hat natürlich nicht dieselben Möglichkeiten wie ein voll subventioniertes Haus, aber unser Gagenniveau unterscheidet sich kaum.»

Prottengeier nickte höflich.

«Wir arbeiten mit ausgezeichneten, ambitionierten Regisseuren zusammen und machen auch ganz ungewöhnliche Projekte. Magda hat Ihnen sicher erzählt, dass sie gerade mit unserer Balletttruppe probt. Hervorragende Leute. Moskauer Staatsballett.»

Was erzählte der Kerl ihm da?

«Natürlich erfinden auch wir das Theater nicht neu. Aber wir bemühen uns.»

Haller lachte. Den Witz hatte Prottengeier nicht verstanden. Aber diese Theaterleute ließ man am besten reden.

«Gerade jetzt läuft eine hochinteressante Produktion. *Der Sturm*, nur mit alten Schauspielern besetzt. Außer natürlich dem jungen Liebespaar, Ferdinand und Miranda, die sind vom Haus.»

Prottengeier nickte.

«Sehr gutes Presseecho, kann ich Ihnen sagen. Schon im Vorfeld. Ist ja auch nicht uninteressant für Sie, oder?»

Was hatte das mit ihm zu tun? Wenn er nur wüsste, worauf dieser Haller hinauswollte. Dieses Anpreisen seines Hauses. Der dachte doch nicht etwa ...

«Wir arbeiten viel mit Gästen zusammen. Wenn Sie also Interesse haben? Versprechen kann ich natürlich nichts, aber Sie sind als Typ nicht uninteressant.»

Prottengeier öffnete den Mund, um etwas zu sagen, aber mit einer beschwichtigenden Geste fuhr Haller fort: «Überlegen Sie es sich. Männer Ihres Alters können wir immer brauchen. Sie wissen ja, dass das nicht so einfach ist. Entweder sind die fest an einem guten Haus und wollen nicht wechseln, oder sie geben den Beruf auf. Ich bin selbst Schauspieler gewesen. Ich weiß, wovon ich rede.»

«Aber ich ...»

«Ich weiß, ich weiß, wir kennen uns nicht. Wenn Sie mir einfach mal erzählen, wo Sie bis jetzt gespielt haben ...»

«Ich bin kein Schauspieler», fiel ihm der Kommissar entschlossen ins Wort.

Entgeistert sah der Intendant ihn an.

«Ich bin einfach nur ein Bekannter von Frau Mann. Wenn Sie mir sagen könnten, wo ich sie finde?»

«Und warum behaupten Sie dann, Schauspieler zu sein?»

«Ich habe nichts dergleichen behauptet.»

«Aber Magda hat doch gesagt, ein alter Kollege käme sie besuchen?»

«Mich hat sie damit nicht gemeint», sagte Prottengeier fest. Himmel, dieser Kerl konnte ihn doch nicht zwingen, Schauspieler zu sein. «Ein Missverständnis», schlug er vor.

Haller knurrte. Alle Jovialität und Freundlichkeit waren von ihm abgefallen.

«Wenn Sie mir jetzt vielleicht sagen könnten, wo ich Frau Mann finde?»

Mit einem Ruck stand Haller auf. «Ich mag es nicht, wenn Fremde unbeaufsichtigt durchs Haus rennen. Kommen Sie.»

«Sehr freundlich von Ihnen», konnte der Kommissar gerade noch in den Intendantenrücken murmeln. Welche Laus dem wohl über die Leber gelaufen war?

Neben dem Büro führte eine weitere Wendeltreppe nach

oben, und Prottengeier musste sich beeilen, um Haller nicht aus den Augen zu verlieren. Sie waren wohl direkt unter dem Dach, denn in Kopfhöhe wiesen die Wände eine starke Schräge auf. Vor einer gepolsterten Doppeltür blieb Haller stehen und machte Prottengeier ein Zeichen, leise zu sein. Vorsichtig trat er näher und sah dem Intendanten über die Schulter, der langsam die Tür öffnete.

Vor ihnen breitete sich ein riesiger leerer Raum aus, durch den in Streifen das Sonnenlicht flutete. Die Wände waren bis zur Schräge mit großen Spiegeln verkleidet, die den Raum noch größer wirken ließen.

In der Mitte des Raumes, auf dem schimmernden Boden, saßen sie. Sie hatten das Öffnen der Tür nicht bemerkt und sahen sich mit einer merkwürdigen Intensität an.

Der dunkle, fremdländische Mann hatte die Beine weit ausgestreckt, sodass er fast im Spagat vor ihr saß. Magda kauerte vor ihm und hielt ihre Beine fest umschlungen. Ein paar Locken hatten sich aus ihrem Pferdeschwanz gelöst und umrahmten ihr Gesicht.

Der Mann spürte die Anwesenheit von Fremden und blickte zur Tür. Sie folgte seinem Blick und sah Prottengeier direkt in die Augen. Einen Moment schien sie verwirrt, als würde sie ihn nicht erkennen.

Sein Puls ging schneller. Er war ein Idiot, ein Trottel. Am liebsten hätte er sich umgedreht und wäre gegangen.

Dann kam ein Strahlen in ihre Augen. Als würden Jalousien vor einem Fenster hochgezogen, begann ihr Lächeln in den Augen und erreichte in Sekundenbruchteilen ihren Mund. Er hatte ihren Mund vergessen. Diesen schönen, großzügigen Mund.

«Besuch für dich, Magda», knurrte der Intendant. Ein Handy klingelte.

Prottengeier trat in den Raum. Hinter sich hörte er Haller reden. Mit einer anmutigen Bewegung stand Magda auf und lächelte heller.

Prottengeiers Mund wurde trocken. Wie sie so vor ihm stand. In weiten, schlabberigen Turnhosen und einem zu großen, verschwitzten T-Shirt. Mit schweißfeuchten Strubbelhaaren. Und ihrem Lächeln.

Wie durch eine Wand hörte er hinter sich den Intendanten aufgeregt in sein Handy plappern.

Magda kam auf ihn zu. Blieb vor ihm stehen.

«Es ist etwas passiert, Magda», kam eine lästige Stimme von hinten. Unwillig versuchte Prottengeier, sie zu überhören, auszublenden.

«Mit deiner Tante. Du sollst sofort kommen.»

Das Lächeln erlosch. Ihre Augen weiteten sich. Wie in Trance sah sie an ihm vorbei auf den Intendanten.

«Ich weiß nicht genau, was da los ist. Aber Iris war in Panik. Wir sollten so schnell wie möglich hin.»

6

Verdammt, er hätte sich wenigstens das Jackett ausziehen sollen. Ganz schön heiß heute. Bestimmt der heißeste Tag in diesem kühlen, verregneten Sommer.

Er hörte ihre raschen Schritte neben sich, ihr angstvolles Atmen. Sie hatten sich angesehen und waren losgestürmt. Genau wie vor über einem Jahr. Nur war es damals eine kalte Winternacht gewesen. Aber genau wie damals rannten sie auch jetzt durch enge Straßen und verwinkelte Gassen.

Vorbei an alten Fachwerkhäusern und modernen Bürogebäuden. Über leere Plätze, die in der Sonne brüteten, vorbei an kleinen Cafés, vor denen hoffnungsvoll Tische und Stühle auf Kundschaft warteten. Die ganze Stadt war ausgestorben. Wahrscheinlich tummelten sich alle am Wasser. Nur sie beide rannten. Ab und an begegnete ihnen ein vereinsamter Fußgänger, der sich schwitzend im Schatten der Geschäfte herumdrückte und ihnen verwundert nachsah.

Sie rannte viel zu schnell. Das würde sie nicht lange durchhalten. Sogar er hatte Schwierigkeiten mit dem Tempo.

Ob sie auch diesen Film im Kopf hatte? Das gemeinsame Rennen und am Ende der Tod des alten Warnak?

Haller hatte ihnen noch nachgerufen, sie sollten sein Auto nehmen. Sie hatte nur ein kurzes «Schneller zu Fuß» zurückgeworfen.

Er wusste noch nicht einmal, wo sie hinliefen.

Verlassen und heiß schlängelte sich eine schmale Gasse nach oben. Hier kam kein Auto durch. Also wirklich schneller zu Fuß.

Ohne langsamer zu werden, rannte sie panisch bergauf.

Die Häuser zu beiden Seiten wurden immer kleiner und schiefer. Die Gärten davor immer größer, bis die Häuschen ganz aufhörten und nur noch eingezäunte Gärten den Weg säumten. Und es ging immer noch bergauf.

Ein scharfer Stich in der Seite. Bloß nicht schlapp machen.

Er versuchte tiefer und gleichmäßiger zu atmen. Wie war das noch? In den Schmerz hineinlaufen. Hübsche Theorie. Keuchend sah er zu ihr hinüber. Ihr Gesicht war gerötet, und dicke Schweißperlen rannen von ihrer Stirn. Den Blick hielt sie fest geradeaus gerichtet.

Mit einer Hand versuchte er, den Knoten seiner Krawatte zu lockern. Automatisch wurde er etwas langsamer, und sie passte sich seinem Schritt an. Endlich hatten sie den Höhepunkt der Steigung erreicht, und der Weg wurde eben. Die Gärten hörten auf, vor ihnen lagen Felder.

Prottengeier atmete auf. Bis er merkte, dass aus dem asphaltierten Weg allmählich ein zerfurchter Feldweg wurde, der das Laufen auch nicht gerade einfacher machte.

Wenigstens ließ das Seitenstechen nach. Oder gewöhnte er sich nur an den Schmerz? Egal.

In der Ferne sah er eine Baumgruppe, mitten in den Feldern. Und plötzlich das Haus. Wie eine Fata Morgana tauchte es zwischen den Bäumen auf.

Er versuchte, den Schweiß, der ihm in die Augen lief, wegzublinzeln. War das überhaupt ein Haus? Er konnte keine klaren Konturen erkennen. Die Umrisse waren nicht quadratisch, sondern ... ein Kürbis. Ein riesiger Kürbis mit Ausbuchtungen und Verformungen überall. Roter Sandstein leuchtete warm im Sonnenlicht. Dadurch wirkte das Haus noch pflanzenartiger.

Er blinzelte heftiger. Trauerweiden. Um das Haus herum standen Trauerweiden, die ihre tiefen Äste bis zum Boden hängen ließen.

Im Näherkommen sah er, dass die merkwürdige Form des Hauses durch eine Unzahl von Balustraden, Balkonen, Erkern und Vorsprüngen entstanden war. Wie Wucherungen ragten sie an den unmöglichsten Stellen vor und verwischten alle Kanten. Ein Haus wie ein Albtraum. Ein Spukschloss irgendwo zwischen den Gebrüdern Grimm und Disney.

Unwillkürlich war er langsamer geworden. Er musste einen Spurt einlegen, um Magda wieder einzuholen. Der Feldweg mündete in eine asphaltierte Allee, die aus einer anderen Richtung direkt auf das Haus zulief.

Die Trauerweidenallee führte sie gespenstisch, aber angenehm kühl zu dem architektonischen Nachtmahr.

Vier Treppen. Wieder kniff er die Augen zusammen, aber das Haus hatte tatsächlich vier Freitreppen, die in diverse Eingänge mündeten. Wie herausgestreckte Zungen glänzten die roten Stufen im Sonnenlicht.

Verblüfft stolperte er hinter Magda die erste Treppe hoch und stemmte die schwere Eichentür auf. Er hatte fast schon meterlange Spinnweben, Ritterrüstungen und Kristalllüster erwartet.

Stattdessen empfing sie eine kühle, erstaunlich unspektakuläre Eingangshalle. Warmes Eichenparkett in länglichen Paneelen und eine breite Treppe, die nach oben führte.

Immer zwei Stufen auf einmal nehmend, rannte Magda hoch.

Oben erstreckte sich ein langer, lichtdurchfluteter Gang mit deckenhohen Fenstern an der einen und deckenhohen Türen an der anderen Seite. Vor einer dieser Türen stand ein tuschelndes Grüppchen von Leuten.

Die Leute waren alt. Aber viel zu normal und nüchtern gekleidet für dieses Spukschloss. Zwei Frauen, vier Männer. Fast enttäuscht registrierte Prottengeier Anzüge und Twinsets. Nur eine der alten Frauen stützte sich, als malerisches Accessoire, auf einen Stock mit silbernem Knauf.

«Wo ist sie?», rief Magda ihnen entgegen. Erschreckt fuhr die Gruppe auseinander. Eine grobschlächtige Alte, deren hängende Gesichtsfalten ihn fatal an einen alten Boxer erinnerten, kam Magda entgegen und hielt sie am Arm fest. «Keine Sorge, Kindchen. Es ist ihr nichts passiert, nur ein Schock.»

«Wo ist sie, Iris?»

Das also war Iris, die angerufen hatte.

«In ihrem Zimmer», antwortete die Boxerdame. «Schwester Ingrid ist bei ihr.» Aber das erzählte sie bereits einer zuschlagenden Tür.

Prottengeier, der hinter Magda gestoppt hatte, versuchte, wieder zu Atem zu kommen.

«Nicht gerade sportlich, der junge Mann», sagte ein Alter mit Halbglatze und dichtem, weißem Haarkranz, der ihm fast bis zu den Schultern reichte. Der Mann, der rechts von ihm stand, blickte peinlich berührt zu Boden und sah aus, als wäre er am liebsten gar nicht da. Der Linke, dessen kahler Schädel wie poliert blinkte, grinste. Erstaunt bemerkte Prottengeier, dass er völlig haarlos war. Er hatte keine sichtbaren Augenbrauen und, wie es schien, noch nicht einmal Wimpern. Braune, kluge Augen waren belustigt auf Prottengeier gerichtet, als er zu seinem Nachbarn sagte: «Hör schon auf, Heribert. So einen roten Kopf kriegst du doch schon vom Treppensteigen.»

«Aber in seinem Alter war ich fitter», protestierte Heribert. «Der hat doch spätestens in fünf Jahren den ersten Infarkt.»

«Wer ist das denn überhaupt?», begehrte die zerbrechliche Alte mit dem Stock zu wissen. Erwartungsvoll sahen alle ihn an.

«Prottengeier ...», japste der Kommissar.

«Schmidt-Urke», stellte sich die Dame mit königlichem Kopfnicken im Gegenzug vor. «Und was wollen Sie hier?»

«Ich bin ein Bekannter von Magda Mann», sagte Prottengeier, immer noch heftig atmend.

«Der Freund?», wollte die alte Dame wissen.

«Neugier, dein Name ist Weib», schnarrte Heribert die zarte Weißhaarige an.

«In meinem Alter kann ich mir erlauben, nur noch die Fragen zu stellen, die mich interessieren, Herr von Koch», konterte Frau Schmidt-Urke und schaffte es, auf den viel größeren Heribert von Koch herunterzusehen.

Von Koch wollte etwas erwidern, als eilige Schritte die

Treppe heraufkamen und Tom Haller erschien. Prottengeier registrierte, wie sich die Haltung der Gruppe veränderte. Heribert warf seine Mähne zurück, Frau Schmidt-Urke drückte das Kreuz durch, und Iris, der Boxer, zupfte den Pullover über ihrem mächtigen Busen zurecht. Sogar der unscheinbare Alte neben Heribert, der die ganze Zeit so wirkte, als wäre er lieber woanders, streckte seinen Kopf ein wenig weiter aus dem Anzug vor.

«Tom. Gut, dass du kommst», rief ihm der haarlose Hännsen entgegen. Sie schienen Prottengeier völlig vergessen zu haben und sahen aufgeregt zu dem Intendanten.

Der kam mit ausgebreiteten Armen auf die Gruppe zu und fragte besorgt: «Was ist denn passiert, meine Lieben?»

Sofort begannen alle durcheinander zu reden. «Das Ding ...» – «... voller Blut ...» – «So ein Schock, das kannst du glauben ...» – «Aber das Schlimmste, Tom, das Schlimmste ...»

Beschwichtigend hob der Intendant die Hände. Sofort verstummten alle. «Bitte der Reihe nach. Iris, du hast angerufen. Was ist passiert?»

Als hätte sie eine Auszeichnung erhalten, trat Iris Mallak vor. Mit zitternden Hängebacken berichtete sie: «Nach der Probe sind wir alle hierher. Wir sind gleich in den Speisesaal. Die anderen waren schon fertig, und wir mussten uns beeilen. Nach dem Essen wollte Gisela sich hinlegen und ging nach oben. Dann haben wir sie schreien gehört ...»

«Du hättest sehen sollen, wie die alten Krücken die Treppe raufgestürmt sind. Da war nix mehr mit Hüftleiden», grinste Heribert von Koch.

«Du warst ja wohl der Erste, der gestürmt ist», giftete ihn Iris Mallak an.

«Gut, dass die meisten schon auf ihren Zimmern waren.

Sonst hätten sie sich gegenseitig totgetrampelt», fuhr Heribert ungerührt fort.

«Und weiter?», fragte Haller.

«Gisela kniete vor dem ... Ding. Und schrie und schrie. Da dachte ich, es wäre gut, wenn Magda bei ihr wäre. Deshalb hab ich angerufen. Ich dachte mir, dass sie noch im Theater ist.»

«Hysterische Weiber», meinte von Koch abfällig. Frau Schmidt-Urke und Iris Mallak wechselten genervte Blicke.

«Komm, Heribert», sagte Hännsen mit gerunzelter Stirn. «Das Ding ist wirklich gruselig.»

«Welches Ding denn?», wollte Haller wissen.

«Hertz hat es in sein Zimmer geschafft. Los, hol es mal», sagte Heribert zu dem kleinen Mann an seiner Seite. Der zuckte zusammen, huschte dann aber eifrig los.

«Wir dachten, es ist besser, das Ding wegzuschaffen. Damit sich keiner aufregt», erklärte der kahle Hännsen.

«Kurt Hännsen! Der Beschützer von Witwen, Waisen und hysterischen alten Weibern», lachte von Koch höhnisch und stieß dem Kahlkopf in die Seite.

In diesem Moment kam der, den sie Hertz nannten, zurück. Vorsichtig trug er einen unförmigen Gegenstand vor sich her und stellte ihn vor Tom Haller ab, der erschrocken einen Schritt zurücktrat.

Fasziniert kniete sich Prottengeier hin, um das Ding genauer zu inspizieren. Es war eine Wurzel oder ein gespaltener Ast, rot von Blut.

Das konnte unmöglich alles von dem kleinen Vogel stammen, der mit halb ausgebreiteten Flügeln und gesenktem Köpfchen in der Wurzel festzustecken schien. Vorsichtig hob der Kommissar einen der blutverschmierten Flügel hoch. Das Tier war mit dicken Tapeziernägeln an die zwei Äste der Wurzel genagelt. Das Ganze wirkte wie eine Kreuzigungsszene. Ein makabres Mahnmal, irgendein mystisches Zeichen. Das Blut glänzte dick und klebrig im Gefieder und sammelte sich in den offenen Augen. Der Vogel schien damit übergossen worden zu sein.

«O Gott», flüsterte der Intendant, der sich neben ihn gekniet hatte und das schaurige Ding anstarrte.

«Es ist angenagelt, nicht wahr?», fragte Frau Schmidt-Urke mit brüchiger Stimme.

Prottengeier nickte.

«Hoffentlich war das arme Ding schon tot, bevor ihm jemand das angetan hat», murmelte sie.

Prottengeier blickte hoch und bemerkte, dass sie Tränen in den Augen hatte. «Ich denke schon», meinte er ruhig. «Sehen Sie diese beiden Löcher im Hals? Die sehen aus wie von einem Biss.»

«Oder von Nägeln», warf Heribert von Koch munter ein. «Vielleicht hat der Nagler ihm die Dinger in den Hals getrieben?»

Erstaunt sah Prottengeier ihn an. Der Alte schien Spaß an der Sache zu haben. Den massigen Oberkörper leicht vorgeneigt, damit ihm kein Detail entging, und mit glitzernden Augen beobachtete er jeden in der Gruppe. «Nägel in den Hals», sagte er genüsslich zu der alten Frau, die zusammenzuckte und sich schwerer auf ihren Stock stützte.

«Rede keinen Unsinn, Heribert», fuhr ihn Iris Mallak an. Ihre flinken Augen taxierten den Vogel. «Eine Meise. Der Biss kommt von einer Katze. Wenn Falstaff tote Vögel anschleppt, haben die genau solche Löcher im Genick.» Angewidert betrachtete sie Heribert von Koch, der sich über die Lippen leckte und kichernd die kleine, alte Dame betrachtete. Frau Schmidt-Urke schien weniger hartgesotten als die Mallak. Sie sah selber wie ein Vögelchen aus, als sie mit abgewandtem Kopf leise fragte:

«Und das viele Blut?»

«Theaterblut», kam es bestimmt von Haller. «Ich bin ganz sicher. Ich kenne den Geruch.»

«Stimmt», fiel der Kahlköpfige ein und kniete sich interessiert neben Prottengeier.

«Theaterblut?», fragte der Kommissar verwundert.

«Damit werden Verletzungen und Wunden imaginiert», antwortete Hännsen fachmännisch. «Das gibt es in der Flasche, als Kapseln oder Blutkissen. Sieht echtem Blut täuschend ähnlich, riecht aber anders.»

Prottengeier beugte sich noch tiefer und roch an der unheimlichen Wurzel. Ein leicht medizinischer Geruch, der an Metall erinnerte. Theaterblut, das war es also.

«Das ganze Ding ist ein Witz», ließ sich Heribert vernehmen.

«Den Witzbold möchte ich nicht unbedingt kennen lernen», sagte Hännsen trocken und richtete sich schwungvoll wieder auf.

«Aber wer nagelt einen toten Vogel zwischen zwei Äste und übergießt ihn mit Theaterblut?», sagte Iris Mallak mehr zu sich selbst als zu den anderen.

Ihre hängenden Backen und die dicken Tränensäcke zitterten, und fast tat es ihm Leid, dass er sie mit so wenig schmeichelhaften Vergleichen belegt hatte. Alle waren, bis auf Heribert von Koch, sichtlich erschüttert.

«Tja, warum? Und wer? *Das ist hier die Frage*», schloss sich Hännsen an.

Der kleine, gepflegte Herr, der stumm neben Frau Schmidt-Urke stand, sagte wie aus der Pistole geschossen: «*Hamlet.* Shakespeare natürlich.»

Was sollte das denn schon wieder?

«Das Zitat», erklärte Hännsen dem ratlosen Kommissar. Als der ihn nur weiterhin stumm ansah, schaltete sich der Zitate-Rater wieder ein:

«Entschuldigung, Kuhn mein Name. *‹Sein oder Nichtsein. Das ist hier die Frage.› Hamlet.* Wir vertreiben uns die Zeit mit Zitate-Raten. Reiner Reflex, dass ich darauf sofort reagiert habe.»

Prottengeier nickte. Zitate-Raten!

«Also: Die Frage ist, wer und warum», wiederholte Hännsen.

«Vergaßt ihr Sycorax? Die Hexe Sycorax?»

Überrascht drehte sich Prottengeier nach der unbekannten Stimme um. Wie aus dem Nichts stand hinter ihm eine sehr große, sehr dünne alte Frau mit hüftlangen weißen Haaren, die sie offen trug. Sie hatte die blauesten Augen, die er jemals gesehen hatte. Den Blick fest auf das blutige Ding gerichtet, zitierte sie mit hoher Stimme:

«Du, mein Sklav, warst ihr Diener damals.
Allein da du, ein allzu zarter Geist,
Ihr schnödes, fleischliches Geheiß zu tun,
dich ihrem großen Werk entzogst ...»

Mit tönender Stimme fiel Heribert von Koch ein:

«... verschloss sie in ihrer höchsten, unbezähmbaren Wut
in einer Fichte Spalte dich;
ein Dutzend Jahre ...»

Er brach ab und sah merkwürdig hilflos in die Runde. Verlegen blickte Hännsen zu Boden. Die anderen Alten reagierten ähnlich. Heribert von Koch zischte in die Stille: «Das ist mein Text, Elsa. Ich spiele den Prospero.»

Dieser Heribert von Koch war offensichtlich ein Choleriker. Wie er diese merkwürdige Alte anstierte. Die Augen bedrohlich unter buschigen, weißen Augenbrauen zusammengezogen, den schweren Schädel angriffslustig vorgestreckt. Aber diese Alte berührte das gar nicht. Ausdruckslos sah sie ihn mit ihren unheimlichen Augen an. Ein Blau, so hell, dass es ihn an Eis erinnerte. Winteraugen. Prottengeier zog fröstelnd die Schultern hoch. Dabei war es in diesem hellen Flur sommerlich warm.

«Elsa hat Recht. Natürlich!»

Hännsen schlug sich mit der Hand gegen die polierte Stirn. Alle betrachteten ihn verwundert. Aufgeregt sagte er: «Ein Vogel – Luft – Luftgeist! Das ist Ariel. In einer Fichte Spalte eingeklemmt. Warum bin ich nicht gleich darauf gekommen?»

«Ariel?», fragte Prottengeier.

«Sie kennen den *Sturm* nicht?», fragte Hännsen erstaunt zurück.

Bildete er sich das ein, oder sahen ihn die Alten wirklich mitleidig an? Mein Gott, es war doch keine Katastrophe, diesen Shakespeare nicht auswendig zu kennen. Verlegen schüttelte er den Kopf.

«Im *Sturm* flieht der Herzog von Mailand, Prospero, gespielt von unserem Heribert ...», damit wies er auf den cholerischen Heribert, der eine leichte Verbeugung andeutete, «... vor seinem verräterischen Bruder Antonio – den spiele übrigens ich – auf eine einsame Insel. Diese Insel hat früher der Hexe Sycorax gehört. Ihr Sohn Caliban ...», eine Armbewegung in Richtung Boxer, «... bei uns Iris Mallak, und der Luftgeist Ariel leben dort. Ariel hatte sich geweigert, die grausamen Befehle der Sycorax auszuführen, und wurde zur Strafe von ihr in eine gespaltene Fichte eingesperrt. Dort lebt er jammernd und klagend zwölf Jahre lang, bis Prospero ihn befreit. Die gespaltene Fichte, verstehen Sie?»

Seine merkwürdig wimpernlosen Augen waren konzentriert auf Prottengeier gerichtet. «Durch einen Sturm bekommt Prospero seine Feinde in die Hand, verzaubert sie mit Ariels Hilfe, die sehen, gezwungenermaßen, ihr damaliges Unrecht ein, und Prospero wird wieder Herzog von Mailand. Prospero verliert seine Zauberkraft, und Ariel kommt frei.»

«Das ist aber eine sehr laxe Zusammenfassung», warf Frau Schmidt-Urke vorwurfsvoll ein.

«Ich bitte dich. Wie soll ich das einem Laien anders erklären?», fragte Hännsen leicht genervt zurück.

Prottengeier zuckte bei dem Wort Laie kurz zusammen. Hännsen lächelte entschuldigend und meinte: «Das Wichtige ist, dass dieser Vogel Ariel symbolisiert.»

«Das ist Unsinn», warf der Intendant ein. «Dieses ... Ding hat überhaupt nichts mit dem *Sturm* zu tun. Bitte, das dürft ihr nicht glauben. Die Produktion ist ohnehin schon belastet. Das ist doch alles reine Spekulation.»

Fast flehend sah er die Alten an.

«Eine Warnung. Eine Warnung an Ariel», flüsterte Elsa und richtete ihren blauen Blick in die Ferne. «Das müsst ihr Gisela sagen. Ich soll den Ariel spielen. Ich sage euch: *Die Höll ist ledig. Und alle Teufel hier!*»

Damit drehte sie sich um und ging.

«Starker Abgang», meinte Heribert von Koch anerkennend zu ihrem Rücken.

• 7 •

Alles war weiß. Die Wände, der dicke Teppich, die Gardinen, die sanft das grelle Sonnenlicht aussperrten und Möbel und Menschen samtig verschwimmen ließen. Vor dem Fenster eine Sitzgruppe mit weißen Sesselchen, einem weißen Sofa und darauf, malerisch drapiert, eine Gestalt. Stirn und Augen von einem ebenfalls weißen Tuch verdeckt.

Prottengeier, der hinter Tom Haller ins Zimmer geschlüpft war, blieb an der Tür stehen und betrachtete die Szene. Sogar die weiß gekleidete Krankenschwester, die hinter dem Sofa stand und sich besorgt über die Liegende beugte, schien Teil dieses lebenden Tableaus.

Magda kniete vor dem Sofa und streichelte eine Hand, die ihr matt heruntergereicht wurde. In ihren verschwitzten, viel zu weiten Trainingsklamotten und den unordentlichen Haaren war sie eindeutig ein Fremdkörper in dieser Inszenierung.

Der Intendant vor ihm räusperte sich.

Magda und die Schwester drehten sich zur Tür. Aber während Magda sich gleich wieder dem Sofa zuwandte, schien die Krankenschwester zu erstarren. Ihre Augen weiteten sich, als hätte sie ein Gespenst gesehen, und mit raschen Schritten war sie bei den beiden Männern.

Ohne Prottengeier nur eines Blickes zu würdigen, zischte sie Haller an: «Was machst du hier?»

Mit einer fast beiläufigen Bewegung schob er sie beiseite und wollte zum Sofa. Hart packte sie seinen Arm und riss ihn zurück.

«Wieso bist du nicht mit Christian beim Arzt?»

Natürlich, die Frau vom Theater. Die streitsüchtige Intendantengattin. Arbeitete hier also als Krankenschwester.

Wie im Theater ignorierte sie Prottengeier und sah wie hypnotisiert zu ihrem Mann.

Der blickte unwillig zu ihr hinunter und flüsterte: «Mein Gott, Ingrid. Das hier ist doch wohl wichtiger.»

«Wichtiger als dein Sohn?» Ihre Augen füllten sich mit Tränen.

Verlegen sah Prottengeier zur Seite.

«Bist du das, Tom?», fragte eine schwache Stimme vom Sofa.

Sofort richtete sich die Aufmerksamkeit des Intendanten auf die Liegende. «Ich komme, Gisela.»

Die Krankenschwester, die ihn immer noch am Arm festhielt, schluckte.

«Ingrid, mach jetzt bitte keine Szene», flüsterte Haller und machte sich los. «Christian ist alt genug, um allein zum Arzt zu gehen.»

«Er ist elf Jahre. Und er hat Angst», antwortete sie mit tränenerstickter Stimme.

«Ich bin Intendant. Ich muss mich um meine Leute kümmern.»

Mit hassverzerrtem Gesicht ließ sie ihren Mann los, wandte sich ab und lief aus dem Zimmer.

Betäubt sah Prottengeier ihr nach. Ein Echo hallte in seinem Kopf: «Ich bin Kommissar. Ich muss mich um meinen Fall kümmern.» Wie oft hatte er das zu seiner Frau gesagt? Die Wiederholung des ewig Gleichen. Tränenverschmierte Frauengesichter und unwillige Männer. Haller tat ihm fast Leid.

«Wie geht es dir?», fragte der gerade die Gestalt auf dem Sofa.

«Tom, schön, dass du da bist.»

«Ich muss doch nach meinem Ariel sehen.»

Kraftlos nahm die Frau das Tuch vom Gesicht und zog sich an der Lehne hoch.

Prottengeier stockte. Sie war eine ältere Ausgabe von Magda. Dieselbe zarte Figur, dieselben blonden Haare, derselbe großzügige Mund. Nur war er bei ihr leidend nach unten gezogen, während ihre Nichte immer zu einem Lächeln bereit schien.

Bei näherem Hinsehen bemerkte er die tausend kleinen Fältchen, die ihr Gesicht durchzogen. Trotzdem gut gehalten. Könnte alles zwischen sechzig und achtzig sein. Sehr gepflegt, sorgfältig geschminkt. Die Augen blau statt braun und die Haare nicht in wilden Magda-Locken, sondern in sanfte Wellen gelegt.

Mit einer exaltierten Bewegung legte sie sich eine Hand auf die Stirn. «Ich weiß, ich bin ein albernes Ding. Aber es war so grässlich.» Schaudernd zog sie die Schultern hoch.

Sie trug etwas flatternd Pastellfarbenes. Prottengeier glaubte, bei jeder ihrer Bewegungen den leichten Duft von Maiglöckchen zu riechen.

«Meine arme Gisela.» Haller tätschelte ihre Hand.

Mit ängstlichem Augenaufschlag fragte sie: «Glaubst du, das hat irgendetwas mit ... mit dem Ariel zu tun?»

«Unsinn», antwortete der Intendant schnell. «Ein bösartiger Scherz, das ist alles. Wahrscheinlich ist jemand eifersüchtig auf dich.»

Die Vorstellung schien ihr zu gefallen, denn sie lächelte geschmeichelt.

«Quatsch!», unterbrach Magda das Gesäusel mit scharfer Stimme. «Natürlich hat das was mit dieser beschissenen *Sturm*-Produktion zu tun.»

Haller zog verächtlich die Mundwinkel nach unten und musterte sie kühl: «Du vergisst, dass deine Tante immer noch eine sehr schöne Frau ist.» Die Tante lächelte. «Und eine sehr gute Schauspielerin. Das waren schon immer hinreichende Gründe für Bösartigkeiten am Theater.»

«Das da draußen ist aber keine normale Bösartigkeit. Das ist eine Drohung. Sie soll den Ariel nicht spielen! Tom, ich verstehe ja, dass du alles tust, um die Produktion nicht zu gefährden. Aber hier ist ein Verrückter am Werk.»

«Ich weiß nicht, wer hier verrückt ist. Deine dauernden Ausfälle gegen den *Sturm.* Bist du vielleicht eifersüchtig? Weil deine Tante wieder spielt? Und Erfolg haben wird?»

Prottengeier sah, wie Magda blass wurde.

Haller hatte es wohl auch gesehen. Zufrieden beugte er sich zu Gisela Mann, legte ihr die Hände auf die Schulter und sagte beschwörend: «Ich verlasse mich auf dich, Gisela. Lass dich nicht ins Bockshorn jagen. Dieses alberne Gebilde da draußen hat absolut nichts mit dem *Sturm* zu tun.»

«Da bin ich nicht so sicher», mischte sich Prottengeier ein.

Die drei im Zimmer wandten sich ihm zu.

«Wer sind Sie?», herrschte Gisela Mann ihn an. Interessiert registrierte der Kommissar, dass alles mädchenhaft Zarte aus ihrem Tonfall verschwunden war. Die Dame konnte recht rigoros sein.

«Prottengeier. Ich bin ein Bekannter Ihrer Nichte.» Mit diesen Worten neigte er leicht den Kopf und trat in die Mitte des Zimmers.

Magda sprang auf und kam auf ihn zu.

«Wir haben uns noch gar nicht richtig begrüßt», sagte sie leise und sah ihm in die Augen.

«Dafür sind wir mal wieder zusammen gerannt», meinte er leichthin. Im selben Moment hätte er sich ohrfeigen können. Ihr letztes gemeinsames Rennen hatte mit einem Toten geendet. Bestimmt keine angenehme Erinnerung für sie. Erleichtert sah er sie lächeln.

«Prottengeier?», fragte die Tante vom Sofa. «Sind Sie nicht dieser Polizist?»

«Polizist?», fragte Haller ungläubig. «Und ich habe Sie für einen Schauspieler gehalten.»

«Schauspieler? Herr Prottengeier?» Magda fing an zu lachen, und Prottengeier grinste zurück.

Gisela Mann erhob sich mit elegantem Schwung vom Sofa und trat zwischen den Kommissar und ihre Nichte. «Ich freue mich, Sie kennen zu lernen. Und ich muss mich für diesen ganzen Aufruhr entschuldigen.»

Mit einer ausholenden Armbewegung umfasste sie das Zimmer, das Draußen, die ganze Welt. Sie griff seinen Arm, hakte sich unter und führte ihn zum Sofa. «Ein Polizist, wie interessant.»

Prottengeier ließ sich, leicht verwirrt, mitziehen. Flirtete sie etwa mit ihm? Diese alte Dame?

Gisela Mann zog ihn neben sich auf das Sofa, legte den Kopf schief und gurrte: «Erzählen Sie von Ihrer aufregenden Arbeit. Den ganzen bösen Ganoven da draußen.»

«Die letzten Ganoven, mit denen Herr Prottengeier zu tun hatte, waren ich und meine Kollegen», warf Magda ein.

Die alte Dame stutzte, sah ihre Nichte kurz an und meinte vertraulich zu Prottengeier: «Diese Kinder sind immer so burschikos.» Und als würde sie ihre Nichte jetzt erst bemerken, fügte sie hinzu: «Wie siehst du überhaupt aus? Erzähl bitte nicht, dass du so über die Straße gerannt bist.»

Magda zupfte an ihrer zerknautschten Trainingshose und versuchte, sie in Form zu ziehen. In diesem Moment kam sie Prottengeier wie der einzig reale Mensch in diesem alabasterfarbenen Bühnenbild vor.

«Ach, Scheiße», sagte der einzig reale Mensch und unterließ die Verschönerungsversuche.

Der Kommissar zuckte zusammen. Ihre Vorliebe für klare Worte hatte er vergessen.

«Herr Prottengeier, Sie meinen auch, das Ding draußen hat mit dem *Sturm* zu tun?»

«Was geht ihn das überhaupt an?», maulte der Intendant und griff nach der Hand der Tante.

Prottengeier lächelte verbindlich. «Frau Mann hat mich um meine Meinung gefragt.»

«Und bloß, weil Sie bei der Polizei den Verkehr regeln oder so, spielen Sie den Fachmann?»

«Herr Prottengeier ist Hauptkommissar. Bei der Mordkommission», korrigierte Magda kühl.

Tom Haller sah ihn überrascht an. Prottengeier lächelte breiter. Wie nannte sein Kollege Schmidthahn die Ankündigung «Mordkommission» immer? Den Eiertritt?

«Mordkommission?», fragte der Intendant und zog die Augenbrauen hoch.

«Ich bin privat hier», sagte Prottengeier schnell. «Trotzdem würde ich ganz gerne wissen, was hier los ist.»

Irrte er sich, oder war Magda ein bisschen rot geworden, als er «privat» sagte?

«Das ist gar nicht so einfach zu erzählen», meinte sie schnell. «Das Ganze fängt mit dem *Sturm* an.»

«Alles Hirngespinste», warf Haller ein.

Ohne ihn zu beachten, fuhr Magda fort: «Das hiesige Privattheater hat den *Sturm* auf den Spielplan gesetzt. Und Tom hatte die Idee, das Ganze mit alten Schauspielern zu besetzen. Hier aus dem Heim.»

«Wieso wohnen hier eigentlich so viele Schauspieler?», fragte der Kommissar.

«Das ist ein Haus für Bühnenkünstler», erklärte Gisela Mann prompt. «Hier sitzen wir alle. Schauspieler, Musiker, Artisten. Alte Bühnenbildner, Maskenbildner und Chorleiter.» Und mit verschwörerisch gesenkter Stimme fügte sie hinzu: «Oder glauben Sie, man würde normalen Menschen zumuten, in so einem Horror zu leben?»

«Komm, das Haus ist doch gar nicht so schlecht», warf Magda ein.

«Es gehörte einer theaterverrückten Industriellenfamilie. Der letzte Verrückte hat Haus und Vermögen in eine Stiftung fließen lassen, die alten Bühnenkünstlern zugute kommen soll. Eine nette Idee, aber glauben Sie mir: Das Haus ist eine Zumutung.» Gisela Mann zog angewidert die schmalen Schultern hoch.

Prottengeier sah an ihr vorbei in den geräumigen weißen Traum. Automatisch hatte er die zwölf Quadratmeter vor sich, in denen sein Vater die letzten Jahre verbracht hatte. Altenheim der Arbeiterwohlfahrt. Enge, muffige Gänge, in denen es immer nach Desinfektionsmitteln und Krankheit roch. Käfighaltung ohne Privatmöbel. Wie immer, wenn er daran dachte, hatte er einen Kloß im Hals. Obwohl er es dem Alten gegönnt hatte, so zu krepieren.

«Immerhin bist du nur mit Leuten zusammen, die die gleichen Interessen haben wie du. Die Zimmer sind okay. Deins hat sogar ein eigenes Bad», sagte Magda herausfordernd zu ihrer Tante.

«Pensionierte Schauspieler und ein Theater», unterbrach Prottengeier den Wortwechsel zwischen Tante und Nichte. «So viel habe ich begriffen.»

«Und drei Tote.» Herausfordernd sah Magda in die Runde.

«Magda, bitte!», riefen Intendant und Tante gleichzeitig.

Ohne die beiden zu beachten, fuhr Magda fort: «Sie proben den *Sturm*. Die meisten Rollen sind mit Leuten aus dem Heim besetzt. Die Zeitungen interessieren sich für das Projekt. Alles läuft gut, da stirbt die erste Schauspielerin des Ariel.»

«Frau Desch-Kallenberg war neunzig», warf Tom Haller müde ein. «Mein Gott, Magda. Mit neunzig zu sterben ist nicht sooo ungewöhnlich ...»

Magda winkte ab. «Der Ariel wird umbesetzt. Und stirbt kurz darauf ebenfalls.»

«Mein liebes Kind», seufzte die Tante. «Katharina war krank. Schwerer Diabetes. Nierenprobleme, Herzprobleme. Sie hat mindestens fünfzig Tabletten am Tag geschluckt.» Sie legte Prottengeier ihre Hand auf den Arm und meinte: «Es gibt nichts Entsetzlicheres als kranke, alte Weiber. Ich persönlich nehme nichts. Noch nie. Wenn man einmal damit anfängt, ist das eine Einladung für die Würmer.»

Prottengeier nickte höflich, und sie zwinkerte ihm zu.

«Und die Geschichte mit den Pantoffeln?», fragte Magda.

Tom Haller stöhnte auf und stützte seinen Kopf in die Hände. Zum Teppich gewandt murmelte er: «Irgendwann drehe ich Elsa persönlich den Hals um.» Er tauchte wieder auf und sagte zu Prottengeier: «So ein Aufstand. Wegen Pantoffeln!»

«Katharina wurde auf ihrem Sofa gefunden», übertönte Magda seinen Einwand. «Sie hielt dort immer Mittagsschlaf. Wegen ihrer Durchblutungsstörungen trug sie beim Schlafen Lammfellpantoffeln ...»

«Durchblutungsstörungen. Die hatte ich ganz vergessen», meinte Gisela Mann und verdrehte die Augen.

«... aber als sie gefunden wurde, standen die Pantoffeln säuberlich neben dem Sofa.»

Magda sah triumphierend von einem zum anderen.

«Und wegen dieser blöden Pantoffel-Geschichte rennt Elsa zur Polizei und macht alle verrückt», schnaubte Haller.

«Sie war schon bei der Polizei?», fragte der Kommissar.

Magda nickte. «Elsa war wegen der Pantoffeln außer sich. Sie hat immer wieder betont, dass sich Katharina ohne diese Pantoffeln nie hingelegt hat. Sie kann also nicht im Schlaf gestorben sein.»

«Sie haben Elsa kennen gelernt. Die langhaarige Alte eben im Flur. Die mit den Zitaten. Völlig verrückt», meinte Haller.

«Übrigens, Elsa würde gerne den Ariel spielen, Tom», sagte

Gisela Mann und lächelte dem Intendanten zu. «Vielleicht keine schlechte Idee. Ich meine, wenn es wirklich gefährlich ist ...»

«Aber Gisela!», fuhr der Intendant auf, wurde aber von einem lauten Kratzen an der Tür unterbrochen.

«Herein», rief die Tante. Nichts passierte. Alle sahen zur Tür. Wieder dieses merkwürdig kratzende Geräusch. Es war nicht einzuordnen. Fast, als würde jemand mit blanken Knochen an der Tür schaben.

Wie in Zeitlupe hob Gisela Mann eine Hand vor ihren Mund.

«Was ist das?», flüsterte Magda.

Prottengeier erhob sich lautlos und machte den anderen ein Zeichen, still zu sein. Auf Zehenspitzen schlich er zur Tür.

Wieder das scharrende Kratzen.

Der Kommissar drückte vorsichtig die Klinke nach unten. Mit einem Ruck riß er die Tür auf.

Ein mächtiger, schwarzer Kater mit weißen Pfoten und einem weißen Fleck um die Nase kam majestätisch ins Zimmer stolziert. Erleichtert lachte Gisela Mann auf. «Falstaff, du Schlimmer. Wie kannst du Frauchen so erschrecken?»

Der Kater stellte sich mitten ins Zimmer und miaute laut und herausfordernd. Prottengeier kam sich außerordentlich dämlich vor, als er die Tür wieder schloss.

«Mein Muckelchen. Komm zu Mama ...», gurrte Gisela Mann und kramte aus einer unsichtbaren Tasche ihres Flattergewandes ein paar braune Körnchen hervor.

Der Kater ignorierte ihre ausgestreckte Hand. Verächtlich wandte er sich um, kam auf Prottengeier zu und rieb sich an seinen Beinen.

Hilflos blickte der Kommissar zu dem schnurrenden Tier hinunter. Was wollte es denn von ihm?

Spielerisch richtete sich der Kater an seinem Bein auf, wobei sich seine Krallen unangenehm in Prottengeiers Oberschenkel bohrten.

«Wie süß. Er will Ihnen Köpfchen geben», kam es aufgeregt vom Sofa.

Köpfchen geben? Was sollte das denn? Wenn dieses Vieh sich noch weiter an seinem Bein festkrallte, würde er mal an das Köpfchen treten.

Vorsichtig versuchte er, das Monster von seinem Bein zu entfernen, was nur neues Gemaunze und ein aufforderndes «Geben Sie ihm Köpfchen!» von der enthusiastischen Besitzerin zur Folge hatte.

Prottengeier schüttelte sein Bein und knurrte.

Diese Sprache schien das Vieh zu verstehen, denn es ließ endlich von ihm ab und stand wieder auf seinen eigenen vier Beinen.

«Er wollte Ihnen nur Köpfchen geben», kam es vom Sofa. Wütend sah er zu Gisela Mann.

Magda hatte ein auffallend rotes Gesicht. Misstrauisch fixierte er sie. Sie kicherte. Eindeutig kämpfte sie mit einem Lachanfall. Kurz überlegte er, ob er ihr auch das Köpfchen herunterreißen sollte.

Amüsiert kicherte sie: «Falstaff ist ein Miststück. Das macht er extra. Immer bei Leuten, die nichts mit ihm anfangen können.»

«Mein Baby, mein Kleiner», piepste die Tante mit Kleinmädchenstimme dem Kater zu, der mit einem geschmeidigen Sprung mitten auf dem Couchtisch landete. Dort ließ er sich nieder, blinzelte aus hochmütig geschlitzten Augen in die Runde und begann, sich den Hintern zu lecken.

Einen kurzen Moment sah der Intendant angewidert zu dem Tier. Ein fast warmes Gefühl der Solidarität stieg in Prottengeier hoch. Aber der Intendant hatte sich schnell wieder im Griff: «Na, Falstaff, alter Junge? Bist du mittlerweile eingezogen?», sagte er jovial.

Prottengeiers Solidaritätsgefühle schwanden proportional zu Hallers Grinsen.

«Wir dürfen hier keine Tiere halten, stellen Sie sich das einmal vor», wandte sich Gisela Mann an Prottengeier. Empörung blitzte in ihren Augen. «Aber so weit kommt es noch, dass die uns kleinkriegen, was, Falstaff? Mit ihren blöden Regeln und Bestimmungen. Da scheren wir uns doch gar nicht drum.»

Der Kater schien ihrer Meinung zu sein. Er blinzelte träge.

Magda seufzte. «Warum müsst ihr euch nur immer mit der Heimleitung anlegen?»

«Die legen sich mit uns an», erwiderte die Tante hitzig. «Menschen, die sich ihr Leben lang mit Shakespeare und Chopin beschäftigt haben, in der Zirkuskuppel jeden Abend ihr Leben riskierten, lassen sich nicht so einfach zu Kleinkindern machen, die in Gruppen basteln und singen. Ich bitte dich. Basteln!»

«In anderen Altenheimen tun sie das auch.»

«Und dort wird es den alten Menschen genauso unangenehm sein. Kind, bloß weil man alt wird, wird man doch nicht kindisch. Seidenmalerei! Wenn ich das schon höre.»

Einmal hatte sein Vater eine Blume in der Hand gehabt. Ob aus Stoff oder Papier, konnte er nicht erkennen. Als er ins Zimmer trat, hatte er sie schnell verschwinden lassen. Aber den Anblick vergaß er nie. Der große, schwere Mann, der immer tätig war. Immer mit angespannten Muskeln, die Hände immer in Bewegung. Wie er allein an dem kleinen Tisch saß und mit groben, ungeschickten Fingern fast zärtlich an der Blüte faltete ...

«Herr Prottengeier?» Er fuhr erschrocken zusammen und kehrte in das weiße Zimmer zurück.

«Was war mit der dritten Toten?», fragte er in Magdas erstauntes Gesicht.

Wie lange hatte er vor sich hin gestarrt?

«Die dritte Tote, ja», meinte Magda etwas verwirrt. «Das war Frau Braun. Sie ist in der Badewanne gestorben. Kreislaufversagen. Elsa hat sie gefunden.»

«Ingrid, meine Frau, hat erzählt, es war ganz gruselig», warf Haller ein. «Meine Frau arbeitet hier halbtags als Krankenschwester», fügte er erklärend hinzu. «Sie hat mitten in der Nacht zufällig das Bad betreten. Ein riesiges, altes Gemeinschaftsbad. Fast nicht mehr genutzt, wie sie sagt. Da lag Frau Braun tot in der Wanne, und Elsa hatte sich im Zimmer versteckt. Das war, als dieses schreckliche Gewitter tobte ...»

«Der Sturm, Tom», unterbrach ihn Magda. «Es war kein gewöhnliches Gewitter. Es war ein Sturm.»

• 8 •

«Wer immer an vorderster Front steht, verkriecht sich gerne ab und zu in dunkle Ecken.» – Schon wieder Schmidthahn und seine goldenen Worte. Erstaunt merkte er, dass er seinen dicken Kollegen vermisste.

Das *08/15* auf der anderen Straßenseite war definitiv eine dunkle Ecke. Durch die Lücken des fließenden Verkehrs blitzte immer wieder eine ungastliche Wellglastür mit den Zahlen 08/15 auf. Der Kneipenbesitzer musste ein schauerlicher Witzbold sein. Traf mit Sicherheit Schneiders Humor.

Leiter der Mordkommission. Schneider hatte es geschafft.

Im Gegensatz zu ihm. Seine Cowboy-Manier kam an. Auch bei seinen Leuten. Der Pförtner im Kommissariat hatte sofort gegrinst, als er ihn nach Schneider fragte, und mit dem Daumen auf die andere Straßenseite gezeigt: «Der Chef ist in der Kantine.»

Dieses «Chef» hatte respektvoll geklungen, anerkennend. Wenn Schmidthahn ihn Chef nannte, schwang immer Ironie mit. Was er wohl von der Sache halten würde? Schon wieder Schauspieler. Das würde dem Dicken Spaß machen. In irgendeinem Winkel seiner Spießerseele verstand er sie besser als er, Prottengeier.

Diese Alten, die im Flur herumgestanden hatten. Anders als die unscharfen Gestalten an Gehhilfen, die im Altenheim seines Vaters durch die Gänge krochen. Die Schauspielertante. Benahm sich, als wäre sie ein junges Mädchen. Die Langhaarige mit den erstaunlich blauen Augen. Wie hieß sie noch? Elsa.

Die Fußgängerampel sprang auf Grün, und Prottengeier überquerte hastig die Straße.

Das *08/15* war drinnen wie erwartet. Dunkles Holz, nackte Tische, schmutzige Fenster und Kunstlicht. Zufrieden sah er sich um.

In der hintersten Ecke des Lokals sah er einen blonden Haaransatz, der ihm bekannt vorkam.

Schneider aß. Die knubbelige Nase tief über den Teller gebeugt, die kleinen, sonst so wachen Augen fest zusammengekniffen. Hingebungsvoll. Mit allen Sinnen.

Damals war ihm das als Erstes aufgefallen. Diese Art zu essen. Konzentriert waren er und sein Essen abgeschottet vom Rest der Welt. Andächtig schaufelte er riesige Mengen in seinen drahtigen Körper, die ihn ohne Spuren auch wieder verließen.

Prottengeier schnaubte. Er machte sich nichts aus Essen, und trotzdem blieb jedes Schnitzel an ihm kleben. Es war ungerecht.

Seufzend bestellte er sich bei dem Mädchen hinter dem Tresen ein Bier. Wenn Dirk Schneider aß, hatte es gar keinen Zweck, ihn anzusprechen.

Der erste Schluck war kühl und bitter. Vor ein paar Stunden hatte er noch im Zug gesessen und sich gefragt, was er da eigentlich tat. Und dann: Magda und dieser mongolische Tänzer in dem staubigen Ballettsaal, das Rennen durch den glutheißen Mittag, der kühle Flur, die Späße der Alten und der geopferte Vogel. Ariel, das Luftwesen. Das milchige Zimmer, der Intendant, die Tante, Magda. Und der fette, bösartige Kater. Es reichte für den ersten Tag.

Und gegessen hatte er auch noch nichts. Einen kurzen Augenblick zog sich sein Magen schmerzhaft zusammen. Schnell trank er noch einen Schluck. Es wurde besser.

Wie lange hatte er Schneider nicht gesehen? Operative Fallanalyse. Ein einziger Witz. Wann war diese Fortbildung gewesen? Vor drei Jahren. «Fallanalyse». Hatten sie bei der Kripo schon immer gemacht. Schon vor hundert Jahren hatte sein alter Ausbilder zu ihm gesagt: «Prottengeier, aus den Spuren kannst du den Ablauf der Tat sehen. Und damit weißt du viel über den Täter.» Einfach nur ein neuer Name und viel Aufregung um einen alten Schuh.

Dirk Schneider hatte sein Meckern damals unterbrochen und gesagt: «Hast ja Recht, Prottengeier. Aber der Kurs ist Spitze. Hast du den Arsch der Kleinen gesehen, die neben mir sitzt?»

Bei der Erinnerung musste er grinsen.

Schneiders Teller war leer. Der Kollege schob ihn mit einem Grunzen von sich und streckte sich. Träge ließ er seine Blicke durch das leere Lokal schweifen und blieb an Prottengeier hängen. Ein kurzes Zusammenziehen der Augenbrauen, ein Lächeln. «Mensch, wenn das mal nicht 'ne Überraschung ist.»

Prottengeier hob grüßend sein Glas und ging zu ihm.

«Was machst du denn in unserer Stadt?»

«Das weiß ich selber noch nicht so genau.»

Schneider stand auf, klopfte ihm herzlich auf die Schulter und sagte liebenswürdig: «Du bist ganz schön alt geworden. Oder macht das nur die Kluft?» Er deutete spöttisch auf Prottengeiers Anzug. «Immer noch der korrekte alte Knochen, was?»

Der Knochen. Diesen Spitznamen würde er wohl nie loswerden.

«Und du bist mittlerweile Leiter der Mordkommission? Alle Achtung!»

Sein Kollege schob selbstgefällig die Daumen unter seine roten Hosenträger: «Nicht immer renitent sein, ein bisschen schleimen hier und da ... Schon kommt man nach oben. Da kannst du dir ein Beispiel nehmen. Ich bin eben kompatibel.»

Kompatibel. Verträglich mit anderen Systemen. Wenn man Menschen als Systeme betrachtete. Er war der Knochen. Stur, genau, kein Humorolympionike.

«Hey, jemand zu Hause?» Schneider fuchtelte mit einer Hand vor Prottengeiers Gesicht.

«Dieses Starren hast du also immer noch an dir. Ganz schön unheimlich, Prottengeier. Machst du das eigentlich extra, oder passiert's dir einfach?»

«Ich weiß nicht, wie du das schaffst, aber nach fünf Minuten mit dir bin ich schlecht gelaunt», knurrte Prottengeier.

Schneider lachte, beugte sich mit einem Ruck vor und brachte sein Gesicht ganz nah an das seines Kollegen.

Prottengeier konnte jede Hautpore sehen, jede Falte und Narbe. Immer noch dieselben wachen Augen, die aufmerksam unter wulstigen Brauen hervorblitzten. Ihnen entging nicht so schnell etwas. Aber die Müdigkeitsfalten waren neu. Genauso wie die Falten um die Mundwinkel. Schneider hatte immer noch etwas Jungenhaftes an sich, aber das kam auch in die Jahre. Oder war es der Job? Der Preis für den Aufstieg?

Prottengeier lehnte sich zurück. Irgendwie hatte er das Gefühl, als wäre die Gerechtigkeit wiederhergestellt.

«Im Ernst, Prottengeier. Du bist doch nicht wegen meiner schönen Augen hier?»

«Ihr habt hier drei tote Schauspielerinnen?», fragte Prottengeier zurück.

Erstaunt sah Schneider ihn an. Nach einer Weile schien er zu verstehen. Ungläubig fragte er: «Die vom Verrücktenhügel? Deshalb bist du hier?»

«Verrücktenhügel?»

«Dieses Altenheim. In dem die ganzen Künstler sitzen. Ein normales Altenheim ist ja schon eine Zumutung, aber das ...»

«Wieso?»

«Mindestens einmal im Monat tauchen die bei uns auf. Entweder ein altes Hutzelmännchen, dem sie die goldene Puderquaste geklaut haben, oder so eine eingeschnurrte Schnecke, die behauptet, jemand will sie ermorden. Wir haben sie dem Revierdeppen zugeteilt. Der hat schon drei Aktenordner voll Anzeigen.»

Also waren die Alten dort oben doch nur verrückt? Hatte er etwas in sie hineingeheimnist? Aber dieser Ast mit dem blutigen Vogel war real. Und ziemlich gruselig. Das war keine Spinnerei, kein Heischen um Aufmerksamkeit.

«Neulich hatten wir von dort oben sogar eine Anzeige wegen versuchter Vergewaltigung. Und da hockt keiner unter siebzig.» Schneider grinste anzüglich.

«Aber es gab doch kurz hintereinander drei Todesfälle?»

«Warum interessierst du dich dafür?», fragte sein Kollege. «Bevor ich dir irgendwas erzähle, bist du dran, alter Junge. Also?» Abwartend lehnte er sich zurück.

«Ich bin rein privat hier, Dirk. Rein privates Interesse.»

«Quatsch. Du hast überhaupt kein Privatleben.»

«Doch. Ich züchte Fische in meiner Freizeit. Zum Beispiel», sagte Prottengeier lächelnd.

«Ach, ist ein Fisch darin verwickelt?»

«Eher eine Frau.»

Dirk Schneider prustete los: «Das glaub ich nicht, Prottengeier. Du und Frauen.»

Reglos sah Prottengeier seinen Kollegen an und wartete, dass er sich von seinem Heiterkeitsanfall erholte.

«Du hast doch noch nie gemerkt, wenn eine scharf auf dich war, alter Knochen. Wenn ich da bloß an die Rothaarige denke ...»

Ein weiterer Lachanfall schüttelte ihn.

«Welche Rothaarige?», fragte Prottengeier erstaunt.

Mit einem Schlag wurde Schneider ernst. «Die kannst du doch nicht vergessen haben? Das ist ja noch schlimmer, als ich dachte. Die Rote! Die schärfste Braut im Kurs. Mann, ich träume noch heute von der.»

Prottengeier erinnerte sich an keine Rothaarige in Wiesbaden. Auch an keine Blonde oder Brünette.

«Also, sag schon, wer ist es? Die Frau, wegen der du dich für das Heim interessierst?»

«Warum habt ihr die Todesfälle nicht untersucht?», wich Prottengeier aus.

«Da gab's nichts zum Untersuchen», meinte sein Kollege

wegwerfend. «Glaub mir, Prottengeier, ganz bescheuert bin ich auch nicht.»

Das wusste Prottengeier. Schneider war sogar ein verdammt guter Kriminalist. Trotzdem ...

«Soviel ich weiß, war doch eine der alten Damen bei euch und hat Anzeige erstattet.»

«Anzeige? Quatsch. Da war so 'ne Irre mit langen weißen Haaren bei uns. Hat was von Hexen und Pantoffeln gebrabbelt. Ingrid sagt, die ist völlig hinüber.»

«Ingrid? Ingrid Haller?», fragte Prottengeier erstaunt.

«Die kennst du also auch schon. Meine Cousine. Arbeitet dort oben. Ist mit so 'nem Theatermann verheiratet. Kein leichtes Leben, kann ich dir sagen. Wenn du mich fragst, passt der einfach nicht in die Familie.»

Dann war also der Intendant mit Schneider verwandt. Drei tote Schauspielerinnen waren keine gute Publicity für sein Theater. Aber Dirk würde sich auf nichts einlassen. Sein Verhältnis zu Haller schien auch nicht gerade herzlich zu sein.

«Du hast die Alte, die bei dir war, nicht ernst genommen?»

«Ich hab ihr zugehört. Und mich über sie informiert. Die Alte ist verrückt.»

Und wenn sie es nicht war? Eine zufällige Beobachtung, die ein ansonsten gerades Bild schief rückte. Was, wenn diese Katharina wirklich nicht auf ihrem Sofa gestorben war? Dann hatte sie jemand dort drapiert. Weil alle glauben sollten, sie sei dort gestorben.

«Eine alte Frau stirbt. Der Arzt kommt und sieht das Offensichtliche. Die Alte ist während ihres gewohnten Mittagsschläfchens gestorben. Wie genau untersucht er sie dann? Wie schnell kreuzt er auf dem Totenschein ‹natürlichen Tod› an?»

«Spielst du auf die Dunkelziffer an?», hakte Schneider nach.

«Ein unentdeckter Mord», nickte Prottengeier.

Dirk Schneider schüttelte den Kopf. «Niemals. Ich sage nicht, dass uns so was nicht passiert. Dinge übersehen, Mosaike falsch zusammensetzen. Aber nicht in diesem Fall. Wie kommst du überhaupt darauf?»

«In diesem Altenheim sterben drei Frauen», begann Prottengeier nachdenklich. «Jeder der drei Todesfälle ist für sich genommen unauffällig. Aber die drei haben eine Verbindung. Alle drei Toten sind Schauspielerinnen. Und sie proben am selben Theater. Das gleiche Stück. Die gleiche Rolle. Das ist doch merkwürdig.»

«Drei Omas, die schon lange überfällig sind, erwischt's. Gut, sie spielen zufällig Theater. Und deshalb werden sie ermordet? Prottengeier, du spinnst.»

«Die Schauspielerin, die jetzt den Ariel spielen soll, hatte heute eine Astgabel mit einem toten Vogel vor der Tür. Wohl ein Symbol für die Rolle. Das Ganze mit Blut übergossen. Sieht ziemlich schauerlich aus.»

Dirk Schneider sah ihn stumm an.

«Ihr könntet ja mal einen Blick darauf werfen.»

«Dir zuliebe?»

Prottengeier nickte.

Ein lausbubenhaftes Lächeln zuckte über das Gesicht seines Kollegen: «Unter einer Bedingung. Du erzählst mir was von der Schnecke, wegen der du hier bist.»

«Schnecke?»

«Die Tussi, durch die du in die Sache verwickelt bist.»

Prottengeier schloss ergeben die Augen. «Ich kenne die Nichte der vierten Ariel-Spielerin.»

«Und weiter?»

«Nichts weiter.»

Schneider lachte und stand auf. «Du bist unverbesserlich. Also gut, wo hast du den toten Vogel?»

«Bei euch an der Pforte. Das Ding ist ziemlich sperrig.»

«Suse, mein schönes Kind», rief Schneider zur Bedienung.

Lächelnd kam sie zu ihnen. Sie war wirklich ein schönes Kind. Das hatte er eben überhaupt nicht bemerkt. Höchstens zwanzig, mit hüftlangen dunklen Haaren und Seidenblick. Schneider zog mit einer Hand blitzschnell ihren Kopf zu sich heran und drückte ihr einen Kuss mitten auf den Mund.

Lachend machte sie sich frei. «Lass das, Dirk. Ich mag das nicht.»

So war es immer. Statt ihm eine zu kleben, lachten die Frauen ihn an. Da konnte er noch so viel den Macho geben und dumme Sprüche klopfen. Schon in Wiesbaden hatte sich Prottengeier darüber gewundert.

«Suse, Suse, du machst mich verrückt», murmelte Schneider und wandte sich zur Tür.

«Moment, ich muss noch zahlen.»

«Suse schreibt's auf.» Ohne sich umzudrehen, verließ er das Lokal.

Die Bedienung lächelte bestätigend und sah Schneider nach, der, trotz roter Ampel, zwischen brausenden Autos mitten auf der Straße stand.

Als die Fußgängerampel grün wurde, hatte er schon die andere Straßenseite erreicht. Prottengeier kam langsam nach. Sein Kollege rief ihm entgegen: «Du weißt ja, ich und die Gefahr sind so.» Und er überkreuzte zwei Finger.

Prottengeier schüttelte grinsend den Kopf, und beide gingen zum Kommissariat.

Plötzlich packte Schneider seinen Arm. «O Gott, nicht schon wieder.»

Vor der Pforte stand die verrückte Elsa, die Fäuste fest in die Taschen eines Sommerkleidchens gebohrt. Ihre langen Haare waren ordentlich zu einem Zopf zusammengebunden. Prottengeier fand, dass sie trotzdem unbestreitbar verrückt aussah.

Mit knochigem Finger zeigte sie auf Schneider und sagte: «Ich warte auf Sie. Jetzt hat die Hexe den vierten Ariel geholt.»

Schneider verdrehte unmerklich die Augen. «Was kann ich für Sie tun?»

«Ich will eine Vermisstenanzeige aufgeben. Der vierte Ariel ist entführt.»

«Gisela Mann ist verschwunden?», mischte sich Prottengeier alarmiert ein.

Ihre hellen Augen bohrten sich in seine, und sie nickte heftig.

«Seit wann?»

«Seit einer Stunde», antwortete sie ernsthaft.

Dirk Schneider unterdrückte ein Kichern.

«Magda sagt, ein Koffer und Kleider fehlen.» Sie sah Prottengeier vertrauensvoll an. «Sie glaubt, ihre Tante ist verreist. Sie glaubt mir nicht. Deshalb komme ich zu Ihnen. Der vierte Ariel ist entführt. Die Hexe tut ihr Werk.»

Freundlich meinte Schneider: «Das erzählen Sie jetzt alles schön meinem Kollegen hier. Der unterhält sich gerne mit Ihnen. Bei ihm ist Ihr Fall in den besten Händen. Und erzählen Sie ihm ruhig alles ganz genau.»

Dann wandte er sich zu Prottengeier und schlug ihm auf die Schulter. «Ich glaube, das ist der Beginn einer wunderbaren Freundschaft.»

• 9 •

O Gott! Ihre Augendeckel sind zugenäht. Wann ist das passiert? Sie kann sich nicht erinnern.

Mit viel Kraft versucht sie, ein Auge zu öffnen. Fäden vor der Iris. Zugenäht, sie hat es gewusst.

Jemand keucht.

Vielleicht kann sie die Fäden zerreißen? Zuerst nur ein Auge. Das rechte. Wo ist rechts? Konzentrier dich!

Schweiß tritt auf ihre Stirn. Ein kleiner Tropfen löst sich, rinnt langsam herunter und verfängt sich in den getuschten Wimpern. Es brennt. Kleine Sandkörner zwischen den Lidern reiben gegeneinander.

Eine kleine Spalte öffnet sich. Die Fäden verschwinden. Fast hätte sie gelacht. Nicht zugenäht. Natürlich nicht. Sonst hätte sie ja Schmerzen.

Vorsichtig horcht sie in ihren Körper.

Keine Schmerzen. Er fühlt sich an wie Luft. Ihr Körper ist leicht. Deshalb kann sie die Augen nicht öffnen. Sie ist zu leicht. Ein Schmetterling. So viel Kraft wie ein Blatt im Wind. Kein Wunder.

Ihr rechtes Lid flattert und öffnet sich von selbst. Keine Anstrengung, das ist das Geheimnis. Lass es geschehen, atme durch. Tief durchatmen.

Langsam bekommt ihr Körper wieder Substanz. Das linke Auge öffnet sich. Ist es das linke?

Wie hat sie das immer überprüft? Ihren Namen in die Luft schreiben. Die Seite, die es besser kann, ist rechts.

Sie bleibt ganz starr liegen und hebt eine Hand. Es geht. Zufrieden dreht sie den Kopf. Da springt er. Der Wolf.

Ihr wird schlecht. Bis in die Kehle rast der Wolf. Sie schluckt.

Tief durchatmen. Alter Schauspielertrick. Wie beim Lampenfieber. Langsam beruhigt er sich. Zieht sich aus dem Hals zurück in den Magen, aus dem Magen in eine Ecke, eine Körperhöhle.

Sie kennt ihn gut. Er lauert, wartet darauf loszuspringen, sich in ihr zu verbeißen, sie zu würgen.

Mandeln. Sie ist an den Mandeln operiert. Und da kommt der Wolf. Sie hat solche Angst.

«Mama.»

Ist das ihre Stimme? So dünn. So alt. Ist sie das, die so keucht?

Sie liegt im Krankenhaus. Die Mandeloperation. Gleich kommt Mama mit Eis. Kühl, gut.

Sie schluckt.

Es riecht nicht nach Krankenhaus. Aber es riecht auch nicht wie ihr Bett. Nach Maiglöckchen. Die weichen Kissen ...

Nicht einschlafen. Erst herausbekommen, was los ist.

Tief durchatmen. Bis in die Zehen. Die Füße spüren nichts. Leere. Sie liegt. Aber wo?

Hart. Der Untergrund ist hart. Alles dunkel.

«Mama?»

Die Stimme ist alt. Eine alte Frau. Die ist es auch, die so keucht.

Vorsichtig öffnet sie die Augen. Nicht bewegen, damit der Wolf ruhig bleibt. Er liegt in seiner Ecke, bereit, sie bei der kleinsten Bewegung anzufallen.

O Gott, sie schwebt an der Decke. Jetzt sieht sie es. Unter ihr der Fußboden. Gekachelt. Aber warum fällt sie nicht herunter?

Und warum sind Fenster am Fußboden? Lange schmale Fenster, mit Brettern davor. Lücken und Spalten, durch die Licht hereinkommt. Es ist nicht ganz dunkel.

Sie atmet auf. Aber wo ist die alte Frau, die keucht?

Das Unten ist oben! Sie schwebt nicht an der Decke. Sie liegt auf etwas und schaut nach oben.

Die Decke ist gekachelt. Aber da müsste Stoff sein. Ihr Himmelbett.

Ganz vorsichtig dreht sie die Augen. Nur die Augen, nicht den Kopf. Die Übelkeit, der Wolf, bleibt in seiner Ecke hocken.

Neben ihr schimmert es. Wasser. Da steht Wasser. Aber sie kann es nicht erreichen. So weit.

Der Hals tut weh. Das Schlucken. So trocken. Trinken.

Millimeterweise dreht sie den Kopf. Immer mit einem Auge auf dem Wolf. Er bleibt ruhig.

Die Hand heben. Es geht.

Was müssen die Finger machen? Sie muss es ihnen sagen. Das Glas ist kühl. Und schwer. Aber sie kann das Wasser riechen. So frisch, so gut.

Ganz langsam die Finger um das Glas biegen, es packen, greifen, erobern. Und es dann heben. Gar nicht so schwer. Vorsicht! Sonst verschüttest du alles. Altes Ferkel.

Das Keuchen wird lauter. Sie ist das. Jetzt weiß sie genau, dass das Keuchen zu ihr gehört.

Das Wasser kommt näher. Gierig leckt sie die Lippen. Sie schmatzt vor Verlangen.

Wenn ihr Arm nur nicht so unbeweglich wäre. Er ist steif wie ein Stock. Er muss sich biegen, sonst kommt das Wasser nicht an den Mund.

Sie schwitzt. Arbeitet. Langsam, ganz langsam.

Ein Tropfen schwappt über und läuft in ihren Mund. Mehr. Noch ein paar Tropfen.

Dann ist das Glas an den Lippen. Kein Gefühl in den Lippen, aber sie kann vorsichtig ein paar Tropfen hineinschütten.

Mehr. Die Tropfen rinnen durch die Kehle, das Schlucken ist schwer.

Zuerst trinkt sie vorsichtig, zaghaft. Ihr Hals ist eng, lässt das Wasser nur zögernd herein. Vertrocknete Erde, die sich weigert. Aber das Wasser ist sanft und stark. Die Kehle wird weit. Mehr. Immer mehr Wasser. Nie genug.

Schwer atmend sinkt sie zurück. Das Glas liegt auf ihrer Brust. Dankbar sieht sie nach oben.

Die Fenster sind direkt unter der Decke. Wo ist sie bloß? Unter einem Fenster ist ein Brett.

Da sitzt etwas. Ein schwarzer Schatten mit glühenden Augen. Der Tod. Schnell schließt sie die Augen. Blinzelt. Der Tod ist klein und dick. Sie hat keine Angst, keine Angst, keine Angst, keine ...

Unbeweglich sitzt Falstaff auf dem Fenstersims und starrt auf die Schlafende.

• 10 •

Das Brummen des Verkehrs, das Wummern der Bässe durch heruntergekurbelte Scheiben, die lauten Begrüßungsrufe und das Schimpfen der Mütter war verschwunden.

Da waren nur seine Schritte auf dem noch tagwarmen Asphalt und die sanften Geräusche der Nacht.

Tief sog er die Luft ein, die roch, als könnte man darin baden. Ein paar Schritte vor ihm zog ein einsamer Passant Zigarettenrauch wie eine Schleppe hinter sich her.

Prottengeier verlangsamte seine Schritte. Wann war er das letzte Mal durch eine fremde Stadt geschlendert? Mit Zeit zum Gehen, Hören, Riechen?

Neugierig versuchte er, Blicke durch die erleuchteten Fenster zu werfen. Im Vorübergehen sah er manchmal einen Küchentisch, manchmal eine tief hängende Wohnzimmerlampe, das Flimmern eines Fernsehers oder einen dunklen Umriss, der am Fenster nach draußen spähte.

Eine freundliche Stadt. Er stellte sich Familien an den Küchentischen vor, versunkene Leser im weichen Licht von Stehlampen, Liebespaare in den Schlafzimmern. Keine Würmer unter dem Asphalt, keine Schatten in den Ecken.

Unter einer Kastanie blieb er stehen. Er hatte tatsächlich Urlaub. Kein Petry, kein Schmidthahn. Keine Berichte schreiben. Stattdessen würde er Magda treffen. Vielleicht würden sie in eine Kneipe gehen. Warmes Lampenlicht auf ihrem Haar. Ob sie immer noch Bierdeckel zerrupfte? Lächelnd sah er die schlanken Finger vor sich, die konzentriert die weiche Pappe aufpulten, kleine Stückchen davon zu Kugeln formten, zerrieben. Nicht nervös. Gründlich und irgendwie wollüstig.

Immer noch lächelnd ging er weiter. Am Telefon hatte sie erleichtert geklungen. Froh, dass ihre Tante verschwunden war. Aus der Gefahrenzone heraus. Merkwürdige Art, sich einfach aus dem Staub zu machen, ohne jemanden zu benachrichtigen.

Wie war das Verhältnis zwischen Tante und Nichte? Vielleicht würde sie davon erzählen, und er würde zuhören. Sie ansehen, ein kaltes Bier trinken.

Wieder ertappte er sich beim Grinsen. Idiotisch, so durch die Nacht zu rennen. Bloß weil er sich mit ihr traf.

Auf dem Marktplatz empfing ihn Stimmengewirr und Gelächter. Durch die offenen Kneipentüren und Fenster fiel Licht. Einige Besucher standen mit halb vollen Gläsern auf dem Kopfsteinpflaster und unterhielten sich mit den drinnen Sitzenden. Es wurden Scherze ausgetauscht und mit lautem Lachen quittiert.

Die Uhr an der Ecke zeigte Viertel vor zehn. Um zehn war die Probe zu Ende. Das Theater musste rechts von ihm liegen.

Wann hatte er sich zuletzt so leicht gefühlt? Noch drei Jahre, und er wäre fünfzig. Nur noch drei Jahre. Wie oft würde er noch zu einer Verabredung mit einer Frau gehen? Die Verabredungen mit seiner Frau, dieselben lauen Sommernächte, dasselbe Herzklopfen, dieselbe Vorfreude. Er hatte nicht gewusst, dass er das noch konnte. Sich so leicht fühlen.

Der gepflasterte Theatervorplatz empfing ihn verlassen und friedlich. Nur der kleine Steinbrunnen plätscherte geschwätzig in die Nacht.

Er setzte sich auf die Eisenbank vor dem Brunnen und legte den Kopf in den Nacken. Der Große Wagen direkt über ihm. «Papa, zeig mir den großen Wagen.» Er hatte seinen Söhnen den Wagen gezeigt. Die Venus. Mehr kannte er nicht. Immer hatte er sich vorgenommen, ein Buch zu kaufen, die Sterne zu studieren. Um ihnen alles richtig zeigen zu können. Wo sie wohl steckten? Wahrscheinlich mit ihrer Mutter irgendwo am Meer. Warum hatte er nur nie so ein gottverdammtes Sternenbuch gekauft?

Er senkte den Kopf. Direkt vor seinen Füßen war eine Pfütze aus übergelaufenem Brunnenwasser. Hatte fast die Form eines Fisches. Oder doch eher ein ausgelaufenes Ei?

Warum war Gisela Mann verschwunden? Sie war beunruhigt über den gekreuzigten Vogel. Was hatte es mit dieser Rolle des Ariel auf sich? Warum waren die drei Schauspielerinnen gestorben? Das konnte einfach kein Zufall sein. Drei Ariel-Darstellerinnen tot, die vierte verschwunden. Wie es aussah, freiwillig. Das musste doch ...

«Wer in den Straßenpfützen sieht das Licht der Sterne,
der soll mein Geliebter sein, damit ich's von ihm lerne.»

Vor ihm stand Magda und lächelte.

«Wie bitte?»

«Nur ein Zitat.»

Er stand auf. «Ich habe ein Zimmer im *Goldenen Hirschen.*»

Sie nickte.

Eigentlich hatte er keine Lust mehr, trotzdem fragte er: «Sollen wir ein Bier trinken gehen?»

«Lieber ein bisschen spazieren gehen. Wir könnten zum Altenheim hoch. Fragen, ob sie etwas von Tante Gisela gehört haben ...»

«Doch beunruhigt?»

«Die Nacht ist zu schön, um drinnen zu sitzen.»

Wortlos stand er auf, und sie schlenderten los. Wie klein sie war. Sie reichte ihm kaum bis an die Schulter. Wenn sie saßen, fiel ihm das nie auf.

«Müde?», fragte er.

Sie nickte. «Die Tanzerei ist anstrengend. Ich bin auch keine zwanzig mehr. Obwohl ich mich durchaus oft noch so fühle. Komisch, aber ich bin immer überrascht, wenn mich junge Leute siezen.» Unvermittelt blieb sie stehen und sagte: «Das ist es! Das ‹Du› verschwindet. Wenn man jemanden seines Alters traf, hat man ihn geduzt. Das ‹Sie› war für die anderen. Die Erwachsenen. Und dann gehört man plötzlich selber zu den anderen.»

Eifrig sah sie ihn an. Er wusste nicht genau, was sie von ihm wollte. «Ich fand es angenehm, zu den Erwachsenen zu gehören», meinte er schließlich.

«Schon. Aber das Leben wird distanzierter. Plötzlich soll man Spielregeln beherrschen, die man noch nicht einmal genau kennt. Aber innerlich fühlt man sich wie achtzehn.»

Er fühlte sich nicht wie achtzehn. Ganz im Gegenteil. Was sollte dieses Gespräch überhaupt? Wieso fragte sie nicht, warum er überhaupt da war? Woher er ihre Adresse hatte? Noch kein Wort hatte sie darüber verloren. Wieso war es für sie so selbstverständlich, dass er wieder in ihrem Leben auftauchte?

«Ich stelle mir vor, dass das so bleibt. Dass man noch mit siebzig ab und an erschrickt, weil man morgens einen Fremden im Spiegel sieht.»

«Machen Sie sich Sorgen um Ihre Tante?», fragte er.

Kurz zog sie die Augenbrauen zusammen, als wäre sie irritiert über den Themenwechsel. Dann lächelte sie leicht. «Drei- oder viermal im Jahr kam ich nach Hause, von der Schule, vom Spielen, und dann lag da ein kleiner Zettel: ‹Bin bald wieder zurück.› Sonst nichts. Beim ersten Mal war ich sieben Jahre. Ich habe die ganze Nacht auf sie gewartet. Sie kam nicht. Auch nicht am nächsten Tag und in der nächsten Nacht. Am dritten Tag kam sie endlich. Und hat mich ausgeschimpft, wieso ich nicht in der Schule war. Als das nächste Mal so ein kleiner Zettel auf dem Tisch lag, bin ich zur Schule gegangen.»

«Und wo war sie?»

Magda zuckte die Achseln. «Ich habe nie gefragt. Sie war früher sehr schön. Die Grande Dame hier am Theater. Sie war mit einem kleinen Mädchen, um das sie sich plötzlich kümmern musste, schlicht überfordert. Und da hat sie sich Auszeiten genommen. Ist einfach verschwunden. Das hat sie wohl gebraucht»

«Und Ihre Eltern?»

«Sind gestorben, als ich fünf Jahre war. Auf einer Tournee. Sie waren beide Musiker. Tante Gisela hat mich großgezogen.»

«Nicht leicht für Sie.»

«Weder für Tante Gisela noch für mich», bestätigte sie sachlich. «Aber wir haben uns im Endeffekt ganz gut arrangiert.»

«Als Kind habe ich mir immer vorgestellt, ein Waisenkind zu sein. Gar nicht wirklich zu dieser Familie zu gehören ...» Verlegen brach er ab. Was redete er da?

«Das hat Ihnen gefallen?», fragte sie neugierig.

Er lächelte. «Muss wohl.»

Verschmitzt lächelte sie zurück und sagte mit theatralischem Seufzen: «Unter jedem Dach ein Ach.»

Als er sie fragend ansah, lachte sie auf. «Hat eine alte Kollegin immer gesagt. Niemand hat es leicht. Das Leben ist schön. Und aufregend. Spannend. Aber nicht leicht.»

Er runzelte die Stirn. Aufregend, schön und spannend? Wenn man Gewalt mochte, Angst und Blut. Sein Alltag spielte auf der dunklen Seite. Ihrer nicht. Bei seiner Frau hatte er das immer vergessen. Vielleicht hätte er ihr mehr erzählen sollen. Aber das tat keiner der Kollegen. Keiner wollte seine Familie da mit hineinziehen. Vieles konnte man auch nicht erzählen.

Sie hatten die Stadt hinter sich gelassen. Er blieb stehen und sog gierig die milde Nachtluft ein. Es roch warm und nach Erde. Vor ihnen schlängelte sich der kleine Weg durch abgemähte Sommerfelder und trockene Wiesen. Ganz entfernt konnte er die Baumgruppe sehen, die das Altenheim versteckte. Und hinter den Bäumen hing rund und prall der Mond. Ein Bilderbuchabend. Sie war neben ihm stehen geblieben.

«Ich bin froh, dass Sie da sind», sagte sie leise.

Er sah zu ihr hinüber. Das Mondlicht hatte die grellen Farben des Tages aufgesogen. Sie stand so dicht neben ihm, dass er den Rhythmus ihres Atems spüren konnte. Ihre Körperwärme fühlte. Er müsste nur die Hand ausstrecken. Ihre bloßen Schultern berühren. Das silbern schimmernde Haar aus ihrer Stirn streichen.

Motorengebrumm zerbrach die Stille. Ertappt wandte Prottengeier den Kopf. Auf der weit entfernten Straße krochen langsam die Scheinwerfer eines Wagens vorbei.

«Dieser gekreuzigte Vogel macht mir Sorgen», meinte sie plötzlich. «Er sah so ... so gewalttätig aus.»

Der Moment war vorüber.

Er räusperte sich. «Wenn es eine Warnung an Ihre Tante war, muss es jemand aus dem Heim oder dem Theater gewesen sein.»

«Aber warum?», fragte sie heftig. «Warum diese Warnung? Warum soll sie den Ariel nicht spielen? Warum sterben die drei Ariel-Spielerinnen vor ihr?»

«Wenn wir das Warum wissen, wissen wir auch, wer», antwortete Prottengeier. «Magda, Sie glauben, das Ganze hängt mit dem *Sturm* zusammen?»

«Womit sonst?»

«Nehmen wir das einmal an. Dann kann es nur darum gehen, den *Sturm* zu verhindern. Wer hätte ein Interesse daran?»

«Soweit ich weiß, niemand», antwortete die Schauspielerin nachdenklich. «Für das Theater ist die Produktion der lebensrettende Knüller. Die alten Schauspieler sind glücklich, spielen zu können. Sogar die Heimleitung ist begeistert. Die Alten sind beschäftigt und haben anderes zu tun, als sich gegenseitig an den Hals zu gehen.»

«Was ist mit eifersüchtigen Kollegen?»

«Dafür Mord?», fragte sie zweifelnd.

«Wenn es überhaupt Morde waren.»

«Aber das glauben Sie doch auch, oder? Ich meine, deswegen beschäftigen Sie sich doch überhaupt mit der ganzen Sache.»

Glaubte er das wirklich? Oder benutzte er die Theorie der unentdeckten Morde nur als Alibi? Um eine Berechtigung für sein Hiersein zu haben? Aber dieses feste Gefühl, dass etwas nicht stimmte ... Nur, konnte er in diesem Fall seinen Gefühlen trauen?

«Das glauben Sie doch, oder?», wiederholte sie drängend.

Er schüttelte unwillig den Kopf: «Ich glaube, dass Ihre Tante bedroht wurde. Aber ich weiß nicht, weswegen.»

Der Feldweg mündete jetzt in die asphaltierte Allee, die direkt von der Stadt zum Heim führte. Sie schoben die langen Arme der Trauerweiden beiseite und betraten die Straße. Ein leichter Wind war aufgekommen und ließ die Baumkronen rascheln. Abrupt blieb Prottengeier stehen und hielt Magda am Arm fest. Vor ihnen war jemand zwischen den Bäumen auf die Straße geschlüpft. Ein schwarzer Schemen, der ein langes, kuttenähnliches Gewand um sich geschlungen hatte. Die Gestalt blieb stehen und drehte sich suchend um. Mit einem Ruck zog der Kommissar die Schauspielerin in den Schatten eines Baumes.

Etwas Verstohlenes, Heimliches ging von dem silhouettenhaften Wesen aus, wie es sich geduckt einmal um sich selber drehte. Als wolle es sich vergewissern, dass es allein war. Unbeobachtet.

Prottengeier legte warnend den Zeigefinger auf die Lippen und bedeutete Magda, hinter ihm auf dem dünnen Grasrand zu bleiben, dicht bei den Bäumen, die ihnen Deckung boten.

Die Allee machte einen scharfen Rechtsknick, und das Haus lag vor ihnen. Unförmig und finster wucherte es in den Nachthimmel. Die roten Steine, die in der Sonne warm geleuchtet hatten, waren im Mondlicht grau und abweisend. Die Erker und Türmchen lösten ihre klaren Konturen auf und wurden zu formlosen Beulen, Höckern und Wülsten. Die großen Treppen, die im Tageslicht dem Besucher spöttisch ihre Zungen herausstreckten, gehörten jetzt einem Reptil auf der Lauer. Bereit, den ahnungslos Vorübergehenden blitzschnell in das schwarze Maul der Türen zu zerren.

Die Gestalt vor ihnen blieb auf der Mitte des Vorplatzes stehen und drehte sich ihnen zu. Ein Kranz weißer Haare. Bucklige, fest zusammengekniffene Augenbrauen. Der Mund halb geöffnet und die Zähne gefletscht. Eine schmerzverzerrte Fratze.

«Prospero», flüsterte Magda neben ihm.

Heribert von Koch. Das kuttenähnliche Gewand entpuppte sich als langer brauner Mantel, den der Alte über der Brust zusammenhielt. Ohne seine Verfolger zu bemerken, starrte er mit diesem merkwürdigen Gesichtsausdruck ein paar Sekunden in die dunkle Allee. Dann verschwand er im Schatten des Hauses.

«Was treibt er hier draußen?», flüsterte Magda.

«Etwas, bei dem er nicht gesehen werden will», antwortete der Kommissar nachdenklich. «Können die Heimbewohner kommen und gehen, wann sie wollen?»

Magda schüttelte den Kopf. «Das Haus wird um elf Uhr zugesperrt. Aber sie können bei der Nachtschwester klingeln. Hinter dem Haus, kommen Sie.»

«Was wissen Sie über Heribert von Koch?»

«Ich habe ihn immer für einen aufgeblasenen Affen gehalten, der die anderen tyrannisiert. So ein alter Polterer. War wohl an ganz guten Häusern. Hat auch immer ein bisschen Fernsehen gemacht. Tante Gisela hat erzählt, dass er in letzter Zeit keine Angebote mehr bekommt. Dabei ist er als Typ eigentlich gefragt. Die anderen glauben, dass er sich's verscherzt hat, weil er zu schwierig ist. Aber das ist Gerüchteküche.»

Der Pfad, der um das Haus herumführte, war schlecht beleuchtet. Prottengeier stolperte hinter Magda her.

«Wundert mich, dass sich hier niemand den Hals bricht.»

Magda lachte: «Die Alten kennen den Weg mit verbundenen Augen. Man kann aber auch über den Hof.»

«Ist von Koch beliebt?»

Magda drehte sich zu ihm um und grinste. «Iris meint, wenn sich hier ein Mörder herumtreibt, hätte er als Ersten Heribert um die Ecke bringen sollen. Das hätte ihm niemand übel genommen. Beantwortet das Ihre Frage?»

«Eben sah er sehr unglücklich aus.»

Sie drehte sich wieder um und meinte im Weitergehen: «Er sah wie Prospero aus. Im Epilog: *Kein Geist, der mein Gebot erkennt; Verzweiflung ist mein Lebensend* – so sah er aus. Als ob ...»

Sie waren an der Rückseite des Hauses angekommen, und Magda blieb so plötzlich stehen, dass Prottengeier fast mit ihr zusammenstieß.

«Da», flüsterte sie und zeigte mit ausgestrecktem Arm auf einen beleuchteten gläsernen Anbau. Die Tür des Anbaus stand auf, und Licht flutete in einem Rechteck in den großen Hof, der sich auf der Rückseite des Hauses öffnete.

«Die Nachtpforte», flüsterte sie. «Wieso ist da jemand drin?»

In dem gläsernen Anbau stand ein Mann. Sie waren zu weit entfernt, konnten sein Gesicht nicht erkennen. Er sah sich um, als würde er jemanden suchen. Von der Nachtschwester war nichts zu sehen. Prottengeier kniff die Augen zusammen. Irgendetwas an dem nächtlichen Besucher kam ihm bekannt vor. Die Haltung? Die Art, wie sich der Mann wartend auf die Schreibtischkante stützte?

Da löste sich plötzlich ein Schatten von der Wand und trat

hinter den Besucher. In Stoff eingehüllt. Unförmig. Mann oder Frau? Der nächtliche Besucher sah hinaus in den Hof. Die Schattengestalt hinter ihm kam näher. Hob den Arm. Ließ ihn niedersausen. Der Mann am Schreibtisch sackte zusammen. Prottengeier hörte Magda neben sich aufschreien. Dann rannte er los.

Die verhüllte Gestalt im Anbau hatte den Schrei wohl auch gehört. Mit einem Satz war sie an der Tür und stürzte in den Hof.

Kies spritzte auf. Prottengeier rannte zum Anbau, zögerte den Bruchteil einer Sekunde. Magda war dicht hinter ihm. Er drehte sich um und deutete zur Tür. Dann rannte er an der offenen Tür vorbei, der fliehenden Gestalt hinterher.

Mit weit ausholenden Schritten rannte er in den dunklen Hof. Kleine Steine knirschten hart unter seinen Füßen. Fest hielt er den Blick auf den Flüchtenden gerichtet. Vor sich sah er eine Häuserfront, die den Hof begrenzte. Die Gestalt vor ihm rannte darauf zu. Prottengeier stolperte. Sah auf den Boden vor sich. Eine Unebenheit, eine kleine Senke. In letzter Sekunde konnte er sich abfangen. Als er wieder hochsah, war die Gestalt verschwunden. Keine rennenden Schritte mehr.

Verschluckt von der Häuserfront vor ihm, die er vom Hauptgebäude aus gar nicht richtig wahrgenommen hatte.

Mit langen Schritten lief er darauf zu. Daran entlang. Backsteingebäude mit vernagelten Fenstern und Türen. Eine ganze Reihe. Kein Durchschlupf, keine Lücke.

Er lief schneller und drehte suchend den Kopf. Nichts. Am Ende der Backsteingebäude lag ein Feld, und in der Ferne war ein kleines Wäldchen zu sehen.

Er blieb stehen und stützte seine Hände auf die Oberschenkel. In heftigen Stößen atmete er aus. Er hatte ihn verloren.

Oder sie? Eine Kapuze. Die Gestalt hatte etwas mit Kapuze getragen. Einen Umhang. Noch einmal sah er sich sorgfältig um. Der große Hof lag friedlich im Mondlicht.

Mit einem Ruck riss er sich los. Magda. Der Verletzte. Keuchend rannte er zurück und stürmte durch die offene Tür der Nachtpforte. Ein kahler Raum mit drei Glaswänden. Ein paar Metallschränke mit Schlössern, zwei Schreibtische. Mit dem Rücken zu ihm kniete Magda neben einem auf dem Boden liegenden Mann und strich ihm über das Haar.

Als er hereinstürzte, wandte sie sich halb zu ihm um und sah ihn an. Die Augen weit aufgerissen, die Lippen zusammengepresst.

Als er ihr Gesicht sah, fühlte er sich, als würde alles Blut in seine Füße sacken. Hastig beugte er sich über den Verletzten. Vor ihm lag, bewusstlos und mit blutender Kopfwunde, Peter Less.

• II •

Es ist nicht glatt. Kleine Erhebungen. Berge und Täler aus Schmutz. Keine glatten Kacheln.

Sie presst ihre tastenden Hände fest an die Wand. Schließt die Augen und horcht in sich hinein.

Der Wolf schläft. Ganz vorsichtig sein, um ihn nicht zu wecken. Wenn er wach wird, schießt er durch ihre Eingeweide, verbeißt sich in jedem Organ. Steigt in den Hals ...

Sie schluckt.

Nicht daran denken.

Langsam tastet sie sich weiter. Der Druck in ihrer Blase schmerzt bei jedem schleppenden Schritt. Sie muss eine Toilette finden. Angespannt starrt sie in den dunklen Raum. Aus den Ritzen hoch über ihrem Kopf dringt graues Nachtlicht. Sie kann die Konturen des Raumes sehen. Da ist nichts. Ihre Pritsche. Kahle Kacheln.

Sie hebt den Kopf zu den vernagelten Fenstern. Nacht. Abendessen schon vorüber. Unter gelben Lampen. Schön, der Speisesaal abends. Fast wie ein Hotel.

Wer ist nur die schöne Frau, die hereinkommt? Schwebt an den Tischen vorbei. Lächelt. Alle Köpfe heben sich. Alte, neidische Ziegen. Ihr könnt mich mal mit euren bösen Augen.

Sie schaut lieber in die Männeraugen. Sucht den gewissen Blick. Und da ist er. Sind doch noch nicht alle scheintot.

Das schöne Wesen schwebt weiter. Schimmert. Das silberne Seidenkleid, der dezente Silberschmuck, das silberne Haar ...

Das ist sie. Sie selbst. Dieses schöne Wesen.

Sie lächelt glücklich. Warm läuft es an ihren Beinen herab.

Überrascht sieht sie nach unten. Eine kleine, dampfende Lache hat sich zwischen ihren Füßen gebildet. Es riecht scharf.

Sie hat es laufen lassen. O Gott. Einfach laufen lassen.

Sie presst die Beine zusammen und wimmert.

Blöde, alte Kuh hat es einfach laufen lassen. Tropft aus allen Löchern. Bloß weg von hier.

Staksend tastet sie sich weiter an der Wand lang.

Alles nass.

Ihr Fuß stößt gegen etwas. Etwas Dunkles an der Wand. Mit einer Hand an der Wand abstützen. Die andere tastet. Etwas Großes ... eckig, narbig ... Schnallen. Mit einem kleinen Schrei lässt sie sich auf die Knie sinken.

Ihr Koffer. Der Wochenendkoffer. Automatisch finden die Finger die Gurte, die Schnallen, die Lederschlaufen. Die Finger können das ganz allein. Tausendmal geübt. Der Koffer schnappt auf.

Maiglöckchen. Ihr Duft. Frische Wäsche. Sie streichelt darüber, fingert, kramt hastiger. Nachthemd, Unterwäsche, Strümpfe. Der Schminkkoffer.

Leer. Keine Schminke da. Wie konnte sie das nur vergessen? Suchend fahren die Finger immer wieder durchs Leere. In die Ecken. Greifen nur Luft.

Enttäuscht lässt sie sich auf den Boden plumpsen. Kein Lippenstift. Bestimmt sieht sie grässlich aus. Voll gepinkelt und kein Lippenstift. Gut, dass sie keiner sieht. Dass es dunkel ist.

Reiß dich zusammen, blöde Kuh. Steh auf, los! Wasch dich!

Wer hat das gesagt? Mama?

Sie rollt sich auf die Knie. Langsam. Stützt die Hände auf den Boden. Steht auf.

Na also. Geht doch. Gut gemacht.

Sie hebt den Rock. Nestelt mit einer Hand nach der Unterhose. Gar nicht so leicht. Aber es klappt.

Die Unterhose fällt. Das Nasse ist weg. Sie atmet auf. Jetzt waschen ...

Schritte vor der Tür. Feste, böse Schritte. Schlüsselklirren. Die Tür geht auf. Licht fällt in ihre Augen. Schützend hebt sie den Arm. Nicht schnell genug. Sie hat es gesehen. Groß und ganz dunkel. Unter der Kapuze ... nichts. Kein Gesicht, keine Augen. Einfach schwarz.

Schluchzend sinkt sie neben dem Koffer zu Boden.

Kalte Hände greifen sie, zerren sie hoch, schleppen sie zum Bett. Wie eine Puppe. Krampfhaft presst sie die Lider zusammen.

Nicht hingucken. Nicht das Schwarz unter der Kapuze sehen. Der Tod hat kein Gesicht.

Sie wimmert: «Die Toilette ... wo ist ...»

«Unter dem Bett. Nachttopf.»

Auch die Stimme kommt aus einer anderen Welt. Dumpf und keuchend, als wäre sie gerannt. Der Atem geht schnell.

Eisenklammern umfassen ihren Kiefer, pressen ihn auseinander. Es tut weh. Finger in ihrem Mund. Finger ohne Haut. Etwas, was sich an ihren Lippen vorbeischiebt. Am Gaumen anstößt.

Sie würgt.

Es geht aus ihrem Mund heraus. Aber die Finger haben etwas dagelassen. Ganz hinten auf ihrer Zunge. Ausspucken, weg damit.

Es britzelt und löst sich auf. Schaum.

Sie will sich aufrichten, aber starke Hände halten sie unten. Tiefer und tiefer. Sie sinkt. Ganz tief.

Der Körper auf der Pritsche bewegt sich nicht mehr. Die vermummte Gestalt richtet sich auf. Wischt sich unter der überhängenden Kapuze den Schweiß von der Stirn.

Angeekelt betrachtet sie den bewusstlosen Körper.

• 12 •

Prottengeier lag steif auf dem Rücken, hielt die Arme fest an sich gepresst und starrte an die Zimmerdecke. Lauschte auf den fremden Atem. War er tiefer geworden? Gleichmäßiger?

Millimeterweise versuchte er, sich auf die Seite zu drehen. Eine leichte Bewegung neben ihm. Er stockte.

Verdammt, er konnte auf dem Rücken nicht einschlafen.

Vorsichtig rollte er sich weiter, bis er mit dem Gesicht zur Bettmitte lag. Erleichtert schloss er die Augen. Spürte, wie seine Beine schwer wurden, der Schlaf langsam höher und höher kroch ...

Ein Stöhnen. Heftige Bewegungen. Dann wieder Stille.

Missmutig öffnete Prottengeier ein Auge. Nur eine Handbreit vor ihm das andere Gesicht, bleich im zerwühlten Kissen. Süßlicher, fremder Atem.

Hastig setzte er sich auf und rückte ein Stück zur Seite. So würde er niemals schlafen können. Nicht mit diesem Less im Bett.

Müde blieb sein Blick an der kahlen Hotelzimmerwand kleben.

Hätte er ihn doch nur Magda mitgegeben. War schließlich ihr Freund. Aber sie meinte, ihre Zimmerwirtin würde einen Herzinfarkt bekommen. Irgendwie hatte ihn das beruhigt. Daher vielleicht seine schnelle Bereitschaft, Less ins Hotel mitzunehmen? An der verlassenen Rezeption hatte er das sofort bereut. Vor allem, als Less unter dem weißen Kopfverband anzüglich grinste: «Eine Nacht mit einem richtigen Bullen. Geil.»

Prottengeier verschränkte die Arme im Nacken und starrte zur Abwechslung die Decke an. Wasserflecken in einer Ecke. Verschwommene Landschaften in cremigem Weiß. Der *Goldene Hirsch* hatte auch schon bessere Zeiten gesehen.

Gleich morgen früh musste er an der Rezeption die Sache klären. Less ein eigenes Zimmer besorgen.

Wieso musste er ausgerechnet jetzt auftauchen und sich auch noch niederschlagen lassen? Aber das war ungerecht. Magda sagte, er habe seinen Besuch schriftlich angekündigt. Sie hatte es nur vergessen, als er, Prottengeier, aufgetaucht war. Schön, dass sie wegen ihm Less vergessen hatte ...

Ein Stöhnen neben ihm. Prüfend sah er hinüber. Wahrscheinlich Albträume. Kein Wunder. Er erinnerte sich noch gut, als sie ihn das erste Mal niedergeschlagen hatten. Zu dritt. Zwei hielten ihn fest, und einer schlug. Der Schmerz war gar nicht so schlimm. Nicht so schlimm wie die Ohnmacht. Nichts tun können. Scham, dass ihm das passierte.

Er hatte sie erwischt. Autohehler. Die ganze Bande. Das hatte es leichter gemacht.

Vielleicht empfand Less anders. Konnte die Gewalt wegdrängen. Wie ein kleiner Junge war er ins Bett gehüpft. Hatte sich die Decke bis zum Hals gezogen und zu ihm ins Bad gerufen: «Huuu ... Wann kommt denn der große, böse Bulle?»

Er hatte tatsächlich im Bad getrödelt. Ausgiebig und lange Zähne geputzt, Handtücher sorgsam über die Halter gelegt, seine fünf Toilettenartikel umgeordnet. War widerwillig ins Bett gestiegen, hatte das Licht gelöscht und dabei geknurrt: «Lassen Sie den Scheiß.»

Less hatte gelacht.

Heribert von Koch. War als Letzter in die Nachtpforte gekommen. Im Bademantel. Lautstark: «Kann man in diesem Haus nicht mal in Ruhe schlafen?» Von seiner Verzweiflung, die sie in der Allee gesehen hatten, war nichts mehr übrig. Warum hatte er so getan, als wäre er wie die übrigen Heimbewohner gerade erst aufgewacht?

Nein, die Letzte, die hereinkam, war Schwester Ingrid. Hatte behauptet, sein Rennen durchs Haus, sein Hilfesuchen nicht gehört zu haben.

Dabei war das halbe Haus davon aufgewacht.

Erstaunte Gesichter in den hohen Türen. Verknittert von der Nacht. Aus einer der Türen kam mit ärgerlichen Augen die Schwester, die andere Nachtschwester ... jetzt hatte er ihren Namen vergessen. Die hatte Less verbunden. Ihr leichtes Heben der Augenbraue, als Ingrid Haller immer wieder hysterisch betonte: «Die Tür war abgeschlossen. Ich schließe immer ab. Sie kann nicht offen gewesen sein.»

Aber sie war offen. Keine Einbruchsspuren. Hatte auch der

Streifenbeamte festgestellt, der die Körperverletzung aufnahm. Der war wohl schon öfter im Heim gewesen. Schien einen Teil der Alten zu kennen. Hatte ihn misstrauisch beäugt. Schien sich dauernd zu fragen, was der fremde Kommissar hier zu suchen hatte. Die Alten interessierten den jungen Beamten überhaupt nicht.

Wie alt er wohl war? Jünger als sein Kollege Rosen ... Genau wie Rosen das wohl gemacht hätte, blieb er auf Distanz. Als wäre Alter eine Krankheit, an der man sich anstecken kann.

Fremd, eine eigene Rasse. Weil man das eigene Altern so verdrängte? Und er selbst? Hauptkommissar Prottengeier, im fünfundzwanzigsten Dienstjahr. Schon lange nicht mehr jung. Noch nicht richtig alt. Glaubte er zumindest. Aber vielleicht sahen Rosen und der junge Polizist das anders? Merkwürdig, er konnte sich das eigene Altern nicht richtig vorstellen. Obwohl es schon lange anklopfte. Eigentlich schon mit einem Fuß in der Tür stand.

Sein Vater ... die breiten Schultern, die plötzlich schmaler wurden, der mächtige Brustkorb, der irgendwie zusammenfiel. Die harten Hände, die ohne Vorankündigung so sehnig wurden. Mit dicken, blauen Venen und Altersflecken. Er hatte ihn beobachtet, diesen langsamen Verfall. Mit Genugtuung. Beobachtet, wie sein Vater zahlte ...

Unwillig schüttelte er die Bilder ab.

Heribert von Koch. Er ging ein Stück vor ihnen, verschwand im Anbau, traf Less, schlug ihn nieder, rannte weg und kam auf Umwegen ins Haus zurück.

Aber warum Less niederschlagen? Weil der ihn beim Hineinschleichen ins Haus entdeckt hatte? Quatsch.

Prottengeier kniff die Augen zusammen, suchte ein anderes Bild in seinem Kopf.

Der große, kiesbedeckte Hof. Nur von der erleuchteten

Nachtpforte fiel Licht darauf. Der Fliehende vor ihm. Mittelgroß. Behindert durch dieses lange Gewand, das er anhatte. Die Kapuze ... Das modische Outfit eines Jugendlichen? Eine Mönchskutte?

Aber nicht von Kochs Mantel. Warum hatte ihn der Alte so widerwillig gezeigt? So widerwillig zugegeben, draußen gewesen zu sein? Angeblich spazieren.

Der Kommissar schnaubte. Was hatte von Koch gemacht, draußen in der Allee, mit diesem verzweifelten Gesichtsausdruck?

Wieso kam Schwester Ingrid so spät? Sie hatte Dienst. Hätte sofort da sein müssen. Warum hatte ihre Kollegin so beziehungsreich die Augenbraue gehoben? Wegen dem, was die Schmidt-Urke ihm zuflüsterte?

Winzig stand sie zwischen den anderen. In einen viel zu großen Herrenbademantel gehüllt. Sie war mit dem alten Kuhn aus einem Zimmer gekommen. Schliefen wohl zusammen. Kuhn stand hinter ihr und strich sich immer wieder die wenigen grauen Haare an den Kopf. Das faltige Gesicht mit der langen Nase besorgt auf seine Freundin gerichtet.

Agiler Kerl. Wenigstens schlief der neben einer Frau im Bett. Nicht neben einem schnarchenden Schwulen.

Sie hatte ihn zu sich gewinkt. Eine knorrige, alte Hand mit lockendem Zeigefinger. Unwillkürlich hatte er an die Hexe im Märchen gedacht. Er musste sich tief herunterbeugen, und erst als er ganz nah war, zischelte sie: «Sie trinkt.»

Er brauchte eine Zeit lang, bis ihm klar wurde, dass sie Schwester Ingrid meinte.

Dieser extrem starke Pfefferminzgeruch, der die Schwester immer umgab. Als wollte sie andere Gerüche überdecken. Taten viele Alkoholiker. Erregt glänzende Augen. Trank wohl heimlich. Hatte vergessen, die Tür abzusperren. Kam zu spät, weil sie in einem dunklen Winkel des Hauses ein Rendezvous mit ihrer Flasche hatte.

Magda und er auf dem Weg zum Heim. Hatte er etwas übersehen? War etwas ungewöhnlich?

Das Auto auf der Straße – der alte Mercedes von Less. Wie hatten sie ihn damals genannt? Das Auto hatte doch einen Namen. Ah ja, Egon.

Less hatte niemanden über den genauen Zeitpunkt seines Kommens informiert, war einfach losgefahren. Nur diese vage Ankündigung in seinem Brief. Hatte Magdas Adresse nicht. Kannte nur die von Theater und Altenheim. Das Theater war geschlossen, also fuhr er zum Heim. Und wurde niedergeschlagen.

Weil er jemanden gestört hatte? Wobei?

Drei tote alte Frauen. Ein gekreuzigter Vogel. Eine weitere alte Frau verschwindet. Ein Besucher wird niedergeschlagen.

Dieses Haus. Das Altenheim ... Seine verwischten Konturen, die Schatten der Trauerweiden. Deren Äste wuchsen, griffen ...

Ein Schluchzen. Sofort war er hellwach.

Less weinte.

Prottengeier beugte sich über ihn. Streckte zögernd die Hand aus und strich dem Träumenden übers Haar.

«Alles in Ordnung. Sie sind in Sicherheit», murmelte er beruhigend.

Plötzlich richtete er sich auf. War Less in Sicherheit? Magda wusste, dass er kam. Er hatte den Brief an sie an das Theater im Zentrum adressiert. Wenn ihn jemand gelesen hatte? Sie hatte Less erwartet, nicht ihn, Prottengeier. Wenn Less gar kein zufälliges Opfer war? Aber niemand wusste, wann er kam!

Das Theater. Tom Haller. Wie er auf Gisela Manns Sofa saß. Beruhigend ihre Hand tätschelte. Was hatte Magda gesagt?

Der *Sturm* sei für das Theater lebensrettend? Also war dieser Haller in Schwierigkeiten. Dirk Schneider mochte seinen angeheirateten Verwandten nicht. Wegen Ingrids Trinkerei?

Gisela Mann hatte nicht sonderlich erschreckt gewirkt. In ihrem weißen Zimmer mit all den besorgten Menschen. Sie genoss die Aufmerksamkeit, flirtete mit ihm. Nein, der gekreuzigte Vogel hatte sie nur kurz erschreckt. Sie war nicht aus Angst weggelaufen.

Magda. Ein kleines Mädchen, das auf einem Stuhl sitzt und auf die Rückkehr der Tante wartet. Der Raum, in den die Abendschatten kriechen, der Stuhl, auf dem sie reglos sitzt, der Tisch, die Küchenuhr, auf die sie starrt.

Die Uhr ... Das ist seine Küchenuhr. Er starrt darauf. Wartet, dass sein Vater nach Hause kommt. Hofft, er kommt nicht ...

Hastig riss Prottengeier die Augen auf. Wieso dachte er in letzter Zeit dauernd an seinen Vater?

Wegen der Alten wahrscheinlich, dem Heim.

Am Schluss saß sein Vater so regungslos am Tisch wie er als kleiner Junge, der auf den Schrecken wartete.

Seufzend lehnte er den Kopf an die Wand. Sein Rücken schmerzte. Vorsichtig streckte er die Beine aus. Das tat gut. Sah zum Fenster. Grau fraß sich das Morgenlicht in die Nachtschatten.

Diese langen, dunklen Gänge. Da hatte er ihn gerochen. Er kannte den Geruch. Er hatte ihn im Heim seines Vaters gerochen. In verlassenen Mordzimmern roch es so. Die Wände speicherten ihn. Der Tod hatte einen Geruch ... und der war in den Gängen ... der Geruch ... im Haus ...

Sein Kopf sackte zur Seite.

• 13 •

Verbissen klammerte sich Prottengeier an den Haltegriff. Der fuhr ja noch schlimmer als Schmidthahn. Und er hatte geglaubt, sein dicker Kollege sei der einzige ihm bekannte apokalyptische Reiter. Ab jetzt musste er Schneider dazuzählen.

Böse sah Prottengeier zu ihm hinüber. Wie er lässig hinter dem Steuer lümmelte. James Bond auf dem Weg ins Kasino.

Unbeeindruckt schnitt Dirk Schneider die nächste Kurve.

Prottengeier kniff die Augen zusammen. Nicht nach draußen sehen. Nicht sehen, wie die Felder viel zu schnell vorbeiflogen. Erbittert merkte er, dass sein Magen sich langsam hob. Zum Glück hatte er nicht gefrühstückt. Mit ihm reden. Die meisten Fahrer wurden langsamer, wenn sie sich unterhielten.

«Warum tust du das eigentlich, Dirk?»

«Was?»

«Mir helfen.»

«Das frage ich mich auch», grinste Schneider.

«Ohne dich komme ich nicht an die Heimleiterin heran», versuchte Prottengeier es weiter.

«Klar, die Krüger schmeißt dich raus. Und Recht hat sie. Irgend so ein Kommissar ohne Befugnisse. Kommt an und will Fragen stellen. Hochkant schmeißt die dich raus», meinte sein Kollege zufrieden. Ohne das Tempo auch nur eine Spur zu drosseln. Oder war er sogar noch schneller geworden?

«Du glaubst nicht dran, dass in dem Heim etwas faul ist. Und trotzdem verschaffst du mir die Eintrittskarte?»

«Abenteuerurlaub, Prottengeier. Du sollst dich bei uns wohl fühlen. Deine Schnecke reicht ja nicht. Bist eben ein verdammter Workaholic.»

Prottengeier zuckte zusammen. Workaholic ... Schnell bohrte er weiter: «Gib's zu. Ein bisschen mulmig ist dir schon.»

«Wenn die Irren da oben jetzt anfangen, Besuchern die Köpfe einzuschlagen.»

«Du glaubst also, es war einer der Alten?»

Überrascht sah Schneider zu ihm herüber. «Wer sonst?»

«Achtung!», rief Prottengeier, der eine dicke Eiche direkt auf sich zukommen sah. Vielleicht war Reden doch keine so glückliche Idee.

«Ich sage dir, einer der Alten ist irre. Ich hatte mal einen Nachbarn. So ein alter Wirrkopf. Hat seinen Kirschbaum mit 'nem Gewehr bewacht. Der hat nur drauf gewartet, mal jemanden abzuknallen», beharrte Schneider, der glücklicherweise wieder auf die Straße sah.

«Deine Cousine, Ingrid ...» Prottengeier brach ab. Wusste Dirk, dass sie trank? Fragen konnte er schlecht.

«Armes Luder», meinte Schneider kurz und konzentrierte sich darauf, haarscharf am nächsten Baum vorbeizuschlingern. Gottergeben schloss Prottengeier die Augen.

«Der einzige Grund, warum ich die Sache beobachte, ist, dass ihr Mann mit drinsteckt. Dieser angebliche Intendant. Dem trau ich alles zu.»

Erstaunt öffnete Prottengeier wieder die Augen. «Wieso angeblich?»

«Ist doch ein Pleitebetrieb, dieses Theater. Was glaubst du, warum Ingrid arbeiten geht? Mit zwei Kindern?»

«Vielleicht weil sie möchte?», schlug Prottengeier vor.

«Quatsch. Der Kerl kann die Familie nicht ernähren, so sieht's aus. Das Theater krebst nur rum. Kein Wunder, bei dem Scheiß, den die zeigen.»

«Du gehst ins Theater?», fragte Prottengeier ehrlich überrascht.

«Nur wenn Ingrids Jungs mitspielen. Tun sie ab und zu. Dann kriegen sie ihren Vater mal zu Gesicht. Daheim ist der jedenfalls nie. Ist doch keine Art, wenn man Familie hat.»

Prottengeier schwieg.

Dirk hatte ja keine Ahnung. Wenn man nach Hause kam, und die Kinder wollten ihre neuen Spielzeugautos zeigen, Hilfe beim Aufsatz, stritten sich. Und man selber kam vielleicht gerade vom Schauplatz einer Familientragödie ...

Er hatte sich oft davor gedrückt, nach Hause zu kommen. War froh, wenn die Jungs schon im Bett waren. Vielleicht hatte Haller auch seine Gründe.

Und dann die Blicke seiner Frau. Zuerst vorwurfsvoll, dann müde und schließlich gleichgültig. Das Schlimmste war, dass er sie verstand. Noch nicht einmal die Scheidung konnte er ihr übel nehmen.

Unvermittelt trat Schneider auf die Bremse. Mit einem scharfen Ruck kam der Wagen zum Stehen.

Was war denn jetzt los? Ohne ihn anzusehen, starrte Schneider nach vorn. Schließlich schien er zu einem Entschluss gekommen zu sein. Er lehnte sich im Sitz zurück: «Hör zu, Prottengeier, die Spielregeln! Die sollten wir jetzt klären. Ich weiß nicht, warum du dich in diese Geschichte reinhängst ...»

«Drei tote Frauen, ein gekreuzigter Vogel, ein niedergeschlagener Besucher», unterbrach ihn Prottengeier.

Schneider seufzte: «Wenn ich dich nicht besser kennen würde, würd ich denken, du willst deiner Schnecke imponieren.»

Prottengeier zog die Augenbrauen hoch.

«Ich sagte: Wenn ich dich nicht besser kennen würde», beschwichtigte Schneider. «Ich finde wirklich, du siehst weiße Mäuse. Aber gut. Schnüffel rum. Im Rahmen natürlich. Quatsch wegen mir mit den Leuten, schau dich um.»

Prottengeier atmete auf und lehnte sich zurück. Einen Augenblick lang hatte er gedacht, Dirk hätte es sich anders überlegt. Würde ihn zum Teufel jagen.

«Aber mach keinen Scheiß, Prottengeier. Und von meiner Cousine lässt du die Finger.»

«Ingrid Haller ...», sagte Prottengeier nachdenklich.

Mit der stimmte etwas nicht. Gestern Nacht hatte sie Dienst. Hatte die Verantwortung für die Tür. Die Tür war nicht abgesperrt. Wo war sie gewesen? Warum kam sie als Letzte in die Nachtpforte?

«Komm, Prottengeier. Sei nicht stur. Ich will bloß nicht, dass du dich wie 'ne Klette an sie hängst. Sie hat damit überhaupt nichts zu tun. Warum sollte Ingrid diesem Less eins über den Schädel geben? Sie kennt den Typen nicht einmal.»

«Ich weiß nicht, warum er niedergeschlagen wurde. Ich weiß nicht, von wem. Aber da oben geht etwas vor. Die drei toten Schauspielerinnen ...»

«Natürliche Tode. Steht in den Totenscheinen.»

«Ein junger Arzt ohne forensische Ausbildung.»

«Du hast keine Beweise.»

«Es waren Morde. Ich weiß es.»

Er wusste es wirklich. Plötzlich war sie da. Diese absolute Gewissheit. Die drei Schauspielerinnen waren ermordet worden.

Genervt sah Schneider zum Wagendach und fragte: «Und wie soll Ingrid da reinpassen?»

Prottengeier betrachtete die Felder. «Ärzte und Pflegepersonal sind nun mal privilegierte Mörder. Niemand ist so mit dem Elend konfrontiert. Niemand hat so viele Mittel und Gelegenheiten. Und hilflose Personen sind perfekte Opfer.»

«Hilflos?», schnaubte sein Kollege und drehte wütend den Zündschlüssel. «Diese Furien? Mann, Prottengeier, du hast keine Ahnung.» Damit startete er den Wagen und fuhr los. Prottengeier rettete sich wieder zu seinem Haltegriff.

«Dirk, ich muss wenigstens mit ihr reden.»

Aber Dirk Schneider bog schweigend in die Trauerweidenallee, die zum Heim führte. Ohne Prottengeier zu beachten, saß er am Steuer und biss sich auf die Unterlippe. Ob er die Rückendeckung, die er ihm versprochen hatte, schon bedauerte?

«Wie willst du dieser Dr. Krüger meine Anwesenheit eigentlich erklären?», unterbrach er Schneiders Grübeln.

«Ich weiß nicht mal, wie ich ihr meine erklären soll», gab der unwillig zurück. «Mordkommission! Da hat kein Mord stattgefunden.»

Prottengeier schwieg wieder. Vor ihnen lag das Haus.

Im Morgenlicht, das die roten Steine leuchten ließ, hatte es alles Geheimnisvolle verloren. Ein unförmiges Spielzeug, von einem Riesenkind mit bizarrer Phantasie wild zusammengewürfelt.

In der Eingangshalle herrschte reger Verkehr. Frühstückszeit. Einzeln, zu zweit oder dritt durchquerten alte Leute die Halle und strömten zum Speisesaal. Von der Treppe her winkte ihm Frau Schmidt-Urke. In einer Hand den unvermeidlichen Stock, an der anderen den unvermeidlichen Kuhn. Die nächtliche Aufregung hatten die beiden ganz gut weggesteckt. Frisch und ausgeruht schlichen sie plaudernd die Treppe herunter. War ihnen anscheinend keine Minute peinlich, dass er sie zusammen in einem Zimmer ertappt hatte.

Als sie am Speisesaal vorbeikamen, duftete es nach Kaffee und frischen Brötchen. Sein Magen knurrte.

Warum war er auch nicht zum Hotelfrühstück gegangen? Nur Zähne geputzt, ein bisschen Wasser ins Gesicht, und schon war er am schlafenden Less vorbei aus dem Zimmer geschlüpft. Wie auf der Flucht.

Am Ende des Ganges führten drei Stufen zu einer großen, gläsernen Flügeltür. Ein diskretes Schild verkündete: Heimleitung. Ohne anzuklopfen traten sie ein.

Hinter Papierbergen und Aktentürmen saß eine junge Frau am Computer, die überrascht hochsah.

«Hauptkommissar Schneider, Hauptkommissar Prottengeier. Wir würden gern mit Frau Dr. Krüger sprechen.»

Aha. Die Mordkommission ließ er also einfach weg. Zwei Hauptkommissare untersuchten eine einfache Körperverletzung? Wenn sich die Krüger da mal nicht wunderte.

Frau Dr. Krüger wunderte sich überhaupt nicht. Vielmehr schien sie es äußerst angemessen zu finden.

«Der Polizeipräsident schickt sie?», fragte sie herrisch zur Begrüßung.

Die beiden Kommissare sahen sie verblüfft an.

«Wir untersuchen das Körperverletzungsdelikt», erklärte Schneider verdutzt.

«Ich weiß, ich weiß», schnarrte sie hinter ihrem sorgsam aufgeräumten Schreibtisch.

Mitte bis Ende vierzig, schätzte Prottengeier. Ganz attraktiv. Bis auf den zu kurzen Haarschnitt. Der gab ihr etwas Militärisch-Diszipliniertes.

«Der Polizeipräsident ist Mitglied des Kuratoriums. Deshalb dachte ich, er hätte sie geschickt.»

«Kuratorium?»

Mit hochgezogenen Augenbrauen warf sie ihm einen tadelnden Blick zu. Sofort fühlte er sich, als hätte er seine Hausaufgaben nicht gemacht.

«Unser Haus ist eine ausschließlich gemeinnützige Stiftung. Berufsunfähigen und pensionierten Bühnenkünstlern soll ein sorgenfreies Altern gewährt werden. Stiftsherren in unserem Kuratorium sind der Oberbürgermeister, der Generalintendant, ein Minister, zwei Abgeordnete und eben Ihr Polizeipräsident.»

«Und all diese Herren sind natürlich beunruhigt über die Vorgänge hier», stellte Prottengeier freundlich fest.

«Welche Vorgänge?», fragte Frau Dr. Krüger und hob angriffslustig ihr Kinn. «Soweit ich weiß, ist der einzige ‹Vorgang› dieser Unfall, der dem bedauerlichen jungen Mann gestern zugestoßen ist. Wobei mir immer noch nicht klar ist, was er um diese Zeit hier zu suchen hatte.»

«Herr Less ist mit der Nichte von Gisela Mann befreundet. Und Gisela Mann ist verschwunden. Durchaus ein weiterer ‹Vorgang›, oder?», antwortete Prottengeier freundlich.

«Ich weiß nicht, was an der spontanen Reise einer alten Dame für die Polizei von Belang ist.»

«Diese Reise, wie Sie es nennen, trat die alte Dame nach einer massiven Drohung an. Sie werden doch sicherlich von diesem gekreuzigten Vogel gehört haben.»

«Bewerten Sie doch einen Scherz der Heimbewohner untereinander nicht über», unterbrach ihn Dr. Krüger mit gerunzelter Stirn.

«Ein Scherz?», fragte Prottengeier zurück. Schneider neben ihm räusperte sich warnend. Aber Prottengeier ließ sich nicht aufhalten. «Hatten Sie nicht auch in letzter Zeit erstaunlich viele Todesfälle?»

Empört sah die Krüger ihn an.

«Das reicht, Prottengeier», zischte Schneider neben ihm.

«Was wollen Sie damit andeuten?», übertönte ihn die Heimleiterin. «An den Todesfällen war nichts Ungewöhnliches. Der Arzt, mit dem wir zusammenarbeiten, ist ein überaus korrekter Mann. Wenn Bedenken aufgetaucht wären, hätte er die Totenscheine nie ausgestellt.»

«Das glaube ich gerne. Aber hatte er überhaupt die Möglichkeit, Bedenken zu bekommen? Ich vermute, er verfügt über keine forensische Ausbildung.»

«Ich weiß, dass es Gerüchte über die drei Todesfälle gibt. Aber das können Sie doch unmöglich ernst nehmen.»

«Es wurde Anzeige erstattet ...»

«Der die Mordkommission nicht nachgegangen ist. Aus guten Gründen», konterte sie schnell.

Interessiert sah Prottengeier, dass sich kleine Schweißperlen auf ihrer Stirn bildeten. Offensichtlich war ihr das Thema unangenehm. Kein Wunder.

Mit einer Hand schlug sie energisch auf ihren Schreibtisch: «Kommen wir endlich zum Punkt. Sie sind hier, weil dieser junge Mann niedergeschlagen wurde. Nicht wegen irgendwelcher Mordphantasien seitens unserer Heimbewohner. Oder irre ich mich?»

Schneider nickte bereitwillig und warf Prottengeier einen warnenden Blick zu.

«Dann würde ich vorschlagen, dass Sie Ihre Fragen darauf beschränken.»

Bevor Prottengeier etwas erwidern konnte, schaltete sich Schneider in das Gespräch ein: «Gestern Nacht hatten zwei Schwestern Dienst?»

«Schwester Ute und Schwester Ingrid. Eigentlich arbeiten wir mit nur einer Nachtschwester. Hauptsächlich für die Pflegestation. Aber momentan sind alle so unruhig.» Sie biss sich auf die Lippen, als hätte sie etwas Falsches gesagt.

Schneider nickte begütigend. «Normalerweise ist die Nachtpforte abgeschlossen?»

«Ab elf Uhr. Die Schwestern sind absolut zuverlässig. Ich kann mir das nicht erklären.»

«Haben Sie eine Idee, wie es zu dem Vorfall gekommen sein könnte?»

Sie zuckte die Achseln. «Ein Unfall? Ich war ja leider nicht hier. Sind Sie denn sicher, dass der junge Mann wirklich niedergeschlagen wurde? Vielleicht ist er bloß gestürzt?»

«Mein Kollege hier war Augenzeuge», meinte Schneider bedauernd.

Frau Dr. Krüger musterte Prottengeier, als hätte sie auch nichts anderes von diesem lästigen Menschen erwartet.

Seine Direktorin am Gymnasium. Daran erinnerte sie ihn. Wenn er die Augen ein bisschen zusammenkniff, konnte er sie sich sogar mit grauem Dutt vorstellen.

«Was hatten Sie hier eigentlich zu suchen?», fuhr sie ihn unvermittelt an.

«Ich habe Frau Mann begleitet. Die Nichte. Sie wollte nachfragen, ob es Neuigkeiten von ihrer Tante gibt», erklärte Prottengeier bereitwillig.

Bevor die Heimleiterin weitere Fragen stellen konnte, meinte Schneider harmlos: «Mein Kollege will sich ein bisschen bei Ihnen umschauen. Mit ein paar Leuten reden. Vielleicht hat ja doch jemand etwas bemerkt. Jemand Fremden herumschleichen sehen.»

Das also war seine Einführung. Alles im Ungewissen lassen. Hoffentlich hatte Schneider den Kollegen, die die Körperverletzung tatsächlich bearbeiteten, eine bessere Erklärung gegeben. Aber wahrscheinlich hatte er nur gegrinst: «Prottengeier? Alter Kollege von mir. Hat ein paar Hirngespinste. Langweilt sich. Lasst euch von ihm nicht stören.»

Mit einem Ruck erhob sich die Heimleiterin und unterbrach Prottengeiers Spekulationen. «Ich bringe Sie zu Herrn Falk. Unser Gärtner und Hausmeister. Der kann Ihnen das Gelände zeigen, und Sie können sich umsehen. Obwohl ich nicht weiß, was das bringen soll. Aber Sie werden ja Ihre Arbeit verstehen.»

Ohne sich nach den Kommissaren umzusehen, eilte sie zur Tür. «Moment, ich frage meine Sekretärin, wo er gerade zu finden ist.»

Als sie den Raum verlassen hatte, zischte Schneider: «Was soll das? Spinnst du, mit deiner Mordtheorie anzufangen?»

«Sie ist froh, uns loszuwerden. Also fragt sie auch nicht lange nach unserer Legitimation», antwortete Prottengeier halblaut.

«Übertreib's nicht, Prottengeier. Sonst bist du schneller aus der Sache raus, als du gucken kannst.»

Aus dem Vorzimmer rief die Heimleiterin: «Kommen Sie, meine Herren?»

Mit energischen Schritten ging sie voraus. An der halb geöffneten Speisesaaltür blieb sie plötzlich stehen, zog scharf den Atem ein, stieß die Tür auf und bellte «Jochen!» in den Raum.

Ein junger Mann in weißer Pflegermontur, der gerade dabei war, einer alten Dame Kaffee nachzuschenken, hob erschreckt den Kopf.

«Dieses Tier ist ja schon wieder hier. Wie oft soll ich noch sagen, dass Tiere im Haus verboten sind.»

Wie auf Kommando wurde es still im Speisesaal. Ein hohlwangiger Alter versuchte, weiterzuessen. Sofort wurde er von knotigen Händen, die sich ihm auf Arm und Schulter legten, gestoppt. Verwirrt sah er seine Tischgenossen an, die alle stumm zur Tür blickten. Er folgte ihren Blicken und erstarrte ebenfalls.

Ohne eine Miene zu verziehen, starrten die Alten sie an. Lauernd. Irritiert schaute Prottengeier in bekannte Gesichter. Schmidt-Urke und Kuhn. Ihre ganze Liebenswürdigkeit war verschwunden, mit maskenhaftem Blick sahen sie zur Tür. Das Boxergesicht von Iris Mallak hatte alles Hängend-Gutmütige verloren. Der sonst so freundliche Hännsen hatte die nicht vorhandenen Augenbrauen grimmig zusammengezogen. Und sogar Egon Hertz wagte sich fast aggressiv aus seinem Anzug heraus ... Von Koch konnte er nicht entdecken. Es war unheimlich, wie sie alle reglos zur Tür starrten.

In die Stille hinein maunzte es.

Völlig unbeeindruckt, fast schlendernd, kam der dicke, schwarz-weiße Kater auf die kleine Gruppe an der Tür zu. Wohlig streckte er sich, gähnte und rieb das Köpfchen an Prottengeiers Bein. Verlegen sah er zu dem Tier hinunter.

Die Heimleiterin schäumte. Mit zusammengepressten Lippen musterte sie den Hauptkommissar, bis sie sagte: «Jochen, schaffen Sie das weg.»

Eine Sekunde lang wusste Prottengeier nicht, ob sie ihn oder den Kater meinte. Wahrscheinlich beide.

Der Pfleger zwängte sich zwischen den Tischen durch und griff nach dem Kater. Ein wütendes Fauchen, der Pfleger schrie auf, und Falstaff war wieder frei.

Auf der Hand des Pflegers war ein langer, weißer Streifen zu sehen, aus dem einzelne Blutstropfen quollen.

«Es tut mir Leid, so Leid», ließ sich eine dünne Stimme in der immer noch andauernden Stille vernehmen. Prottengeier sah Elsa, die von einem der hinteren Tische verstört zu ihnen schaute. «Pscht!», zischte es scharf von einigen Plätzen. Unglücklich sackte Elsa in sich zusammen.

Was ging da vor? Eine Verschwörung der Alten gegen die Heimleitung? Interessiert sah Prottengeier zu Frau Dr. Krüger. Die Heimleiterin war etwas blasser geworden, hatte sich aber gut im Griff.

«Sie müssen den Arm verarzten, Jochen», wies sie den sichtlich überforderten Pfleger an.

«Falstaff mag es nicht, hochgehoben zu werden», entschuldigte der den Kater, der unbeeindruckt vor ihnen saß und seine Pfote ableckte, als würde er seine Waffen reinigen.

«Tiere sind im Heim verboten», schnarrte die Krüger und sah kriegerisch in den Raum. «Wenn ich merke, dass Sie dieses Tier weiter anlocken, werde ich entsprechende Maßnahmen ergreifen.»

Ohne eine Miene zu verziehen, sahen die Alten sie an.

Endlich schien zumindest der Kater genug von dem Streit zu haben. Langsam und würdevoll durchquerte er den Raum. Mit einem eleganten Satz sprang er auf den letzten Tisch vor den geöffneten Flügeltüren, schnappte sich ein Stück Schinken von einem Teller und verschwand im Garten.

Damit war der Bann gebrochen. Die Heimbewohner lachten beifällig und wandten sich wieder ihrem Frühstück und ihren Gesprächen zu. Die Gruppe an der Tür ignorierten sie jetzt vollständig. Die Heimleiterin nickte kurz zu Jochen und verließ mit durchgedrückten Schultern den Raum.

«Gar nicht so einfach mit den alten Leutchen», meinte Schneider im Flur.

Die Krüger zuckte mit den Achseln und ging ihnen durch den Flur voran. «Man gewöhnt sich daran.» Mit einer Hand deutete sie zur Treppe: «Oben sind die Einzelzimmer, im zweiten Stock die Doppelzimmer.»

Aber Schneider ließ sich nicht so schnell ablenken. «Machen die das öfter? Das war ganz schön unheimlich.»

«Eine Art passiver Widerstand», antwortete sie wegwerfend. «Immer wenn ihnen etwas nicht passt, reagieren sie so. Aber Tierhaltung ist nun mal verboten. Und Sie haben selbst gesehen, dass dieser Kater gefährlich ist.»

«Er gehört Frau Mann, nicht wahr?», wollte Prottengeier wissen.

«An Frau Mann hat er sich besonders angeschlossen. Sie

nimmt ihn sogar mit in ihr Zimmer. Wenn sie wieder da ist, werde ich das klären.»

«Gibt es oft Missstimmigkeiten zwischen Ihnen und den Bewohnern?», hakte Prottengeier nach.

«Nicht mehr als üblich. Natürlich sind unsere Bewohner ein spezieller Schlag. Ordnen sich nicht leicht ein. Wenig Kooperationsbereitschaft. Aber das ist nur eine Frage der Zeit.»

Prottengeier nickte. Warum hörte sich das wie eine Drohung an? In diesem Heim schien einiges nicht zu stimmen. Für ihn sah das wie offener Krieg zwischen Leitung und Bewohnern aus. Nicht wie etwas, das sich mit der Zeit von selbst erledigte.

«Hier ist der Küchentrakt mit Spülküche und ehemaligem Wäscheraum. Möchten Sie das sehen?»

Prottengeier nickte, Schneider schüttelte den Kopf.

«Tut mir Leid, aber ich muss mich verabschieden», meinte er bedauernd. «Aber mein Kollege Herr Prottengeier sieht sich gerne noch ein bisschen um.»

Ungnädig nickte sie und hielt die Außentür auf. «Es gibt noch ein separates Gebäude mit fünfzehn Doppelzimmern. Ein Gebäude, in dem die Pflegestation ist, das ehemalige Waschhaus und ein paar Gebäude, die nicht mehr genutzt werden. Herr Falk wird Ihnen alles zeigen.»

Schneider streckte ihr die Hand hin, die sie kurz ergriff. Prottengeiers Hand übersah sie geflissentlich. «Meine Herren, viel Erfolg bei Ihren Ermittlungen. Ich hoffe, dass sich die Geschichte schnell klären lässt. Allein schon, um Unruhe zu vermeiden.»

Prottengeier sah sie fragend an.

«Bei aller Exzentrik unserer Bewohner dürfen Sie nicht vergessen, dass es alte Leute sind. Und Aufregung schadet ihnen.»

Prottengeier nickte verständnisvoll. Er hatte eher den Eindruck, dass die Bewohner die Aufregung genossen. Jedenfalls schien es sie weniger zu stören als die Heimleitung.

«Herrn Falk finden Sie dort hinten in dem kleinen Gärtnerhaus. Und jetzt müssen Sie mich entschuldigen.» Ein ausgestreckter Zeigefinger, der an ihnen vorbeideutete, ein knappes Kopfnicken, und die Tür fiel hinter ihr ins Schloss.

«Puh», machte Schneider und wischte sich imaginären Schweiß von der Stirn. «Na dann: Viel Spaß, Herr Kollege.»

Ein Schlag auf die Schultern, und Schneider sprang die Treppen hinunter. Mit aufheulendem Motor verschwand er vom Hof.

Prottengeier stand auf den Stufen und sah ihm nach. Froh, dass er nicht mit im Wagen sitzen musste.

Der Hof vor ihm lag in morgendlichem Schatten, der nur durch vereinzelte Lichtschneisen, die durch die Baumkronen blitzten, aufgebrochen wurde. Endlich schien der Sommer doch noch zu einer kurzen Stippvisite zu erscheinen.

Einen kurzen Moment fühlte er sich frei. Er war für den Fall nicht zuständig. Das war schließlich sein Urlaub. Er könnte jederzeit über diesen Hof gehen und einfach abreisen. Ans Meer. Tief atmete er die Morgenluft ein.

Zwei Männer bogen in angeregtem Gespräch um die Hausecke. Ein weißer Kopfverband leuchtete im Sonnenstrahl.

Prottengeier stutzte. Das war doch nicht möglich. Als er aus dem Hotelzimmer geschlichen war, schlief Less noch tief und fest. Und jetzt schlenderte er über den Hof, als würde er hierher gehören. Ausgerechnet mit von Koch im Schlepptau.

Die beiden Schauspieler hatten ihn entdeckt und kamen langsam auf ihn zu.

«Na so was. Wenn das nicht mein Lieblingskommissar ist», rief Less schon von weitem.

Kurz tat es Prottengeier Leid, dass der Angreifer gestern nicht fester zugeschlagen hatte.

«Mein geschätzter Kollege hier zeigt mir gerade die Anlage», erklärte Less fröhlich, als sie am Fuß der Treppe angekommen waren. «Stellen Sie sich vor, Herr Prottengeier, ich habe Heribert schon auf der Bühne gesehen ...» Er brach ab und hielt sich die Hand vor den Mund. Zu von Koch gewandt fuhr er fort: «Entschuldigen Sie bitte. Das ‹Du› ist mir einfach so rausgerutscht. Aber seit ich weiß, dass Sie der phantastische Lear in Dortmund waren, hab ich einfach das Gefühl, als würden wir uns schon ewig kennen.»

«Macht doch nichts, mein Junge», grummelte von Koch geschmeichelt. «Bleiben wir ruhig beim Du.»

Less strahlte und wandte sich wieder Prottengeier zu: «Kommen Sie doch mit. Diese Anlage ist die reinste Geisterbahn.»

Unwillig stieg Prottengeier die Stufen hinunter. Eine kleine, schwarze Gestalt schlich unbemerkt hinter ihm her.

• 14 •

«Hey, Sie haben ja einen Schatten.»

Verdutzt blieb Prottengeier stehen. Less ging in die Knie und zirpte: «Na komm, Kleiner. Komm zum Onkel.»

«Falstaff. Lästiges Vieh», meinte von Koch und musterte den Kater ungnädig.

«Falstaff heißt du? Na, das passt. Du bist also ein Theaterkater, was?»

Falstaff ignorierte sowohl den flötenden Less als auch den unwirschen von Koch. Ihn interessierte einzig Prottengeier. Gurrend wie ein Täubchen rieb er sich an seinem Bein.

Peinlich berührt sah der zu dem Kater hinunter. Was wollte das Vieh bloß von ihm? Er hatte gar nicht gemerkt, dass er hinter ihnen hergelaufen war.

«Den Falstaff hast du doch auch schon gespielt, Heribert», wandte Less sich an von Koch. «... *wenn Sekt und Zucker ein Fehler ist, so helfe Gott den Lasterhaften. Wenn alt und lustig sein eine Sünde ist, so muss mancher Schankwirt verdammt werden. Wenn* ... Wie geht's weiter?»

Statt einer Antwort wandte von Koch sich ab und zeigte zu der Reihe von Backsteingebäuden: «Ehemalige Stallungen. Getreidespeicher, Mehlkammern.»

Less sah ihn verwundert an. Mit einer ausholenden Handbewegung umfasste von Koch den ganzen Komplex: «War alles mal ein Gehöft. Wäre es besser auch geblieben.»

Mit einem Achselzucken ging Less wieder zu dem Alten.

Die Führung durch das Gelände hatte Prottengeier sich anders vorgestellt. Vor ihm begannen die beiden Schauspieler sofort wieder irgendwelche Fachsimpeleien. Fetzenweise hörte er: «*Richard der Vierte* ... großartige Darstellung ... gewagtes Bühnenbild ...»

Less trug ganz schön dick auf. Aber der Alte schien es zu schlucken.

«Falstaff ... Shakespeares komödiantische Dichtung ...»

Schon wieder Shakespeare. Der verfolgte ihn. Genau wie dieser Kater.

Verstohlen warf er einen Blick zurück. Das Vieh verfolgte ihn tatsächlich. Versuchsweise blieb er stehen. Der Kater stoppte. Er ging weiter. Der Kater auch.

Entnervt zischte Prottengeier über die Schulter: «Verschwinde.» Der Kater maunzte erfreut.

Er mochte Katzen nicht. Immer nur ihren eigenen Wegen folgend. Da waren seine Fische freundlicher. Schwammen sofort an die Scheibe des Aquariums, wenn er nach Hause kam.

Sentimentales Gewäsch. Vielleicht schwammen sie da auch in seiner Abwesenheit rum. Alles Einbildung, diese Kontaktaufnahme zwischen Mensch und Tier. Wahrscheinlich waren Menschen nur störende Pünktchen an der Peripherie der Tiere. Gerade mal zur Kenntnis genommen, wenn es um Futter ging. Mit fatalistischem Gleichmut geduldet. Wie Unkraut.

Besonders pingelig schien dieser Hausmeister nicht zu sein. Zumindest nicht, was das Unkraut an den Nebengebäuden betraf. Hüfthoch wiegten sich Disteln und Brennnesseln im Schatten der Häuser. Zusammen mit den von schweren Brettern vernagelten Fenstern wirkte die Häuserreihe verloren und ungastlich. Der Hof an der Rückseite des Heimes war mit sorgsam geharktem Kies bedeckt. Hier dagegen breiteten sich große, kahle Stellen staubiger Erde aus.

Weitläufiges Gelände. Wahrscheinlich waren die umliegenden Wiesen und Felder früher Bestandteil des Gehöfts. Wohlhabende Bauern. Bis diese Industriellenfamilie kam, das Gelände kaufte und das Haus errichtete.

Die Rückseite war nicht ganz so verbaut wie die Front. In den Proportionen noch nicht einmal schlecht.

Vor ihm blieb Less stehen und atmete tief ein. «Ein friedlicher Ort zum Wohnen.»

Von Koch nickte spöttisch. «In letzter Zeit finden viele hier ihren ewigen Frieden. Zu viele für meinen Geschmack.»

«Was meinen Sie damit?», mischte Prottengeier sich ein.

Der alte Schauspieler schien jetzt erst richtig wahrzunehmen, dass der Kommissar die ganze Zeit hinter ihnen hertrabte. Eindringlich sah er Prottengeier an. Seine immer noch dunklen Augenbrauen bildeten einen scharfen Kontrast zu dem weißen Haarkranz.

Merkwürdig, wenn man nur in seine tief in den Höhlen liegenden Augen sah, vergaß man die rote, fleischige Nase, den breiten, genusssüchtigen Mund. Die Augen passten nicht zu den grobschlächtigen Zügen des alten Polterers. Da war etwas Unergründliches, was Prottengeier an dunkle Seen denken ließ, an einsame Wälder. Gestern Nacht hatte er etwas Wildes an sich gehabt. Die groben Züge wie in Stein gemeißelt. Archaisch.

«Was sehen Sie hier?», fragte er den Kommissar lauernd.

«Ist das ein Quiz, Heribert?», fragte Less belustigt.

Der Alte ignorierte seinen neuen Freund und wandte sich nur an Prottengeier: «Sie sehen ein verrücktes, altes Haus. Mit verrückten, alten Insassen. Ehrgeizige Schnepfen und Zitate sabbernde Greise. Ein Hühnerstall. Aber aufgepasst! Es gibt einen Fuchs. Und der schnappt sich die alten Hühnchen. Eins nach dem anderen.»

«Die toten Ariels?»

Der Alte nickte. «Bildeten sich ein, spielen zu können. Völlige Schnapsidee, dieser ganze *Sturm*. Ich mochte das Stück noch nie.»

«Du magst den *Sturm* nicht?», fragte Less ungläubig.

Bevor der Alte sich in endloser Fachsimpelei verlieren konnte, unterbrach ihn Prottengeier mit einem scharfen: «Moment. Sie glauben also nicht, dass die drei Schauspielerinnen eines natürlichen Todes gestorben sind?»

«Glauben, glauben, glauben», fuhr der Alte ihn ungehalten an. «Ich glaube auch nicht, dass die Erde eine Kugel ist. Ich war nie im Weltraum und hab es gesehen!»

«Aber der *Sturm* ist doch ein phantastisches Stück», mischte Less sich wieder ein.

Prottengeier hätte ihn gern erwürgt. Konnte der Idiot nicht mal für fünf Minuten seine Klappe halten?

«Quatsch!», schnauzte der Alte. «Dummes Feenspiel. Viel zu viel Text.»

«Was ist mit den drei toten Schauspielerinnen?», beharrte Prottengeier.

«Dreimal der Ariel. Die Mann hatte völlig Recht zu verschwinden. Hätte ich an ihrer Stelle auch getan. Dieses verdammte Stück gehört abgesetzt. Aber das geht in die senilen Schädel dieser bühnengeilen Krücken nicht rein.» Damit drehte er sich um und ließ sie stehen.

Prottengeier, Less und Falstaff sahen sich an.

«Ganz schön sauer, der Alte», murmelte Less.

«Halten Sie sich aus der Befragung raus, Less. Sonst können Sie erleben, wie ich ganz schön sauer werde», knurrte Prottengeier und beeilte sich, von Koch einzuholen.

«Bist du sicher, dass du diesen Kerl magst?», fragte Less den zurückgebliebenen Falstaff. Aber der hatte nur Augen für den Kommissar.

«Dabei stehen Katzen in dem Ruf, besonders intelligent zu sein», klärte Less den Kater auf.

Falstaff musterte ihn gelangweilt und lief Prottengeier hinterher.

Less zuckte mit den Schultern und lief der kleinen Gruppe hinterher.

Sie hatten den Hof hinter sich gelassen und näherten sich einem Mischwald, der das Anwesen im Norden begrenzte.

«Was ist das?», fragte Prottengeier und zeigte auf ein zurückgesetztes, kleineres Gebäude am Waldrand.

«Das Waschhaus. Wird auch nicht mehr genutzt. Jetzt geben sie unsere Wäsche nach draußen. Spart Personal.»

Schräg hinter dem alten Waschhaus entdeckte er noch ein Häuschen. Auch hier waren die Kellerfenster mit dicken Brettern vernagelt, aber die oberen Fenster standen offen und waren mit grauen Gardinen bestückt, die lustlos im Wind flatterten.

«Das Gärtnerhaus», erklärte von Koch ungefragt. «Unser Hausmeister wohnt dort. Falk. Unangenehmer Kerl. Dem geht man besser aus dem Weg.»

«Diese ganzen leeren Gebäude. Würde es sich denn nicht lohnen, die wieder instand zu setzen? Man könnte das Heim doch problemlos erweitern. Oder gibt es nicht mehr Bedarf?»

«Bedarf schon. Was glauben Sie, wie viele alte Schauspieler es gibt? Aber kein Geld. Die Stiftung ist pleite. Das Land drum herum hat alles mal dazugehört. War an die Bauern verpachtet. Und jetzt fangen sie an, Stück für Stück zu verkaufen. Feine Stiftung. Würde mich nicht wundern, wenn die sich alles selber in die Tasche wirtschaften», giftete der Alte.

Prottengeier horchte auf. Er sollte sich mal mit dieser Stiftung beschäftigen. Dirk konnte vielleicht etwas herausfinden.

«Das Wäldchen hier gehört noch zum Haus. Noch!», betonte von Koch und führte sie weiter.

Die Sonne hatte die Morgenschatten aufgeleckt und brannte vom Himmel. Alle vier atmeten auf, als sie den schattigen Wald erreichten. Mit einem leisen Maunzen verabschiedete sich Falstaff und verschwand im Unterholz. Eine Maus, mutmaßte Prottengeier, der ihm neugierig nachsah.

«Diese verdammte Irre», schrie von Koch unvermittelt und begann, mit den Füßen über den Boden zu scharren.

Überrascht traten die beiden anderen näher. Sie sahen einen großen Kreis, aus Steinen gelegt. In der Mitte eine Art Scheiterhaufen aus dürrem Holz, und der ganze Innenraum des Kreises war mit abgerissenen Rosenköpfen übersät.

«Sieht ja irre aus. Was Mystisches?», fragte Less neugierig.

Statt einer Antwort begann von Koch, die Steine wütend

mit den Füßen auseinander zu treten. «Irgendwann dreh ich ihr den Hals um.»

«Was soll das?», fragte nun auch Prottengeier.

Aber der Alte beachtete sie nicht. Wie besessen stieß er mit den Füßen den Kreis auseinander. Mit harten Tritten zermalmte er die Rosenköpfe, trampelte auf ihnen herum, als wären die zarten Blüten giftige Schlangen. In rasender Geschwindigkeit arbeitete er sich bis zum Holzhaufen in der Mitte vor. Wütend holte er aus und trat dagegen. Ein Schmerzensschrei. Von Koch hüpfte auf einem Bein und drehte sich wie ein Derwisch um die eigene Achse.

Irritiert sahen Prottengeier und Less ihm zu.

«Ich mach sie alle. Blöde Schnepfe. Den dürren Hals dreh ich ihr um», tobte von Koch außer sich vor Zorn.

Less packte Prottengeiers Arm und zeigte nach unten. Die Hölzer lagen nun verstreut und enthüllten das Innenleben des Scheiterhaufens. Einen dicken Stein.

«Das hat wehgetan», meinte Less mitfühlend.

«Quatsch. Ich lach mich gerade tot», schrie der Alte ihn an.

«Setz dich erst mal», meinte der junge Schauspieler ungerührt. «Vielleicht ist der Fuß gebrochen.»

Ächzend humpelte von Koch zu einem Baumstamm und ließ sich schwer darauf nieder.

«Lass mal sehen», sagte Less und kniete sich vor ihn.

«Haben Sie denn Ahnung von Brüchen?», fragte Prottengeier.

«Wenn der Fuß sich noch bewegen lässt, ist alles okay», meinte Less zuversichtlich. «Hab ich zumindest mal gehört.»

Vorsichtig versuchte er den Fuß zu drehen. Von Koch stöhnte, ließ sich die Behandlung aber widerspruchslos gefallen.

«Ich denke, es ist nur eine Prellung», diagnostizierte Less fachmännisch.

«Das wird sie mir büßen», stieß der Alte zwischen den Zähnen hervor. «Diese gottverfluchte Irre.»

«Mach langsam, Heribert», versuchte Less ihn zu beschwichtigen. «Wer auch immer den Kreis gelegt hat, hat bestimmt nicht damit gerechnet, dass du dich wie ein wahnsinniges Rumpelstilzchen aufführst.»

«Ihr habt ja keine Ahnung. Die ist doch gemeingefährlich!»

«Wer ist gemeingefährlich, Herr von Koch?»

«Wer wohl?», blaffte der Alte ihn an. «Die Irre natürlich. Elsa.»

«Elsa?», fragte Less neugierig.

«Eine der alten Schauspielerinnen», erklärte Prottengeier.

«Schauspielerin?», schrie von Koch dazwischen. «Dass ich nicht lache. Der haben die Nazis ins Hirn geschissen. Schauspielerin! Die ist doch nur mit blonden Zöpfen in den Thingdingern rumgehüpft. Die gehört gar nicht hierher. So was gehört in eine Anstalt.»

«In den Thingstätten war sie?», fragte Less mit offenem Mund.

«Thingstätten?»

«Alte germanische Kultstätten», erklärte der junge Schauspieler. «Die Nazis haben dort so eine Art Theater veranstaltet. Sonnwendfeiern, mystische Sieges- und Fruchtbarkeitsrituale. Mit blonden Jungfrauen in wallenden Gewändern und muskelprotzenden Jungs, halbnackt im Fackelschein.»

Nachdenklich wandte sich der Kommissar an den alten Schauspieler, der seinen verletzten Fuß rieb. «Sie denken, Elsa hat diesen Kreis gelegt?»

«Wer denn sonst? Seit wir mit dem *Sturm* angefangen haben, ist die noch verrückter geworden. Überall stolpert man über ihren Scheiß.»

«Seit dem *Sturm* macht sie das?»

«Klar. Amulette gegen den bösen Blick, magische Kreise, was weiß ich. Dazu noch dieses dauerndc Gefasel über die Hexe Sycorax. Die quatscht nur noch in Zitaten. Kann das ganze Stück auswendig. Ich frag mich, wie sie das in ihren irren Schädel kriegt.»

«Warum haben Sie sich über den Kreis so aufgeregt?»

Mürrisch starrte der Alte zu ihm hoch.

«Kommen Sie, Herr von Koch. Dieser Kreis hier, der gekreuzigte Vogel. Das ist doch eine Handschrift.»

Der Alte schwieg.

«Stammt der Vogel von Elsa?»

«Welcher Vogel?», fragte Less neugierig.

Mit einer Handbewegung brachte der Kommissar ihn zum Schweigen. «Jetzt seien Sie doch nicht so stur. Sie glauben doch auch, dass hier etwas vor sich geht. Wie soll ich denn helfen, wenn Sie nicht mit mir reden?»

«Ich habe Sie nicht um Hilfe gebeten», schnauzte der Alte.

Das stimmte. Niemand hatte ihn um Hilfe gebeten. Niemand, außer Magda ... Diese Alten waren eine verschworene Gemeinschaft. Dieses einmütige Schweigen eben im Speisesaal – sie würden keinem Außenstehenden etwas sagen. Mauern. Jede Gruppe bildete eine Mauer. Ob vernünftig oder unvernünftig. Wie oft stand er davor und suchte den Riss.

Er fixierte den Alten, der trotzig und unverwandt zu ihm hochsah.

«Was haben Sie gestern Nacht in der Allee gemacht?», fragte er scharf.

Von Koch, der bei dem veränderten Tonfall kurz zusammengezuckt war, sah ihn feindlich an. «Das hab ich doch schon hundertmal gesagt.»

«Dann erzählen Sie es eben zum hunderteinsten Mal.»

«Spazieren.»

«Nachts?»

«Es war noch keine zwölf. Das ist später Abend. Nicht nachts.»

«Kurz vor Herrn Less haben Sie die Nachtpforte erreicht.»

Der Alte nickte.

«Die Pforte war offen?»

«Das wissen Sie doch.»

«Ich will es von Ihnen hören.»

«Die Pforte war offen. Ich bin rein, in mein Zimmer. Dann sind Sie durch die Gänge gerannt. Tumult, und ich bin wieder nach unten.»

«Warum haben Sie gestern zuerst behauptet, Sie seien nicht draußen gewesen?»

«Was ich in meiner Freizeit mache, geht niemanden was an.»

«Da irren Sie sich, Herr von Koch. Kurz nachdem Sie das Haus betreten haben, wurde Herr Less niedergeschlagen.»

«Ja und?»

«Was haben Sie in der Allee gemacht? Warum durfte niemand wissen, dass Sie draußen waren? Was war so geheim, dass Sie Less niederschlagen mussten, um unbemerkt ins Haus zu kommen?»

Mit offenem Mund starrte der Alte ihn an. Er schluckte schwer, bevor er hervorstieß: «Nein. Nein, ich war das nicht.»

Less, der dem Wortwechsel schweigend zugehört hatte, schnipste plötzlich mit den Fingern. «Ich hab's. Du hast Text gelernt. Stimmt's, Heribert?»

Der Kopf des Alten drehte sich zu ihm herum. Eine Sekunde lang überschattete derselbe verzweifelte Ausdruck wie gestern sein Gesicht.

Die zwei Schauspieler starrten sich an. Less hatte etwas Mitleidiges im Blick, das Prottengeier nicht verstand.

Plötzlich fuhr der Alte auf: «Wenn schon. Mir reicht's!»

Mit einem Ruck erhob er sich und starrte Less wütend an. «Leck mich doch», schnarrte er und humpelte mit erstaunlicher Geschwindigkeit davon.

«Herr von Koch ...», rief Prottengeier ihm nach, aber der Alte ließ sich nicht aufhalten.

«Na wunderbar. Gut gemacht, Less. Jetzt ist er weg.»

«Er hat mich nicht niedergeschlagen.»

«Das weiß ich. Ich habe Ihnen gesagt, Sie sollen sich raushalten, verdammt. Was glauben Sie eigentlich, was ich hier mache? Das war das letzte Mal, dass Sie bei einer Befragung dabei waren.»

«Aber ich hab doch den alten Heribert zum Reden gebracht ...»

«Und mit Ihrem Theatergequatsche alles vermasselt», unterbrach ihn Prottengeier böse.

«Ich hab was rausgekriegt, was Sie gar nicht rauskriegen können. Ich weiß, was mit dem Alten los ist. Ich bin Schauspieler und ...»

«Eben. Sie sind Schauspieler. Und Sie sollten nicht den Amateurdetektiv spielen. Haben Sie mich verstanden?» Damit drehte er sich um und ließ Less stehen.

Wütend sah Less dem Kommissar nach. Dieser verbohrte Holzkopf. Machoarsch. Stiernackiger Bullenpisser.

Gut. Würde er eben auf eigene Faust weitermachen. Entschlossen warf er den Kopf in den Nacken und starrte zum Haus, das friedlich in der Sonne leuchtete.

• 15 •

«Und – eins und zwei und Dreeehung, eins und zwei und Dreeehung, eins und zwei ...»

Der Raum wirbelte vorbei. Aus den Augenwinkeln sah sie die anderen Körper. Wie Schatten, konturlos. Ein Anschwellen der Musik. Das Gesicht von Alexej, schweißglänzend, konzentriert. Der Absprung. Sie flog. Flog durch den Raum, ließ den braun glänzenden Boden weit unter sich.

«Eins und zwei und Dreeehung, eins und zwei ... Stopp!»

Die Musik brach ab.

«Alexej, bei Hebung die Arme ausgestreckt. Nicht angewinkelt. Sieht aus, als packst du Kartoffelsack, nicht schöne Frau.»

Alexej, der keuchend neben ihr stand, lachte, als der Choreograph ihn mit krummem Rücken nachahmte.

«Sehr gut, Magda. Siehst du, geht.»

Ein warmes Gefühl in ihrem Bauch. Langsam fing es an, Spaß zu machen. Erstaunt merkte sie, dass sie keuchte. Dabei hatte sie die Anstrengung gar nicht gespürt.

«Fünf Minuten Pause. Außer Elena. Elena, wenn Alexej Hebung macht, wir müssen ändern. Siehst du, so: Plié und dann Sprung ...»

Alexej und Nadja schlenderten zu der Ballettstange an der Wand und machten Dehnungsübungen. Magda trottete zur Bank und wischte sich mit ihrem Handtuch Nacken und Gesicht trocken. Der Choreograph und Elena wirbelten durch den Raum. Eine Weile sah sie den beiden zu, wie sie immer wieder dieselbe Schrittfolge probierten. Plié, Sprung, Plié, Sprung.

Aufatmend ließ sie sich auf die Bank fallen. Gott sei Dank war sie keine Tänzerin. Beneidenswert zwar, sich so schön bewegen zu können. Aber auch verdammt anstrengend. Sie streckte ihre Beine und schüttelte sie sanft. Ein herrliches Gefühl, die Muskeln zu lockern.

Wunderbar, dass es auf einmal so gut klappte. Nicht denken, hatte Vlad gesagt. Nicht denken …

Sie lehnte sich mit dem Rücken an die Wand und atmete tief aus. Peter hatte heute Morgen schon wieder besser ausgesehen. So lieb, dass er vor der Probe nochmal vorbeigekommen war. Wie er grinsend vor ihr stand. «Ich wollte dich nur vor Prottengeier warnen. Er schnarcht.»

Sie spürte ein kleines, glucksendes Lachen in sich hochsteigen. Tante Gisela in Sicherheit, Peter ging es besser und Prottengeier … Wie er wohl mit Vornamen hieß? Komisch, dass sie das nicht wusste. Prottengeier! Schrecklicher Name.

Sie zog die Beine auf die Bank und umschlang sie.

Der Spaziergang durch die Nacht. Dieser große, schwere Mann neben ihr. So fremd. Wie er sich wohl anfühlte? Die breiten Schultern, der starke Nacken. Ein bisschen Speck um die Hüften. Besser als diese durchtrainierten Asketen. Verführbarer.

Das Glucksen stieg höher. Dumme Kuh.

Mit lautem Schmatzen öffnete sich die Tür. Tom Haller sah sich suchend um. Entdeckte sie und winkte sie herrisch heran.

Vlad unterbrach seine Probe mit Elena und sah fragend zu ihnen.

«Ich muss dir Magda kurz entführen.»

Der Choreograph zögerte. Dann nickte er.

«Kommst du bitte? In fünf Minuten in meinem Büro.»

Damit drehte er sich um und verschwand.

Was war denn los? Hastig schnappte sie sich ihr Handtuch von der Bank und legte es um ihren Nacken. Vielleicht hatte er Nachricht von Tante Gisela. Eigentlich klar, dass sie sich bei ihm meldete. Schließlich waren sie mitten in den Proben. Mit einem entschuldigenden Achselzucken zu Vlad verließ sie den Saal und eilte zum Büro.

Tom saß bereits wieder hinter seinem Schreibtisch, als sie hereinkam, und deutete mit knapper Geste auf den Stuhl davor.

Kaum saß sie, stand er auf und trat ans Fenster. Mit dem Rücken zu ihr stieß er hervor: «Also, Magda. Wo ist sie?»

«Tante Gisela? Keine Ahnung.»

Er wirbelte herum. Verkniffen sah er sie an. «Das ist doch auf deinem Mist gewachsen. Du wolltest doch nicht, dass sie den Ariel spielt. Ist dir überhaupt klar, was du damit anrichtest?»

«Tom, ich hab damit nichts zu tun.»

Er lachte höhnisch. «Du kannst wirklich stolz sein, Magda. Aber deine Versuche, das Stück zu sabotieren, werden nichts nutzen. Sag deiner Tante, dass ich sie umbesetze.»

«Aber Tom ...»

«Als du vor einem Jahr hier aufgetaucht bist und Arbeit wolltest, haben wir dich eingestellt. Ohne zu fragen. Ich habe gedacht, ich wäre es dir schuldig. Und das ist der Dank.»

Magda spürte, wie ihr das Blut in den Kopf schoss. «Ganz so selbstlos war das nicht. Ihr habt jemanden gebraucht, Tom. Und ihr habt mich billig gekriegt.»

«O nein, meine liebe Magda», sagte er und kam langsam auf sie zu. Ganz dicht vor ihr beugte er sich herunter und umfasste mit beiden Händen die Armlehnen ihres Stuhls. Sie schluckte. Lächerlich, Angst vor Tom zu haben.

«Du bist teuer, verdammt teuer. Du versuchst, das Theater kaputtzumachen. Warum tust du das, Magda? Willst du mir eins auswischen? Wegen damals?»

Er war zu nah. Mit diesen zornigen Augen, den staubblonden Haaren, die ihm ins Gesicht fielen. Dem verächtlich heruntergezogenen Mund. Zu nah. Sie konnte sich nicht bewegen. Mit aller Kraft packte sie seine Hände und stieß ihn weg.

Beide keuchten.

«Du bist verrückt. Ich will doch dem Theater nicht schaden.»

«Nein? Warum sabotierst du den *Sturm*? Wenn wir das Stück nicht rausbringen, sind wir erledigt, Magda. Erledigt. Finito. Pleite. Aus!»

Immer noch schwer atmend stand er vor ihr. Verwirrt sah sie ihn an. Tiefe Falten zogen sich von seinen Nasenflügeln zu den Mundwinkeln. Die Augen waren dunkle Sorgenhöhlen, und seine Gesichtsfarbe war noch grauer als gewöhnlich.

«Ist es so schlimm?», fragte sie leise.

Seine Schultern sackten nach unten, und mit schweren Schritten ging er zu seinem Schreibtisch. Er ließ sich in den Stuhl fallen und verbarg sein Gesicht in den Händen. «Noch schlimmer als schlimm», meinte er müde.

«Tom, ich schwöre dir, ich hab mit Tante Giselas Verschwinden nichts zu tun.»

«Die Stadt dreht uns den Hahn zu», stöhnte er, als hätte er sie gar nicht gehört. «Die lassen das Theater fallen. Das bisschen, was sie uns an Subventionen geben, reicht gerade mal für Miete und Werbung. Und wenn das wegfällt ... Das Altenheim ist unsere einzige Chance. In dem Kuratorium sitzen sie alle. Der Bürgermeister, der Generalintendant, der Kultusminister. Verstehst du?»

Natürlich verstand sie. Die Hoffnung, die auf der Produktion lag. Reputation für das Theater. Alle würden kommen. Presserummel, eine neue Lobby. Und für die Stadt würde es erheblich schwieriger, das Theater sterben zu lassen.

Mitleid für den grauen Mann hinterm Schreibtisch kam in ihr auf. Und trotzdem. Trotzdem war sie froh. Eine Umbesetzung. Wenn Tante Gisela lange genug verschwunden blieb, stand sie vor vollendeten Tatsachen, wenn sie zurückkam. Dann war sie einfach raus aus der Produktion. In Sicherheit.

«Wen willst du als Ariel besetzen?»

Endlich nahm er die Hände vom Gesicht und sagte müde: «Elsa, wen sonst?»

Ob Elsa das durchstand? Sie wollte den Ariel so gern spielen. Den Text konnte sie. Elsa, die seit Probenbeginn in *Sturm*-Zitaten sprach. Und wenn Elsa etwas passierte?

Mit trockenem Mund fragte sie: «Tom, muss der *Sturm* denn wirklich sein? Die vierte Umbesetzung. Ich meine, kann das überhaupt klappen?»

«Es muss klappen! Elsa ist ein guter Typ. Sie kann den Text. Und Ariel kann ruhig etwas – na ja, seltsam sein.»

«Und wenn ihr etwas passiert?»

Haller schloss die Augen. «Du verstehst immer noch nicht, Magda. Sie machen das Theater dicht. Wir stehen mit dem Rücken zur Wand. Seit zwanzig Jahren kämpfe ich. Jeden Tag. Glaubst du im Ernst, ich gebe jetzt auf? Wegen irgendwelcher Hirngespinste?»

Er sah so unendlich traurig aus. Natürlich würde er weiterkämpfen. Vielleicht konnte man Elsa schützen. Prottengeier. Sie musste mit ihm darüber reden.

Haller öffnete die Augen und lächelte sie an. Da war er wieder. Der vertraute Stich.

«Freunde?», fragte er und streckte die Hand nach ihr aus.

Sie stand auf und ging zu ihm. Wie müde er aussah. Dieser Idiot mit seinen Kämpfen. Wenn er nur nicht immer alle um sich herum vergessen würde.

Sie trat hinter ihn und streichelte sein Haar. Er lehnte sich zurück. Der vertraute Geruch nach Herbst und Mann. Sie schloss die Augen.

Die Tür flog auf, und Hallers Jüngster stürmte herein.

«Komm, Papa, das Sportfest.»

Hinter ihm in der offenen Tür stand Ingrid.

Magda richtete sich auf und lächelte ihr entgegen. Aber die Frau an der Tür lächelte nicht zurück.

«Los, Papa. Beeil dich. Wir kommen sonst zu spät», beharrte der Kleine und zog an Hallers Ärmel.

Tom lächelte gequält zu seinem Sohn hinunter. «Ich kann nicht, Christian.»

Sofort ließ der Kleine seinen Ärmel los und wandte sich ab. Magda, die immer noch hinter Haller stand, konnte sehen, wie sich seine Augen mit Tränen füllten.

«Du hast es versprochen, Tom», zischte Ingrid von der Tür. Mit großen Schritten stürmte sie an den Schreibtisch. «Du hast es ihm fest versprochen. Alle Eltern sind da.»

«Verdammt nochmal, ich kann nicht weg. Wir müssen umbesetzen. Du weißt doch, dass Gisela verschwunden ist.»

Verlegen wandte Magda sich zum Fenster. Am liebsten wäre sie unsichtbar aus dem Raum geschwebt.

«Immer ist irgendetwas mit dem Theater. Und deine Kinder? Kannst du nicht ein einziges Mal an sie denken? Andere Väter arbeiten auch. Trotzdem gehen sie mit zu Elternabenden oder zum Sportfest.»

«Jetzt mach doch keine prinzipielle Sache daraus. Wir haben hier einen Notfall.»

Magda hörte, wie Ingrid schluchzte: «Es ist aber prinzipiell. Nie bist du dabei. Und Christian hat sich so gefreut.»

Verstohlen sah Magda zu Christian. Der sah mit ausdruckslosem Gesicht aus dem Fenster. Entschlossen drehte sie sich um. «Hör mal, Tom. Vielleicht könnte ich ja die erste Probe mit Elsa ...»

«Halt dich da raus», schnauzte der Intendant sie an. «Ich weiß gar nicht, was dieser Auftritt soll. Außerdem ist Christian schon groß. Du verstehst doch, dass ich arbeiten muss, oder?»

Sein Sohn nickte abwesend.

«Und das nächste Mal komme ich ganz bestimmt.»

Wieder dieses seltsam abwesende Nicken, das Magda ins Herz schnitt.

«Na also.» Aufatmend stand Haller von seinem Schreibtisch auf. «Ich muss jetzt zur Probe.» Und ging.

Verloren standen die drei Übriggebliebenen im Raum.

«Was ist das denn für ein Sportfest?», wandte Magda sich an den Jungen.

Der zuckte mit den Achseln: «Ist doch egal.»

Mit einem Schritt war Ingrid bei ihrem Sohn und zog ihn an sich, als wolle sie ihn vor Magda beschützen.

«Komm, Christian.»

Ganz kurz nur sah sie die Schauspielerin an. Aber unter dem Blick wurde es Magda kalt.

Ingrid glaubte doch nicht wirklich, dass sie und Tom – aber natürlich glaubte sie das. Und so Unrecht hatte sie ja auch wieder nicht. Sollte sie ihr nachlaufen? Sagen: Hey, da ist nichts. Ein Ausrutscher in Erinnerung an alte Zeiten? Unmöglich.

Armer Kleiner mit seinem Sportfest. Tom war ein lausiger Vater. Und ein lausiger Partner. Das Einzige, woran ihm lag, war das Theater. Das war schon früher so gewesen. Und wenn sie das Theater schlossen?

Ernst. Sie würde Ernst fragen, wie schlimm es wirklich stand.

Entschlossen ging sie zum Büro des Geschäftsführers. Die

Tür stand einen Spaltbreit offen, und sie konnte ihn reden hören. Ob sie einfach reingehen sollte? Unschlüssig blieb sie stehen. Durch den Türspalt sah sie ihn am Telefon sitzen. Er hatte seinen Stuhl zum Fenster gedreht, sodass sie nur seinen Hinterkopf und die Hand, die den Hörer hielt, sehen konnte. Leise schlüpfte sie in den Raum.

«Nein, alles bestens. Die vierte Umbesetzung», hörte sie ihn sagen.

Mit der freien Hand fuhr er sich durch die Haare. Kindermörderhände. So grobknochig mit diesen widerlichen schwarzen Härchen darauf.

«Nein ... Ich sagte doch, alles okay. Elsa schafft das nie. Das bricht dem Theater das Genick ...»

Sie hielt den Atem an und starrte auf die Hand, die wie ein riesiges Insekt auf seinem Hinterkopf lag und sich wohlig spreizte.

• 16 •

«Elsa spielt den Ariel, Elsa spielt den Ariel, Elsa spielt den Ariel, Elsa spielt den Ariel, Elsa ...»

Hüpfend und singend kam sie ihm entgegen. Kurz vor Prottengeier blieb sie stehen und strahlte ihn atemlos an.

«Elsa spielt den Ariel», verkündete sie triumphierend.

«Schön, Elsa», nickte er. «Ich habe auf Sie gewartet. Wollen wir ein bisschen spazieren gehen?»

Erstaunt legte sie eine Hand auf ihre knochige Brust: «Mit mir?»

Er nickte. «Wir könnten zu dem kleinen Wäldchen gehen, dort ist es kühl.»

«Sind Sie mein Verehrer?» Erwartungsvoll waren ihre Augen auf ihn gerichtet. Wieder war er erstaunt, wie blau sie waren. Fast türkisfarben. Keine Winteraugen. Mittelmeeraugen. Galant bot er ihr den Arm. Mit einem zufriedenen Seufzer hängte sie sich bei ihm ein.

«Gisela hat viele Verehrer», plauderte sie, als sie das Haus umrundeten. «Sogar Schnurke hat einen. Ich nicht.»

«Schnurke?»

«Sie küssen sich heimlich. Ich hab's gesehen. Und Frau Dr. Krüger kann es nicht leiden. Sie findet es eklig. Vielleicht, weil Schnurke am Stock gehen muss? Aber den braucht sie doch gar nicht, wenn sie im Bett liegen.»

«Sie meinen Frau Schmidt-Urke?»

«Wenn Schnurke auf die Pflegestation muss, will Frau Dr. Krüger ihr etwas antun. Aber Schnurke hat Gift.»

«Gift?»

Statt einer Antwort begann Elsa neben ihm zu hüpfen und zu singen: «Elsa spielt den Ariel, Elsa spielt den Ariel ...»

Prottengeier versuchte, sich ihrem hüpfenden Gang anzupassen.

Schweigend überquerte er mit ihr den Hof.

Vielleicht hatte von Koch doch Recht, und dieses Altenheim war wirklich nicht der richtige Platz für sie. Andererseits passte sie gut in dieses verrückte Haus. Vielleicht sogar ein bisschen zu gut? War das echt? Dieses kindliche Geplapper?

«Sie spielen jetzt den Ariel?», unterbrach er ihren Singsang.

«Gisela hat doch die Hexe geholt. Sie haben mir nicht geglaubt. Aber jetzt wissen Sie es besser», meinte sie merkwürdig zufrieden.

Prottengeier blieb stehen. «Wissen Sie etwas über Giselas

Verschwinden? Sie müssen es mir sagen, Elsa. Vielleicht ist Frau Mann in Gefahr.»

Mit großen Augen sah sie ihn an. Sie zuckte mit den Schultern und hüpfte weiter. Dabei sang sie: *«Wie du schläfst und schnarchst für drei, nimmt hellwach Verräterei hier ihren Lauf. Willst doch leben sicherlich, dann werd wach und hüte dich! Wach auf, wach auf!»*

Nachdenklich ging Prottengeier hinter ihr her. Wusste sie etwas? Oder war sie einfach nur vollkommen verrückt? Irgendwie hatte er das Gefühl, dass in ihrer Verrücktheit ein verborgener Sinn lag.

Wie sie mit ihrem langen, diesmal sorgfältig geflochtenen Zopf vor ihm hersprang. Von weitem sah sie wie ein kleines Mädchen aus. Ein großes, kleines Mädchen. Wenn sie näher kam, erschrak man über die weißen Haare, das faltige Gesicht. Bis man die merkwürdig blauen Augen sah. Alterslos.

Wenn sie nur vernünftig mit ihm reden würde.

«Wach auf, wach auf!», sang sie immer wieder.

Langsam näherten sie sich dem Wäldchen. Er ging schneller, um sie wieder einzuholen.

Plötzlich blieb sie stehen. Stocksteif. Starrte auf den Boden.

Sie hatten den Steinkreis erreicht.

Mit unsicheren Schritten begann sie, den zerstörten Kreis zu umrunden. Sie bewegte ihre Arme wie Flügel. Als versuche sie, sich vom Boden zu erheben. In die Lüfte zu fliehen wie ein großer, ungeschickter Albatros. Dabei gab sie keinen Laut von sich. Nur das Rauschen des Windes in den Baumkronen war zu hören und ihre rascher werdenden Schritte.

Er versuchte, ihr ins Gesicht zu sehen, aber sie hielt den Blick fest auf den Boden geheftet. Und ging. Immer um den Kreis herum. Alles Hüpfend-Kindliche war verschwunden. Eine große, alte Frau, schrecklich dürr, mit langem, weißem

Haar, die schweigend ihren zertrümmerten Zauber betrachtete.

Endlich blieb sie stehen und berührte mit den Füßen einen zertretenen Rosenkopf. Sie kniete sich hin und hob ihn vorsichtig auf. Zärtlich strichen ihre knochigen Finger über die gebrochenen Blütenblätter.

Prottengeier kniete sich neben sie: «Sie haben den Kreis gemacht?»

Ohne den Blick von der misshandelten Blume zu nehmen, nickte sie.

«Sie haben auch den Ast mit dem Vogel vor Giselas Tür gelegt?»

«Ariel hat keine Macht», murmelte sie. Ihre Stimme klang hohl.

«Warum tun Sie das, Elsa?»

«Ariel muss dienen. Erst der Hexe und dann Prospero. Ariel hat keine Macht.»

«Elsa, sehen Sie mich an.»

Müde hob sie den Kopf. Alles Lebendige war aus ihren Zügen verschwunden. Die Haut spannte sich trocken und faltig über den Knochen, als wäre darunter kein Fleisch.

«Elsa, warum haben Sie den Vogel vor die Tür gelegt?»

«Ariel hat keine Macht. Wer keine Macht hat, muss sterben. Wer schwach ist, muss sterben.»

Sie sagte das so selbstverständlich, so endgültig, als würde sie ihm erklären, dass jeden Morgen die Sonne aufgeht. Hatte sie die Schauspielerinnen umgebracht? Wenn ihre Verrücktheit gar nicht harmlos war? Aber konnte eine Verrückte so perfekt morden? Unentdeckte Morde waren perfekt. Wer schwach ist, muss sterben? Wenn in ihrem Kopf irgendwelche Nazi-Ideologien herumgeisterten? Hörte sich fast so an. Thingstätten hatte von Koch erzählt.

«Was haben Sie mit den Ariels gemacht, Elsa?»

Sie runzelte die Stirn und sah ihn konzentriert an.

«Wie sind die Ariels gestorben?», versuchte er es wieder.

Jetzt schien sie ihn verstanden zu haben. Vorsichtig blickte sie sich um, als hätte sie Angst, belauscht zu werden. Dann flüsterte sie schnell und atemlos: «Die Hexe hat sie geholt. Die Hexe war Ariel. Aber sie hat sich verwandelt. Gisela soll nicht sterben. Deshalb habe ich den Vogel vor die Tür gelegt. Aber ich hab ihm nichts getan. Er war schon tot. Der Vogel lag tot auf dem Boden. Ich hab ihn nur genommen. Aber jetzt hat die Hexe Gisela doch geholt. Und jetzt bin ich Ariel.»

Beschwörend sah sie ihn an.

«Haben Sie den Ariels etwas getan, Elsa?», fragte er.

Sie seufzte und sah ihn an, wie man ein begriffsstutziges Kind ansieht. Ganz langsam und eindringlich erklärte sie: «Ich habe doch keine Macht.»

Es hatte keinen Sinn. Er verstand sie einfach nicht. Seufzend stand er auf. Er musste herausbekommen, wo sie zu den Todeszeitpunkten war. Ob sie die Möglichkeit hatte, die Morde zu begehen. Aber dazu musste er wissen, wie sie überhaupt begangen worden waren. Das ging nicht ohne Obduktion. Und die fand nicht statt, ohne einen Beweis, dass es sich um Morde handelte.

Hilflos blickte er auf sie hinunter. Sie hatte sich wieder der Blume zugewandt und streichelte sie, als wäre sie lebendig.

Eine gemeingefährliche Irre oder eine harmlose Verrückte? Er musste mit dem Arzt reden. Vielleicht konnte der ihm weiterhelfen. Und er konnte hoffen, dass in der Zwischenzeit nichts geschah. Kein weiterer Mord.

«Elsa, Sie haben gesagt, Ariel muss sterben. Haben Sie denn keine Angst?»

Entschieden schüttelte sie den Kopf: «Ich mache doch Zauberkreise. In einem Kreis kann nichts geschehen. Ein Kreis ist ganz, verstehen Sie?»

Nein, er verstand nicht!

Achtlos warf sie die Blüte, die sie die ganze Zeit gestreichelt hatte, fort. «Ich mache einen neuen», erklärte sie und begann, die Blumenköpfe einzusammeln. Ratlos sah Prottengeier zu, wie sie summend das Holz in der Mitte neu schichtete und die Steine wieder gerade rückte. Sie arbeitete schnell und sorgfältig und summte eine Melodie vor sich hin.

Nach einer Weile setzte sich der Kommissar auf den Baumstamm. Elsa schien seine Anwesenheit völlig vergessen zu haben. Sie bastelte an ihrem Kreis.

Prottengeier betrachtete sie nachdenklich. Er konnte sie sich nicht als Mörderin vorstellen. Der Vogel, die Zauberkreise und perfekte Verbrechen. Das passte einfach nicht. Keine äußeren Anzeichen von Gewalt. Also musste ein Gift verwendet worden sein. Wie sollte Elsa an Gift kommen?

Vielleicht hat sie die Ariels mit Zaubersprüchen erledigt, dachte er bitter. Je länger er ihr zusah, wie sie emsig ihren Kreis neu aufbaute, desto weniger konnte er sie sich als Mörderin vorstellen.

Was hatte sie erzählt? Ariel hat keine Macht. Was meinte sie damit? Ein Teil der Lösung lag in diesem blöden Shakespeare-Stück. Wie war das nochmal gewesen? Zumindest den Anfang hatte er doch gelesen.

Ariel, ein Luftgeist auf einer einsamen Insel. Zuerst muss er der Hexe Sycorax dienen. Er widersetzt sich und wird zur Strafe in einen Baum gesperrt. So weit, so gut. Die Hexe stirbt, dieser Prospero kommt auf die Insel, befreit den Geist, und nun muss Ariel ihm dienen. Ein dienender Geist. Keine Macht ...

Macht – die absolute Macht ist die über Leben und Tod. Die

absolute Macht hat der Mörder. War es das, was sie ihm sagen wollte?

Er stand auf. Die Frau vor ihm beachtete ihn nicht. Eifrig rückte sie Steine und drapierte abgerissene Blumenköpfe. In der Ferne schimmerte das Haus.

Gut. Er würde weitermachen. Mit dem Arzt reden, die Alten befragen, sich von Schneider auf den Arm nehmen lassen, diesen verflixten Shakespeare lesen.

Und versuchen, sich nicht wie ein hilfloser Trottel zu fühlen.

• 17 •

Spinnweben im Kopf. Zäh und klebrig. Warum hat sie sich aufgesetzt? Konzentrier dich, Gisela.

Die Pritsche unter den Händen. Das harte Betttuch. So real. Anders als der Schlaf. Tief und traumlos. Eintauchen in einen dunklen See. Die Finger in ihrem Mund, die etwas hineinlegen. Dieses Etwas, das sich nicht ausspucken lässt, ganz hinten auf dem Gaumen, das britzelt und zergeht.

Fremde Finger im Mund.

Sie schüttelt sich. Kurzer Würgereiz im Hals. Angewidert schließt sie die Augen. Die Hand, die den Kiefer auseinander presst, ist hart. Frauenhand? Männerhand? Der Geschmack von Plastik.

Plastikhandschuhe. Nichts Übernatürliches. Handschuhe, ganz einfach.

Nicht so hysterisch sein, Gisela. Was noch? Der Raum. Gekachelt. Die Fenster ganz oben. Fast unter der Decke. Durch die Ritzen dringt Licht. Es ist Mittag.

Ein Kellerraum? Halb unter der Erde?

Sie legt den Kopf in den Nacken und starrt zu den Fenstern. Ein Schatten. Still und unbeweglich. Eine schwarze Kugel mit grünen Augen. Falstaff. O Gott, da hockt Falstaff.

«Komm her, mein liebes Katerchen. Komm her, Spatz. Komm zu Mama.»

Wie dünn die Stimme ist, wie brüchig.

Sie räuspert sich. Wenn der Kater hier hereinkommt, muss es eine Lücke geben. Man kann sie draußen hören!

Mit einem Ruck springt sie vom Bett. Der Raum dreht sich, schwankt.

Tief durchatmen, Gisela. Ganz ruhig. Tief atmen.

Der Raum bleibt stehen.

«Hilfe.»

Sie lauscht.

«Hilfe.»

Eine schwache Altweiberstimme. Müde. Kraftlos. Niemand wird sie hören.

Sie sieht sich um. Krach machen. Laut sein. Der Nachttopf. Mit dem Nachttopf gegen die Pritsche schlagen. Die ist aus Eisen. Los, du blöde, alte Schachtel.

Sie bückt sich, zerrt den Nachttopf vor. Schweiß rinnt über ihr Gesicht. Sie keucht.

Kurz ausruhen. Ganz kurz auf das Bett setzen. Ruhig. Atmen.

Der Nachttopf unter dem Bett – sie ist bei Oma. Erleichtert atmet sie aus. Natürlich bei Oma. Es ist Sommer. Sie kann vom Fenster aus den Phlox im Garten riechen. Sie läuft. Mit ausgebreiteten Armen läuft sie über die abgeernteten Stoppelfelder. Hält das Gesicht in die Sonne. Oma breitet ihre Arme aus, fängt sie ein, hält sie fest. Dicke, schweißige Altfrauenarme mit Sommersprossen. Sie windet sich. Nicht festhalten.

Lass mich los. Aufgesogen in der Umarmung. Immer bleibt ein Stück von ihr darin kleben. Nicht festhalten.

Das kleine Mädchen mit den blonden Locken. Immer hängt es an ihr. Ein Vampir, ein kleiner Blutsauger. Nicht festhalten. Lass mich los. Der Ekel schleicht mit kitzligen Fingern über ihren Rücken.

Wer oder was möchten Sie sein? Unberührbar. Ein Museumsstück. Mit einem Seil als Absperrung. In einer Vitrine stehen. Hinter Glas mit einer Alarmanlage. Eine Unberührbare in Indien. Mit einem Zeichen auf der Stirn.

Lass mich los.

Sie schrickt auf. Warum sitzt sie mit einem Nachttopf auf einer Pritsche?

Vorsichtig schüttelt sie den Kopf. Versucht, die Betäubung wegzuschütteln. Aber die sitzt fest. Wie ein widerlicher Kaugummi, der unter den roten Abendschuhen klebt.

Sie wollte doch etwas. Aber was?

Natürlich, sie muss pinkeln.

Langsam lässt sie den Topf auf den Boden gleiten.

Schritte auf dem Gang. Das Monster ohne Gesicht. Es kommt. Es ist an der Tür. Nein. Nicht.

Sie macht sich ganz klein auf dem Bett. Niemand kann sie sehen. Sie ist nicht da. Kneift die Augen zusammen.

Eine harte Hand an der Schulter. Setzt sie auf. Nicht hinsehen. Sie weiß, da ist kein Gesicht unter der Kapuze.

Die Hand presst den Kiefer auseinander. Wasser wird in ihren Mund geschüttet.

Nicht so viel. Nicht so schnell. Sie schluckt und schluckt und wimmert. Versucht, den Kopf wegzudrehen, aber die Hand ist wie ein Schraubstock. Endlich hört es auf, das Wasser.

«Augen auf.»

Die Stimme ist hohl und dumpf. Aber nicht mehr keuchend wie das letzte Mal.

Vorsichtig blinzelt sie. Papier wird auf ihren Schoß gelegt. Die unbarmherzige Hand drückt ihr einen Stift in ihre zittrigen Finger. Plastikhandschuhe. Sie hat es doch gewusst. Gut, sie ist noch nicht verrückt. Sie packt den Stift.

«Schreib.»

• 18 •

«Und du bist einfach raus? Ohne ihn zur Rede zu stellen?»

Magda konzentrierte sich darauf, ihren Pfannkuchen mit Messer und Gabel zu einer festen Rolle zu drehen.

«Du hättest doch fragen müssen. Wieso bist du einfach weg?», bohrte Less.

«Peter, du nervst. Mein Gott, Ernst ist mein Freund – wenigstens denke ich das. Er hat das Theater im Zentrum zusammen mit Tom aufgebaut. Ich ... ich kann einfach nicht glauben, dass er sich freut, wenn das Theater dichtgemacht wird.»

«Du hättest zumindest fragen sollen, mit wem er telefoniert», beharrte Peter kauend. «Das ist doch merkwürdig. Wie hat er gesagt? ‹... alles okay, Elsa schafft das nie, das bricht dem Theater das Genick.› Dieses ‹alles okay›, das heißt doch, dass er die Schließung seines eigenen Theaters gut findet. Das ist doch merkwürdig. Was meinen Sie, Herr Prottengeier?»

Prottengeier starrte widerwillig auf das braune Zeug, das dickflüssig auf seinem Teller schwappte.

Afrikanisch. Auch das noch.

Vorsichtig linste er zu Magdas Teller. Offensichtlich musste man die Pampe in die Pfannkuchen schaufeln. Wie schaffte sie es bloß, dass ihr Pfannkuchen sich so schön rollen ließ? Seiner war aus unbeweglicher Pappe und grinste ihn kalt und starr an.

«Für mich hört sich das an, als wäre dein Freund Ernst in irgendwas verwickelt. Du musst rauskriegen, was da läuft», meinte Peter unbeirrt.

Interessiert sah Prottengeier, dass Less sich nicht die Mühe machte, den unelastischen Pfannkuchen zu rollen. Der verteilte einfach die braune Masse darauf, schaufelte eine Menge von dem roten Zeug darüber und schnitt ihn in mundgerechte Stücke. Sah zwar nicht so elegant wie Magdas Rolle aus, schien aber leichter zu bewerkstelligen.

Entschlossen tat er dasselbe. Mit dem roten Zeug darüber sah es auch nicht mehr so unverdaulich aus. Und jetzt das Ganze vorsichtig in den Mund.

Tränen schossen ihm in die Augen. Mist, war das scharf. Teuflisch. Hastig nahm er sein Bierglas und versuchte, das Brennen hinunterzuspülen. Afrikanisches Essen. Hatte ihm gerade noch gefehlt. Dieses rote Zeug war bestimmt Chili. Wieso konnte Less das kiloweise verdrücken, ohne mit der Wimper zu zucken?

«Schmeckt es Ihnen nicht?», fragte Magda besorgt.

«Doch, doch. Ich habe nur keinen Hunger.»

Hoffentlich fing sein Magen nicht ausgerechnet jetzt zu knurren an.

«Also, ich mag afrikanisches Essen nicht», erklärte Less kauend und vertilgte die letzten Reste auf seinem Teller. Prottengeier hätte ihn gerne erwürgt. Wenn er Less loswurde, konnte er auf dem Weg zum Hotel vielleicht noch an einer Imbissbude vorbei. Da gab es doch eine. In der Nähe vom Bahnhof.

«Nicht geschmeckt?», riss ihn die afrikanische Kellnerin aus seinen Wurstträumen. Ihr schmales, dunkles Gesicht lag in kummervollen Falten. Sogar der bunte Turban, den sie um den Kopf geschlungen hatte, wirkte unglücklich.

«Nein, es war gut. Ich bin nur gar nicht hungrig», log er wieder. Nur halb beruhigt nahm sie seine Bierbestellung entgegen.

«Ich finde, wir sollten eine Liste der Verdächtigen machen», meinte Less und lehnte sich über den Tisch.

«Was für Verdächtige?», knurrte Prottengeier.

«Mordverdächtige», konterte Less. «Wir gehen doch alle drei davon aus, dass die alten Schauspielerinnen ermordet wurden. Jeder von uns hat im Laufe des Tages mit verschiedenen Leuten zu tun gehabt. Wir sollten uns gegenseitig Bericht erstatten.»

Bericht erstatten. Himmel, hilf. «Less, das ist keins von Ihren Bühnenstücken. Wir spielen hier nicht Philip Marlowe.»

«Philip Marlowe ist kein Bühnenstück, sondern der Ermittler von Chandler», erwiderte der Schauspieler. «Und was Magda von dem Geschäftsführer, diesem Ernst, erzählt hat, war doch interessant, oder?»

War es. Aber das würde er diesem Amateurdetektiv nicht auf die Nase binden.

«Und ohne Magda hätten Sie nichts davon erfahren. Ich denke, die Sache ist klar: Jemand ermordet die Schauspielerinnen, weil er den *Sturm* verhindern will. Wer hat ein Motiv? Okay, wir kennen das mögliche Motiv von Ernst nicht, aber wir wissen jetzt, dass er über die Schwierigkeiten, die das Theater hat, nicht gerade unglücklich ist. Und dass er darüber Bericht erstattet. Wem?» Eifrig sah Peter Less ihn an.

«Das Verhindern eines Theaterstückes als Mordmotiv?», fragte Prottengeier.

«Warum denn nicht?»

Die Leute brachten sich aus den unterschiedlichsten Gründen um. Warum nicht wegen eines Theaterstückes? Trotzdem hatte Prottengeier ein komisches Gefühl dabei. Vielleicht, weil er Theater nicht so besonders wichtig fand. Andererseits fand er Geld auch nicht so besonders wichtig, und wie viele Morde wurden deswegen begangen? Ein Theaterstück ...

«Ich habe noch jemanden für die Liste mit einem starken Motiv», trumpfte Less auf.

Überrascht hob Prottengeier den Kopf.

«Sie wollten mir heute früh ja nicht zuhören, aber mein Hauptkandidat ist Heribert.»

«Was, von Koch?», fragte Magda dazwischen. «Dieser alte Schwätzer? Wieso sollte der den *Sturm* verhindern wollen? Der spielt doch die Hauptrolle?»

«Eben, meine liebe Magda», meinte Less genüsslich. «Eben! Ich bin ziemlich sicher, dass Heribert an Textdemenz leidet.»

Prottengeiers Magen knurrte. Hastig räusperte er sich, um das verräterische Geräusch zu überdecken, und fragte: «Textdemenz?»

«Haben viele alte Schauspieler», antwortete Less lässig. «Die Festplatte ist voll. Da geht einfach nix mehr rein.» Damit tippte er sich beziehungsreich an die Stirn.

Die zarte Eritreerin kam mit dem Bier. Dankbar nahm Prottengeier es entgegen. Vielleicht würde das seinen Magen beschäftigen und von weiteren Unmutsbezeugungen abhalten.

«Kann sein, dass du Recht hast», meinte Magda nachdenklich.

«Natürlich hab ich Recht. Er kann kein Zitat beenden. Findet, dass der *Sturm* zu viel Text hat. Wundert sich, dass Elsa Text behält. Und so weiter. Eigentlich redet er dauernd über Text, Text, Text.»

«Auf mich wirkt er alles andere als dement. Kauzig, ja. Aber nicht verwirrt», sagte Prottengeier entschieden.

Magda lächelte ihn an. Nett sah sie heute Abend aus. Sogar ihr Kleid war ganz in Ordnung. Blau stand ihr. Wahrscheinlich hatte sie ihm und Less mit dem afrikanischen Essen sogar eine Freude machen wollen.

«Textdemenz bezieht sich nur auf das Behalten von Text. Es ist keine Krankheit, die von irgendeiner Berufsgenossenschaft oder Kasse anerkannt ist. Trotzdem gibt es sie. Und für Schauspieler bedeutet es eigentlich Berufsunfähigkeit», erklärte sie.

Natürlich mussten diese Schauspieler auch noch ihre eigenen, geheimnisvollen Krankheiten haben. Textdemenz!

Offensichtlich hatte Magda seine Skepsis bemerkt. Eindringlich fuhr sie fort: «Viele alte Schauspieler leiden darunter. Und versuchen, es zu verbergen. Sie fangen an, sich krankhaft mit dem Text zu beschäftigen, lernen Tag und Nacht.»

Er konnte deutlich den grünen Ring um ihre Iris sehen. Ein dunkles Braun mit einem schmalen, grünen Ring. *Zieh deiner Augen Fransenvorhang auf*... Dieser Shakespeare war gar nicht schlecht. Warum der Ariel? Warum immer dieselbe Rolle?

«Herr Prottengeier? Alles in Ordnung?»

Gott, hatte er wieder gestarrt? Verlegen drehte er sein Glas. «Soweit ich weiß, ist die Teilnahme an diesem Stück doch freiwillig. Wenn von Koch an dieser Textdemenz leidet, wieso spielt er dann?»

Die beiden Schauspieler sahen sich an.

«Gruppenzwang?», schlug Less vor.

«Von Koch ist die Idealbesetzung», nickte Magda zustimmend. «Wenn er sich weigert, muss er verdammt gute Gründe auffahren. Und die hat er nicht.»

Wie gut sich die beiden verstanden. Dachten auf einer Wellenlänge. Hatten sich ein Jahr nicht gesehen, und nach ein paar Stunden passte kein Blatt mehr zwischen sie.

Prottengeier fühlte eine kleine, hohle Stelle in seinem Magen. Die kam nicht vom Hunger.

«Warum sagt er nicht einfach, dass er keinen Text behalten kann?»

Lachen. Unisono. Die hohle Stelle wurde größer.

«Würden Sie Ihren Kollegen von der Mordkommission erzählen, dass Sie impotent sind?»

Wieso grinste dieser Less so dämlich? Bescheuerte Frage.

«Also gut. Nehmen wir einmal an, von Koch leidet an dieser ominösen Textdemenz. Nehmen wir weiter an, er kann sich nicht weigern, trotzdem mitzuspielen. Unangenehm für ihn. Aber deswegen drei Morde?» Prottengeier schüttelte den Kopf.

«Das war doch nicht geplant», ereiferte sich Peter Less. Beschwörend lehnte er sich über den Tisch. «Also, die Proben laufen. Koch merkt, dass er es nicht schafft. Irgendwie bringt er den ersten Ariel um die Ecke und denkt, damit ist auch die Produktion gestorben. Pustekuchen. Es wird einfach umbesetzt. Also killt er den zweiten Ariel. Er hält ja sowieso nichts von den alten Kolleginnen. Aber wieder hat er sich verrechnet. Jetzt ist er schon so weit gegangen, dass er auch vor dem dritten Mord nicht zurückschreckt.»

Triumphierend lehnte sich Less zurück.

«Irgendwie begeht er den ersten Mord? Wie, Herr Less? Ich habe heute Nachmittag mit dem Arzt geredet. Er ist davon überzeugt, dass die Tode natürliche Ursachen haben.»

«Was soll er auch sonst sagen? Ich hab mich geirrt? Ich hab geschlampt? Natürlich ist er davon überzeugt», unterbrach ihn der Schauspieler.

«Glauben Sie dem Arzt?», fragte Magda und legte ihre Hand

auf seinen Arm. «Haben Sie Ihre Meinung geändert? Glauben Sie nicht mehr, dass es Morde waren?»

Sie hatte Angst. Angst, dass er sie im Stich ließ. Prottengeier konnte es in ihren Augen sehen. Er hätte sie gern beruhigt. Ihr gesagt, dass er auf ihrer Seite war. Stattdessen meinte er: «Ich weiß es nicht. Ohne Obduktion glaube ich gar nichts.»

Langsam zog sie ihre Hand zurück. Ohne nachzudenken legte er seine Hand über ihre und hielt sie fest. «Was ich damit sagen will – wenn es Mord war, ist der Mörder kein Dummkopf. Immerhin hat er es fertig gebracht, den Arzt zu täuschen. Er muss Gift verwendet haben. Eines, das wenig Spuren hinterlässt. Da gibt es mehrere Möglichkeiten.»

Sie sah ihn an. Er merkte, wie sie vorsichtig ausatmete. Sie hatte den Atem angehalten. Wegen ihm. Ein warmes Gefühl strömte durch seinen Körper. Es lag ihr daran, dass er da war. Sie brauchte ihn.

Peter Less betrachtete die beiden missmutig. Händchen halten, wo es um Mord ging. Heteros! Was konnte man da erwarten? Magda war verknallt, so viel stand fest. Wie sie diesen Bullen anhimmelte. Was tat der schon großartig? Bezog keine Stellung, sondern laberte nur rum. Vielleicht war er doch nicht so gut, wie sie damals geglaubt hatten. Vielleicht hätte er ihn doch nicht herlocken sollen. Prottengeier, die Bulldogge. Momentan sah er eher wie Prottengeier, das Schaf, aus. Passten gut zusammen, die zwei. Blond und dunkel. Vielleicht brauchte ihn Magda ja gar nicht mehr. Vielleicht war er bescheuert, sich solche Sorgen zu machen, hysterisch herzukommen. Peter Less fühlte eine kleine, hohle Stelle in seinem Magen.

«Welche Möglichkeiten?», fragte er lauter als beabsichtigt.

Prottengeier fuhr hoch. Diesen Less hatte er eine Sekunde lang völlig vergessen. «Insulin, Digitalis, Luft in die Venen. In einem Altenheim sind die Möglichkeiten grenzenlos.»

«Also braucht der Mörder medizinische Kenntnisse?»

«Nicht unbedingt. Wenn Sie selbst ein Präparat einnehmen, zum Beispiel Digitalis, wissen Sie über die Wirkung Bescheid.»

Mit einem Ruck stand Less auf und winkte der Bedienung. «Dann werde ich mal rauskriegen, was mein alter Freund Heribert so alles schluckt», verkündete er den beiden.

«Seien Sie vorsichtig. Wenn wir es wirklich mit einem Mörder zu tun haben, ist das nicht ungefährlich», sagte Prottengeier.

Der Schauspieler sah ihn unschuldig an: «Ich geh doch nur mit meinem Kumpel ein Bier trinken. Keine Sorge, ich achte drauf, dass er mir kein Pülverchen ins Glas kippt.» Er hielt der Bedienung einen Schein entgegen.

Als sie ihm das Wechselgeld herausgeben wollte, winkte er großzügig ab und wandte sich lässig an die Sitzenden. «Ihr seid eingeladen. Ich hoffe, ihr vermisst mich nicht zu sehr», und mit einem anzüglichen Grinsen verschwand er durch die Tür.

Prottengeier sah ihm nach. Hoffentlich machte Less keinen Quatsch. Was, wenn von Koch wirklich ihr Mörder war?

«Peter passt auf. Er ist nicht besonders mutig. Ich glaube nicht, dass er etwas Unüberlegtes tut.»

Wie warm und dunkel ihre Stimme klang. Ein Streicheln. Und er hielt immer noch ihre Hand. Einen kurzen Moment wollte er loslassen. Aber die Hand lag so angenehm in seiner. So kühl und zart. Sie lächelte. Ihre Lippen waren halb geöffnet, schimmernd, einladend.

Er könnte sich zu ihr beugen. Jetzt. In dieser Sekunde ...

«Gehen wir?»

Er nickte. Und spürte einen Kloß in seiner Kehle.

Sie entzog ihm die Hand und stand auf.

Verwirrt erhob er sich ebenfalls. Er war ein Idiot. Ein Rindvieh. Warum hatte er sie nicht geküsst? Prottengeier, du bist und bleibst ein dämliches Arschloch!

Die Nachtluft war mild. Schweigend gingen sie nebeneinander her.

Schwerfällig war er. Tat nie das Richtige zur richtigen Zeit. Das Leben lief an ihm vorbei. Und er rannte hinterher. Ein plumper, schwerer Sack. Ein Stockfisch, ein Idiot eben. Wahrscheinlich hatte er es sich sowieso nur eingebildet. Wer wollte schon von ihm geküsst werden? Seine Frau hatte in der letzten Zeit auch immer den Kopf zur Seite gedreht, wenn er sich ihr näherte. Vielleicht hätte Magda das auch getan. Oder ihn erstaunt angesehen. Leicht angeekelt.

Trotz der warmen Nacht fröstelte er kurz. Sein Hemdkragen scheuerte am Hals. Er lockerte die Krawatte und öffnete den obersten Knopf. Verstohlen linste er zu ihr hinüber.

Sie sah stur geradeaus und lächelte.

Ob sie sich über ihn amüsierte? Bestimmt hatte sie gemerkt, dass er sie küssen wollte. Deshalb der schnelle Aufbruch. Mein Gott, eine Schauspielerin. Die hatte doch an jeder Hand zehn. Die wartete doch nicht auf einen übergewichtigen Bullen im abgewetzten Anzug.

Missmutig steckte er die Hände in die Hosentaschen und starrte böse auf das Pflaster. Dieser Schönling, mit dem sie letztes Jahr zusammen war. Karl Brandner, genau. Der hatte bestimmt nicht gezögert. Solche Männer war sie gewohnt. Oder Peter Less. Immer elegant, immer lässig.

«Sehen Sie mal, die Bude hat noch auf. Ich habe Lust auf eine Wurst. Und Sie?»

«Gut», knurrte er kurz. Sein Magen knurrte zustimmend mit. War doch egal, was sie von ihm dachte. Er war eben keiner dieser Affen, die sich von Sushi ernährten und lässig bei einem Glas Prosecco über die Unterschiede von thailändischem und indischem Essen plauderten. Er war für Wurst.

An der Imbissbude standen zwei späte Trinker mit Bier und Flachmännern und lallten den schwitzenden Wurstbrater zu.

«Eine Currywurst mit Pommes und ein Bier», bestellte Magda. Prottengeier nahm das Gleiche.

Nach dem ersten Bissen seufzte er zufrieden. Die Wurst war gut.

«Weiße mag ich am liebsten. Die Roten sind so fett», meinte Magda fachmännisch.

Prottengeier nickte. Er mochte weiße Würste auch lieber. Kauend sah er sich um. Eigentlich ein schöner Platz. Die Bude stand zwischen großen Kastanienbäumen, und die Stehtische waren weit genug von den lallenden Trinkern entfernt, dass man sich unterhalten konnte. Das Bier war kühl, und die Pommes glänzten heiß und fettig.

«Puh, ich glaube, ich hab mich übernommen», seufzte Magda. «Wollen Sie meine Wurst?»

Er nickte. Sie schob ihm ihre Plastikschälchen zu. Als er sah, dass sie kaum etwas gegessen hatte, meinte er misstrauisch: «Sie hatten überhaupt keinen Hunger.»

Sie lächelte: «Aber Sie.»

Er sah sie an. Wie sie so vor ihm stand. Ihr Lächeln war verschmitzt, freundlich, wunderbar.

Sie kam zu ihm. Stellte sich auf die Zehenspitzen, umfasste sein Gesicht mit beiden Händen und zog es zu sich herunter.

Ihre Lippen waren warm und fest. Sie schmeckte ganz leicht nach Sommerabend und Ketchup.

Er zog sie an sich. Spürte diesen zarten, unglaublichen Körper. Ihr Mund öffnete sich leicht. Sie lächelte sogar beim Küssen.

«Magda! O Gott, Magda. Ich habe dich gesucht. Seit Stunden.»

Die atemlose Stimme kam aus einer anderen Welt. Sie fuhren auseinander. Vor ihnen stand Iris Mallak, das Gesicht tränenüberströmt. «Es ist so schrecklich. Ich wusste nicht, was ich machen soll. O Magda! Sie haben Gisela. Gisela ist entführt worden.» Mit zitternden Händen hielt sie ihnen ein zerknittertes Blatt Papier entgegen.

• 19 •

Kapuzinergasse 12. Nur drei Parteien. Schneider stand ganz unten. Entschlossen drückte Prottengeier auf die Klingel.

Nichts geschah.

«Komm schon, Dirk», murmelte er und ließ den Finger auf dem Klingelknopf liegen. Nach endlosen Sekunden ertönte der Summer, und die Haustür sprang auf. Erleichtert stürmte er in den Flur.

Schneider stand an der Wohnungstür, hatte ein Handtuch um die Hüften geschlungen und blitzte ihn böse an: «Spinnst du, Prottengeier? Es ist halb drei.»

Statt einer Antwort drängte sich der Kommissar an ihm vorbei.

«Hey, was soll das?»

«Gisela Mann ist entführt worden.»

Sein Kollege pfiff leise durch die Zähne.

«Was ist denn los, Dirk?», wollte eine unwillige Frauenstimme wissen. Die hüftlangen Haare wie einen Mantel um ihren nackten Körper geschlungen, stand Suse, die Bedienung aus dem *08/15*, an der Wohnzimmertür.

«Alles klar, Süße. Nur eine Minute», flötete Schneider und schob Prottengeier an ihr vorbei in einen dunklen Raum. Nachdrücklich schloss er die Tür, und Licht flammte auf.

Schneiders Küche hätte jedem Restaurant Ehre gemacht. Ein sechsflammiger Gasherd, Mikrowelle, Umluftherd, Geschirrspülmaschine und Edelstahlkühlschrank bildeten eine grandiose High-Tech-Skyline. Arbeitsflächen mit professionellen Messerblöcken, futuristische Küchenmaschinen, deren Bedeutung Prottengeier nicht einmal erahnen konnte, und ein Ungetüm von Kaffeemaschine blitzten ihm einschüchternd entgegen.

«Setz dich.» Schneider deutete zum Küchentisch, auf dem noch die abgeknabberten Reste einer opulenten Mahlzeit herumgammelten.

Schwer ließ Prottengeier sich auf einen der ebenfalls verchromten Stühle fallen. Er schob Teller mit abgenagten Hühnchenknochen und Soßenresten, halb volle Schälchen mit Oliven und Sardinen und leere Weingläser beiseite.

«Mann, siehst du mies aus», meinte Schneider freundlich. «Kaffee?»

Prottengeier nickte.

Mit geübten Handgriffen machte sich sein Kollege an der Monstermaschine zu schaffen, die lautlos und elegant duftenden Kaffee in Designertassen spuckte.

Müde rieb sich Prottengeier die Augen. Hoffentlich konnte Magda schlafen. Iris Mallak hatte ihr irgendetwas gegeben. Und Less war bei ihr.

Schneider balancierte die Tassen zum Tisch und setzte sich Prottengeier gegenüber. Der reichte ihm wortlos den Brief.

«Fingerabdrücke?», fragte Schneider, ohne ihn entgegenzunehmen.

Prottengeier schüttelte den Kopf. «Unwahrscheinlich. Iris

Mallak, eine der Alten, hat ihn heute Abend an ihrem Garderobenspiegel im Theater gefunden. Dann ist sie stundenlang mit dem Brief in der Hand durch die Stadt. Hat Magda gesucht. Die hatte ihn in den Fingern, bevor ich eingreifen konnte. Aber versuchen könnt ihr's ja mal.»

Vorsichtig fasste sein Kollege den Brief an den Außenkanten an.

«Sie haben mich entführt ihr müsst den Sturm absagen sonst tun sie mir etwas an es muss in der Zeitung stehen mehrere Tage hintereinander wegen Differenzen mit den Schauspielern wird der Sturm abgesetzt bitte, bitte tut, was sie sagen keine Polizei, sonst tun sie mir etwas an Gisela Mann», las er halblaut.

Verdutzt ließ er den Brief sinken. «Das ist doch ein Witz, oder?»

Stumm sah Prottengeier ihn an.

«Eine Entführung wegen eines Theaterstücks? Komm, Prottengeier, das ist doch Käse.»

«Ich glaube nicht.»

«Keine Polizei.»

Der Kommissar nickte. «Magda war dagegen, dass ich mit dir rede.»

«Die Nichte?»

Wieder nickte Prottengeier. Ganz kurz schob sich Magdas bleiches Gesicht zwischen ihn und Schneider. Sie war erstaunlich ruhig geblieben. Aber hundert Prozent bereit, die Forderungen zu erfüllen. Keine Polizei.

«Du bist gegen ihren Willen hier?»

«Ihr ermittelt doch sowieso vertraulich, wenn die Polizei nicht eingeschaltet werden soll. Vielleicht ...»

«Vergiss es, Prottengeier. Dezernat vier. Raub und Erpressung, das macht Heinz. Heinz König. Vertrauliche Ermittlung, das bedeutet Zivilbeamte, verdeckte Observation und so weiter. Ohne Mithilfe der Angehörigen schaffen wir das nicht.»

«Verdammt nochmal, Dirk. Was soll ich denn machen? Ich bin Polizist. Das ist eine Straftat. Ich muss das melden. Außerdem hat sie ohne Polizei noch weniger Chancen.»

«Warum schreit ihr denn so?», fragte eine helle Stimme. Prottengeier fuhr herum. An der Tür stand Suse, immerhin mit einem T-Shirt bekleidet. Sie zuckte zusammen, als Prottengeiers Blick sie traf.

Schneider sprang auf und trat zu ihr. «Der Kollege hat im Moment ein bisschen Stress. Vielleicht ist es besser, du ziehst dich an und gehst nach Hause.»

Mit ihren mandelförmigen Augen blickte sie kurz zu Prottengeier und dann zu Schneider. «Das ist nicht dein Ernst.»

«Komm, Suse. Sei brav und verzieh dich», meinte der ungeduldig.

«Super, Dirk. Genau das hab ich vor – und zwar endgültig», sagte die schöne Bedienung schnippisch. «Du kannst dir schon mal ein anderes Stammlokal suchen.» Damit drehte sie sich um und rauschte davon.

«Mensch, Suse ...», rief er ihr nach. Statt einer Antwort hörte man es im Nebenzimmer poltern.

«Mach dir noch ’nen Kaffee, Prottengeier. Ich zieh mich an», sagte Schneider und hastete ihr hinterher.

Prottengeier stützte den Kopf in die Hände. Er hatte gar nicht gemerkt, dass er laut geworden war.

Natürlich musste Magda wissen, dass er die Polizei eingeschaltet hatte. Er wollte sich ihr Gesicht lieber nicht vorstellen, wenn sie es erfuhr. Verdammter, verdammter Mist. Ausgerechnet jetzt. Sie vertraute ihm. Hatte ihn geküsst. Besser gar nicht daran denken.

Was hätte er denn tun sollen? Weiter mit Less Privatdetektiv spielen?

Er hätte sich gar nicht darauf einlassen dürfen. Drei tote Frauen, und er benutzte das für seinen Privatscheiß. Magda wiedersehen. Der große, starke Freund und Helfer. Prottengeier, der einsame Wolf. Räumt da auf, wo die Polizei nicht hinsieht.

Und was kam dabei heraus? Entführung und Erpressung. Na wunderbar. Aber jetzt war Schluss mit dem Einzelkämpfertum. Selbst wenn sie nie mehr mit ihm sprach. Ihn nicht mehr sehen wollte. Der Gedanke fühlte sich an, als würde ihm jemand in den Magen treten.

Im Nebenzimmer wurde es laut. Schneider hatte mit seinen Beschwichtigungsversuchen offensichtlich keinen Erfolg.

Seufzend stand Prottengeier auf und ging zur Kaffeemaschine. Ratlos betrachtete er die chromblitzenden Hähne und silbernen Knöpfe. Das Ding starrte arrogant und abweisend zurück.

«Dann eben nicht», schnauzte er die Maschine an und wandte sich zum Kühlschrank. Dieser Schneider. War doch auch Junggeselle. Aber sein Kühlschrank war genauso gut gefüllt wie sein Bett.

Unentschlossen kramte Prottengeier zwischen Salaten, Wurst und Käseplatten, Tupperdosen mit verführerischen Inhalten, Weißweinflaschen, Milch und Saftkartons.

Wo nahm der bloß die Zeit zum Einkaufen her? Leiter des Morddezernats war wohl kein schlechter Job. Er selbst fühlte sich schon als perfekte Hausfrau, wenn er außer Bierdosen noch ein paar Eier da hatte. Von langmähnigen Zwanzigjährigen ganz zu schweigen.

Frustriert knallte er die Tür wieder zu.

Zufällig fiel sein Blick auf einen verspiegelten Schrank.

War er das? Diese wirren, viel zu langen Haare? Diese blutunterlaufenen Augen? Zögernd trat er näher und fuhr sich mit der Hand über die schwarzen Bartstoppeln. Kein Wunder, dass Schneiders Kleine vor ihm erschrak.

Diese verschwundene Tante. Er hatte die ganze Zeit so ein komisches Gefühl gehabt. Elsa. Sie hatte von Anfang an gesagt, dass Gisela Mann entführt worden war. Sie war im Kommissariat, wollte Anzeige erstatten. Niemand hatte sie ernst genommen. Er auch nicht. Was wusste sie?

Er fixierte sich im Spiegel, versuchte, sich zu konzentrieren.

Der *Sturm*, drei tote Ariel-Spielerinnen. Die vierte entführt. Die Forderung, den *Sturm* abzusetzen. Okay, aber warum der Ariel? Warum immer dieselbe Rolle? Er hatte das Stück endlich gelesen. Kam ihm bei allem Märchenhaften ziemlich düster vor. Dieser alte Prospero. Desillusioniert, bitter. Bekommt seine Feinde durch Zauberei in die Hand, aber am Schluss sind sie immer noch seine Feinde. Nur er kann nicht mehr zaubern. Gibt seine Macht auf. Ariel, der Luftgeist. Ein dienender Geist. Wie hatte Elsa gesagt? Ariel hat keine Macht.

Musste er deswegen sterben?

Wenn er herausbekäme, warum es immer den Ariel traf, würde er den Mörder kennen. Den Entführer. War es dieselbe Person?

Less hatte Recht. Der Mörder glaubte, mit dem Tod des ersten Ariel auch die Produktion zu stoppen. Wie er sich wohl gefühlt hatte, als das nicht klappte? Ohnmacht, Wut, als einfach umbesetzt wurde? Wie Drachenköpfe wuchs ein Ariel nach dem anderen nach. Und die Produktion blieb am Leben. Er war gezwungen, seine Taktik zu ändern. Aus der Anonymität herauszutreten. Mit der Entführung zeigte er sein Gesicht, seinen Plan.

Welches Gesicht?

Wie ein Karussell wirbelten sie über den Spiegel: von Koch mit buschigen Augenbrauen, verloren in der Nacht. Elsa, mit den erstaunlich blauen Augen. Iris Mallaks tränenüberströmtes Boxergesicht, Tom Haller, verstaubt und grau, seine Frau Ingrid mit verkniffenem Mund, Frau Dr. Krüger, mit angehaltenem Atem vor der feindlichen Front der Alten, Schmidt-Urke und ihr höflicher Liebhaber mit der langen Nase, Hännsens Kahlkopf, Magda mit geschlossenen Augen, die Wimpern schienen auf ihren Wangenknochen aufzuliegen, der Mund halb geöffnet und sehnsuchtsvoll ...

Die Haustür fiel mit lautem Knall ins Schloss. Prottengeier zuckte zusammen. Im Spiegel war nur noch sein eigenes, müdes Gesicht.

Man trifft sich selber und kann sich nicht brauchen. Wo hatte er diesen Satz gehört?

Die Küchentür öffnete sich, und Schneider kam herein. Sein Hemd hing falsch zugeknöpft über der hastig angezogenen Hose. Er hielt Schuhe und Strümpfe in der Hand. «Miese Pesthennen.» Fluchend setzte er sich an den Küchentisch.

«Tut mir Leid, Dirk», murmelte Prottengeier.

«Schon in Ordnung», winkte der ab. «Weißt du, was Frauen fehlt?»

Prottengeier zuckte mit den Achseln.

«Der Sinn für Relationen», trumpfte Schneider auf. «Dieses dauernde Mittelpunkt-der-Welt-sein-Wollen. Das nervt.»

«Dieser Heinz König, was ist das für einer?»

«Guter Mann. Hat schon mal eine Entführung bearbeitet. Aber da ging es um Geld.»

Schneider zog sich umständlich einen Strumpf über. Mitten in der Bewegung hielt er inne. «Mal im Ernst, Prottengeier, glaubst du daran?»

«Woran?»

«Tut mir Leid, aber mir kommt das alles so hirnrissig vor. Da wird jemand entführt, und der Erpresser will kein Geld. Ich meine seine Forderung. Ein Theaterstück absetzen. Das ist doch idiotisch, oder?»

«Sie ist weg. Es gibt den Brief.»

«Klar, der wird untersucht. Daktyloskopisch und graphologisch. Ich finde, die kriegen tolle Sachen raus. Untersuchen den Schreibstil und sagen dir, wie der Erpresser tickt. Die gucken sich sogar die Kommas an und wissen, ob der Typ irre ist oder nicht. Ist natürlich die Frage, ob ihr der Brief diktiert wurde oder ob sie ihr nur ungefähr gesagt haben, was sie schreiben soll.»

«Ich glaube, die Formulierungen sind von Gisela Mann selber. ‹Sie tun mir etwas an.› Schreibt sie zweimal. Das hört sich so vage an. Unbeholfen.»

«Vielleicht hat sie sich ja auch selbst entführt», meinte Schneider trocken.

Vorgetäuschte Entführung. Auch damit musste man rechnen. Prottengeier dachte kurz darüber nach, dann schüttelte er den Kopf.

«Das Tatmotiv», sagte Schneider und zog sich den zweiten Strumpf an. «Darüber stolpere ich am meisten.»

«Wie viele idiotische Tatmotive hast du selber schon kreiert, um Tätergruppen einzugrenzen?», konterte Prottengeier.

Sein Kollege grinste und schlüpfte in seine Schuhe.

«Was wird König tun?»

«Das Übliche. Den Brief untersuchen lassen, Fingerabdrücke, Schreibstil, Fehler. Vergleichsschriftstücke suchen. Mit der Heimleitung reden, mit den anderen Insassen, ich meine Heimbewohnern. Durchsuchung ihres Zimmers. Adressbücher, mögliche Tagebücher, Fotos, Kontoauszüge. Umfeldmaßnahmen. Also Befragung der Anwohner, der Taxiunternehmen, Züge, Busse.»

Prottengeier nickte. Die übliche Prozedur. Erst wenn die abgeschlossen war, würden sie sich mit den formulierten Forderungen befassen.

«Es steht keine genaue Zeitangabe in dem Brief, wann das Ganze in die Zeitung soll», sagte Prottengeier.

«Gut für uns. Da haben wir mehr Handlungsfreiraum. Der Erpresser muss sich nochmals melden. Eine Chance, mehr über ihn rauszubekommen. Vielleicht kriegen wir sogar ein Täterprofil. Na ja, dann werden wir sehen.»

Schneider brach ab. Prottengeier wusste, warum. Natürlich würde König über die Reaktion auf die Forderungen genau nachdenken. Eine Realitätseinschätzung im Hinblick auf die angedrohten negativen Konsequenzen im Fall der Nichtbeachtung treffen.

«Was ist, wenn ihr die Bedrohung nicht als real einstuft? Euch den Forderungen nicht beugt? Und Gisela Mann geschieht etwas?»

«Prottengeier, das sind erfahrene Kollegen. Die machen keinen Scheiß», meinte Schneider leicht ungeduldig.

«Und wenn doch? Ich habe die Polizei hinzugezogen. Gegen Magdas Willen. Ich bin verantwortlich.»

Schweigend griff Schneider sich die Tassen und trug sie zur Maschine. Mit dem Rücken zu Prottengeier fragte er leise: «Dir liegt viel an dieser Magda?»

Für einen kurzen Moment glaubte Prottengeier, ihren Körper in seinen Armen zu spüren. Er antwortete nicht.

«Ich denke, König könnte dich gut brauchen. Er muss verdeckt ermitteln. Du bist vor Ort bekannt, musst nicht erst eingeführt werden, erregst keinen Verdacht.» Schneider holte tief Luft und drehte sich um. «Wenn du Ermittlungen leitest und einer der Kollegen ist emotional betroffen, was würdest du tun?»

Prottengeiers Magen krampfte sich zusammen. Auch er holte tief Luft und sagte: «Ich würde ihn aus den Ermittlungen raushalten. Die Gefahr ist zu groß, dass er Fehler macht.»

Schneider nickte und fixierte Prottengeier. Nach einer Weile sagte er scharf: «Also! Mach keine Fehler, Alter.»

• 20 •

«Mach die Tür auf.»

«Schnauze!»

«Ich muss aufs Klo.»

«Mir doch egal.»

«Papa, Papa, Andreas ist schon eine Stunde im Bad und lässt mich nicht rein.»

Missmutig betrachtete Tom Haller seinen quengelnden Jüngsten, der mit bebenden Hamsterbacken vor ihm stand. Sein Blick streifte die runden Arme, mit denen er sich über die schniefende Nase fuhr, die Speckrollen um die Hüften. Und das bei einem Achtjährigen! «Müsst ihr euch denn immer streiten?», fragte er genervt.

«Ich muss aufs Klo. Und Andreas lässt mich nicht rein.»

Wütend ging Tom zur Badezimmertür und rüttelte an der Klinke. Mit der Faust pochte er dagegen. «Komm sofort da raus, Andreas. Andere wollen das Bad auch benutzen.»

Stille.

Wieder rüttelte er an der Tür. «Mach auf. Sofort!»

Nichts.

Gerade, als er die Faust hob, um wieder an die Tür zu donnern, öffnete sie sich, und sein Ältester kam heraus. Mit frisch gegelter Igelfrisur und hochmütigem Blick sah der Dreizehnjährige auf die Versammlung vor der Tür.

«Wenn ich sage sofort, dann meine ich auch sofort», herrschte sein Vater ihn an. Stumm ging der Junge an ihnen vorbei. Am Ende des Flurs murmelte er etwas.

«Was hast du gesagt?»

Erstaunt drehte sich Andreas um. «Ich?», fragte er mit unschuldig aufgerissenen Augen.

Tom spürte, wie die Wut in ihm hochstieg. «Hast du gerade Arschloch gesagt?»

Der Junge drehte sich um, als hätte sein Vater jemanden gemeint, der unerklärlicherweise hinter ihm stand.

Mieser Schmierenkomödiant. Dem würde er es zeigen. «Hast du gerade Arschloch gesagt?»

Aus dem Schlafzimmer schob sich ein Berg Schmutzwäsche an ihm vorbei. Ingrid. «Was ist denn los, Tom?»

«Dein Sohn hat gerade Arschloch zu mir gesagt.»

«Ach was. Unsinn», sagte sie schnell und schob sich zwischen Mann und Sohn. «Los, Andreas, zieh dich an. Frühstück ist fertig. Kommt schon.»

Betont munter ging sie an Tom vorbei und deponierte die Wäsche im Bastkorb an der Treppe. «Kommt schon.» Und verheißungsvoll fügte sie hinzu: «Ich habe Eier mit Speck gemacht.»

«Und Pfannekuchen?», rief Christian mit leuchtenden Augen.

«Und Pfannekuchen», bestätigte seine Mutter und strich ihm ruppig die Haare aus der Stirn.

«Hey, toll», rief der Kleine, schlängelte sich an seinen Eltern vorbei und raste die Treppe hinunter.

«Findest du es eine gute Idee, Christian so zu mästen? Er ist zu fett», fuhr Tom seine Frau an.

Sie lächelte. Warum lächelte sie immer so gequält?

«Die Jungs haben heute frei. Wie oft können wir schon so richtig schön zusammen frühstücken?»

Tom stieg hinter seiner Frau die Treppe hinunter. Also mal wieder Familienidyll. Wie in einer schlechten Soap. Die heilige Familie beim gemeinsamen Frühstück. Schon war ihm der ganze Appetit vergangen.

«Trotzdem ist er zu dick. Du machst ihn zur Witzfigur bei seinen Schulfreunden. Du machst ihn zum Außenseiter», beharrte er.

«Das verwächst sich, Tom. Andreas war in seinem Alter auch ein bisschen muckelig», versuchte sie zu beschwichtigen. «Und das Cortison schwemmt auf.»

Natürlich, das Asthma. Immer wieder das Asthma. Wie eine Keule schwang Ingrid die Krankheit. In seiner Familie gab es kein Asthma. In ihrer auch nicht. Woher sollte der Junge das haben? Psychokram.

«Er bewegt sich zu wenig.»

«Dann lasst ihr ihn eben heute ein bisschen länger rudern», meinte Ingrid leichthin.

Tom erstarrte. Den Ruderausflug hatte er völlig vergessen.

Heute war Samstag. Natürlich. Und er hatte versprochen ...

«Hör mal, Ingrid», begann er vorsichtig. Sie blieb stehen. Irrte er sich, oder sackten ihre Schultern leicht nach unten? Mit ausdruckslosem Gesicht drehte sie sich zu ihm um.

«Ihr müsst ohne mich fahren.»

Warum sah sie ihn wie ein waidwundes Tier an? Mein Gott, so wichtig war dieser blöde Ruderausflug doch weiß Gott nicht.

«Du weißt doch, wie es momentan im Theater aussieht.»

Er sah, wie sich ihr Brustkorb hob und senkte. Diese scharfen Falten um den Mund. Wann war sie nur so verbiestert geworden?

«Du hast es den Jungs versprochen. Sie freuen sich darauf.»

«Ich habe mich auch gefreut. Ein bisschen rauskommen würde mir gut tun. Aber was soll ich denn machen?»

Hilflos sah er sie an und lächelte zaghaft. Das kam immer gut. Aber diesmal reagierte sie nicht.

«Meine Eltern kommen. Sie haben dich schon monatelang nicht mehr gesehen.»

Wenn es nach ihm ginge, würde das auch so bleiben. Dieser Quasselheinz von Schwiegervater. Würde ihn doch nur wieder belatschern, dass er endlich was «Anständiges» machen sollte. Was «Anständiges». Dieser Spießer. Holzindustrie, wenn er das schon hörte. Als würde er sein Leben als Manager in so einer Holzklitsche wegschmeißen.

«Na siehst du», sagte er betont munter. «Dann ist es doch gar nicht so schlimm. Dann machst du dir einen schönen Tag mit deinen Eltern und den Kindern, und wenn ich fertig bin, komme ich nach.»

«Du kommst nie nach. Und ich muss es ausbaden. Die mitleidvollen Blicke von Mama. Und Papa, der mir zum hundertsten Mal erzählt, dass du sein Angebot annehmen sollst. Und ich muss immer so tun, als sei alles in Ordnung», stieß sie hervor.

Müde schloss er die Augen. «Ich weiß, Schatz. Aber ich muss einfach mit Elsa proben. Der *Sturm* ...»

«Ich kann es nicht mehr hören. Der *Sturm*, die Proben, das Theater. Immer ist irgendetwas. Wir sind dir doch scheißegal.»

Jetzt übertrieb sie aber wirklich. Wie sie so zerquält vor ihm stand. Als hätte er ihr das Herz aus dem Leib gerissen. Bloß wegen diesem blöden Ausflug. Jetzt hatte sie es geschafft, und er kam sich wie ein Verbrecher vor. Zorn stieg in ihm hoch, aber er unterdrückte ihn mühsam. Langsam ging er auf seine Frau zu.

«Bitte, sei nicht so böse, Ingrid. Du weißt doch, wie es ist. Du kennst doch diese alten Schauspieler am besten. Ich würde viel lieber mit euch einen schönen Tag haben. Stattdessen muss ich wieder in diesem dunklen Theater hocken. Glaubst du, das macht Spaß?»

Er stand dicht vor ihr und lehnte seinen Kopf an ihren. «Ich bin so müde», flüsterte er. Ihre Starre löste sich, und sie strich vorsichtig mit der Hand über seine Haare.

«Ich weiß», flüsterte sie zurück.

Er drückte seine Lippen in ihre Handfläche. Wie rau ihre Hände waren. Zärtlich strich er über ihr Haar. Sie hatte die Augen geschlossen und genoss seine Berührungen. Wenn sie so entspannt war, sah sie gar nicht so schlecht aus. Seine Ingrid. Die Haare könnte sie mal wieder waschen. Ganz strähnig. Diesen Pferdeschwanz mochte er überhaupt nicht. Wenigstens war sie nicht fett geworden nach den Geburten. Wenn er da an die Frau von Ernst dachte …

Fest schloss er ihren sehnigen Körper in die Arme. Er musste mit Ernst nochmal über das Plakat reden. Ob die Einladungen zur Pressekonferenz schon raus waren? Mein Gott, er stand hier herum, dabei musste er unbedingt noch am Bühnenbild feilen. Wenn Plexiglas zu teuer war, konnte man vielleicht …

Die Hausklingel schrillte.

«Wer ist denn das schon wieder?», fragte Tom.

Ingrid zuckte nur mit den Achseln und eilte zur Tür.

Hoffentlich nicht die Schwiegereltern. Er konnte es richtig

sehen, wie sein Schwiegervater die Mundwinkel nach unten ziehen würde, wenn er erfuhr, dass er nicht mitkam.

Hastig wandte er sich ab, um im Esszimmer zu verschwinden.

«Tom!», rief es von der offenen Tür.

Draußen standen Magda und noch ein Typ. Was wollte die denn schon wieder? Nachricht von ihrer verrückten Tante?

Er sah kurz zu seiner Frau. Die stand da und hatte schon wieder die Lippen zusammengekniffen. Passte ihr natürlich nicht, dass jemand vom Theater zu ihnen nach Hause kam. So deutlich brauchte sie das aber wirklich nicht zu zeigen.

«Kann ich kurz mit dir sprechen, Tom?» Sie ignorierte Ingrid einfach und stand mitten im Flur.

«Muss das jetzt sein?», fragte Haller mit Seitenblick auf seine Frau.

«Ja», kam es entschieden von Magda.

«Also gut», seufzte Tom. «Kommt ins Wohnzimmer.» Mit einem Siehst-du-wie-sie-mich-quälen-Blick zu seiner Frau ging er vor.

Im Wohnzimmer streckte Magdas Begleiter die Hand aus: «Peter Less. Ich bin ein Freund von Magda.»

Stirnrunzelnd sah Tom ihn an. Jünger als Magda. Ganz interessantes Gesicht. Graues Leinenjackett zu grauen Augen. Anders als dieser schmuddelige Kommissar. Bestimmt kein Schauspieler. Zu gepflegt.

«Wir waren lange Kollegen», fügte Less hinzu.

Tom Haller biss sich auf die Lippen.

Statt sich zu setzen, war Magda hinter das Sofa getreten. Als wollte sie eine Barriere zwischen sich und den beiden Männern errichten. Schlecht sah sie aus. Jetzt erst fielen Tom die tiefen Schatten unter ihren Augen auf.

«Tante Gisela ist entführt worden.»

«Wie bitte?»

Magda sah aus, als würde sie gleich losheulen. Hastig trat Tom einen Schritt auf sie zu. «Entführt?»

Gott sei Dank. Nichts mit dem Theater. Mit Elsa würde er das Ganze schon hinkriegen. So unkontrolliert war sie gar nicht. Und bedeutend pflegeleichter als Gisela.

«Iris hat gestern nach der Probe einen Brief an ihrem Garderobenspiegel gefunden. Darin steht, dass Gisela entführt worden ist.»

Und warum war die alte Kuh nicht sofort zu ihm gekommen? Am Garderobenspiegel. Scheiße. Also steckte das Theater doch irgendwie drin.

«Wir dürfen die Polizei nicht verständigen. Sonst ...» Magda holte tief Luft. «Sonst tun sie ihr etwas an.»

Sehr gut. Blieben ihm wenigstens Besuche von diesem grauenhaften Cousin erspart. Dirk führte sich immer so auf, als wäre er Gottvater persönlich und als hätte er, Haller, die Familienheilige geschändet. Ingrids Verwandtschaft war eine einzige Zumutung.

«Wie viel fordern sie denn?»

Warum war sie zu ihm gekommen? Er hatte kein Geld. Und das Theater hatte damit nichts zu tun. Bloß weil Gisela dreimal geprobt hatte, gab es keine Verpflichtungen. Schon gar keine finanziellen.

Er verschränkte abwehrend die Arme über der Brust.

«Sie wollen kein Geld, Tom. Sie wollen, dass *Der Sturm* abgesetzt wird.»

Im ersten Moment verstand er nicht, was sie sagte. Es ergab keinen Sinn. «Wie bitte?», fragte er.

«In dem Brief steht, dass *Der Sturm* abgesetzt werden soll. Wegen Zerwürfnissen mit den alten Schauspielern. Es soll mehrere Tage hintereinander in der Zeitung stehen.»

Eine Sekunde hatte er das Gefühl, als hätte ihm jemand die Beine weggetreten. Wie in Trance durchquerte er das Zimmer und ließ sich in einen Sessel fallen.

Das war ein böser Traum. Das musste ein böser Traum sein. Er kniff die Augen zusammen, aber nichts veränderte sich. Magdas angespanntes Gesicht, das verlegene Gesicht des Fremden. Kurz hoffte er, der Fremde würde gleich in Lachen ausbrechen und das Ganze als Scherz outen. Aber dieser Less sah ihn nur prüfend an.

«Moment.» Das Sprechen war mühsam. «Du sagst, Iris Mallak hat einen Brief gefunden, in dem steht, Gisela ist entführt worden.»

Magda nickte und fuhr fort: «Wir sollen keine Polizei einschalten, und die Entführer fordern die Absetzung des *Sturms.*»

«Kann ich den Brief sehen?»

Magda und Less sahen sich an. Irrte er sich, oder wirkten sie ratlos?

«Ich möchte den Brief sehen.» Wenigstens gewann er Zeit. Er musste nachdenken. Aber sein Kopf fühlte sich fremd an, als würde er nicht zu dem restlichen Körper im Sessel gehören.

«Den Brief hat Prottengeier. Er hat ihn gestern Nacht eingesteckt», sagte Less zu Magda. Sie fuhr sich müde über die Augen.

Das war seine Chance. «Ihr kommt hierher, erzählt irgendwelche wilden Geschichten. Und könnt mir nicht einmal den Brief zeigen?», fragte Tom. Der ungläubige Ton war ihm gut gelungen. Abwehren. Alles in Frage stellen, bis ihm eine bessere Taktik einfiel. Magda sah verwirrt aus. Gut so.

«Kein Problem», ließ sich der Fremde vernehmen. «Ich habe Prottengeiers Handy-Nummer. Ich rufe ihn an, und er bringt den Brief vorbei. Moment.» Damit zog er ein Handy aus der Tasche und stand vom Sofa auf.

Irritiert sah Tom ihm beim Wählen zu. Alles in Frage stellen. Zeit gewinnen. Während der Fremde halblaut telefonierte, rasten die Gedanken in seinem Kopf.

«Er kommt vorbei», sagte Less und ließ das Handy wieder in seinem Jackett verschwinden.

Tom stand auf und begann ziellos im Zimmer umherzugehen. Abrupt blieb er stehen. «Das ist doch ein schlechter Scherz, oder?»

«Ich wollte, es wäre einer», meinte Magda. Wie leer und mutlos ihre Stimme klang.

«Ihr behauptet, jemand hat Gisela entführt und wir sollen den *Sturm* absetzen?»

Magda nickte.

«Das glaube ich einfach nicht. Das ist doch irgend so ein billiger Trick. Wahrscheinlich steckt Gisela mit den Entführern unter einer Decke!»

«Tom!», rief Magda scharf.

Wütend sah er sie an. Wer tat ihm das an? Die Stadt? Sein Schwiegervater? Das Stadttheater? Oder Magda? Sie hatte von Anfang an etwas gegen die Produktion. Das Gerede über die toten Ariels. Dann springt die Tante ab, um ihn in Schwierigkeiten zu bringen. Und als das nichts nützt, wird Entführung gespielt. So sah das aus.

Irgendetwas von seinen Überlegungen musste sich auf seinem Gesicht gespiegelt haben. Magda kam hinter dem Sofa vor und ergriff seinen Arm. «Tom», begann sie eindringlich. «Tante Gisela ist in Gefahr. Sie halten sie gefangen. In einem dunklen Raum, einem Keller, keine Ahnung. Sie ist total verängstigt. Sie ist eine alte Frau, Tom. Du musst sofort die Pressemitteilung rausgeben.»

Widerwillig riss er seinen Arm aus ihrer Umklammerung. Einen Teufel musste er.

«Gesetzt den Fall, ich glaube an diese angebliche Entführung: Weißt du, was das heißt? Den *Sturm* absetzen? Dann kann ich das Theater gleich dichtmachen. Darauf stürzen sie sich doch. Wegen Zerwürfnissen mit den Schauspielern, sagst du?»

Magda nickte.

«Kommt nicht in Frage. Das heißt doch, dass wir inkompetent sind. Unfähig. Da warten die doch nicht mal den Auslauf des Vertrages ab. Damit disqualifizieren wir uns doch sofort. Ein Theater, das sowieso schon auf der Kippe steht und dann nicht mal mit den Schauspielern klarkommt. Auf gar keinen Fall.»

«Vielleicht sollten wir das Ganze nicht so emotional sehen», ließ sich der Fremde vom Sofa vernehmen.

Haller funkelte ihn an. «Mein lieber Junge, Sie haben doch keine Ahnung. Hier steht das Überleben des Theaters auf dem Spiel.»

«Vielleicht auch das Überleben von Gisela Mann», konterte Less trocken.

Tom schluckte. «Vielleicht ... aber das Theater stirbt sicher.»

Magda schrie unvermittelt auf: «Du kannst doch nicht ein Menschenleben gegen das Theater abwägen.»

«Du brauchst mich nicht als gefühlloses Monster hinzustellen», schnauzte er sie an. «Ihr kommt hereingeplatzt, erzählt eine wilde Geschichte über einen Brief, den ihr noch nicht einmal vorzeigen könnt, und erwartet ... Was erwartet ihr? Dass ich zum Telefon renne? Die Presse benachrichtige? Mein Theater, das ich eigenhändig aufgebaut habe, in den Abgrund stürze?»

Es klingelte.

Tom riss die Tür auf und stürmte in den Flur. Ingrid war ihm zuvorgekommen und öffnete gerade die Haustür.

Draußen stand, im verknitterten Anzug und mit den Schnittwunden einer hastigen Rasur im Gesicht, Hauptkommissar Prottengeier.

Leicht verwirrt bat Ingrid Haller ihn herein.

Überrascht sah sich Prottengeier dem zornbebenden Intendanten gegenüber. Hinter ihm waren Magda und Less in den schmalen Flur getreten. Gerade als Haller mit einer schroffen Handbewegung zum Wohnzimmer deutete, kam ein schlaksiger Junge in den Flur. Bis auf die modische Igelfrisur eine jüngere Ausgabe von Haller. Die gleichen träumerisch verhangenen Augen, die gleiche gerade Nase, der gleiche schön geschwungene Mund. Das kantige Kinn hatte er, wie sein Vater, trotzig vorgeschoben. Und seine Augen funkelten jetzt genauso wütend. Nur dass sein Zorn offenbar nicht den ungebetenen Gästen galt.

Er baute sich vor seinem Vater auf: «Du gehst nicht mit zum Rudern?», fragte er herausfordernd.

Unwillig schob sein Vater ihn beiseite. «Nicht jetzt.»

«Mama sagt, du hast mal wieder keine Zeit?», beharrte der Junge.

Ohne ihn anzusehen, blaffte Haller: «Ich habe gesagt, nicht jetzt!»

«Arschloch.»

Haller fuhr herum und starrte seinen Sohn an. «Was war das?»

Der Junge verschränkte die Arme über der Brust: «Arschloch!»

Mit einem einzigen Schritt war Haller bei ihm, hob den Arm und schlug ihm ins Gesicht. Als er den Arm zum zweiten Mal hob, hakte bei Prottengeier etwas aus.

«Schluss», hörte er sich brüllen. Ihm war schwindelig, der kleine Flur schien sich zu weiten und zu schrumpfen. Sein Herz raste, und sein Körper war weit weg.

Er kam erst wieder zu sich, als er merkte, dass jemand von hinten an seinen Armen zog. Erstaunt sah er, dass Haller vor ihm an der Wand stand und ihn mit panischem Blick anstierte.

Er sah seine Hände, die wie etwas Fremdes um Hallers Hals lagen. Peter Less hielt ihn umklammert und versuchte, ihn von dem Intendanten wegzuziehen. Erschrocken ließ er los. Seine Finger schmerzten, so fest hatte er zugedrückt.

Haller hustete und rieb sich den Hals. Zusammengekrümmt keuchte er: «Sind Sie verrückt?»

Prottengeier trat einen Schritt zurück und blickte verständnislos auf den Intendanten hinunter.

«Verlassen Sie sofort mein Haus. Raus!», keuchte der Intendant.

Ingrid Haller drängte sich an Prottengeier vorbei und beugte sich zu ihrem Mann hinab. «Lass sehen.» Sie untersuchte seinen Hals und redete beruhigend auf ihn ein. «Nichts passiert. Alles in Ordnung, Tom. Das war nur der Schreck. Alles in Ordnung.»

Haller hatte sich schon wieder gefangen und machte sich von ihr los.

«Mir reicht's. Ich bin im Theater.» Damit stürzte er zur Tür und schlug sie mit einem lauten «Scheiße!» hinter sich zu.

Die Zurückgebliebenen sahen sich an.

Endlich murmelte Prottengeier: «Es tut mir Leid. Ich weiß gar nicht ...»

Ingrid Haller sagte leise: «Schon gut. Sie wollten helfen. Er ... er ist nicht so. Er hat noch nie eines der Kinder geschlagen.» Verlegen wandte sie den Blick ab.

«Ich glaube, wir sollten jetzt gehen», meinte Less.
Ingrid nickte. «Die Kinder ...»
Hallers Sohn stand an die Wand gelehnt und sah Prottengeier mit einem unergründlichen Gesichtsausdruck an.
Der Kommissar sprach ihn an. «Es tut mir Leid.»
Der Junge sah aus, als würde er gleich anfangen zu weinen. Um seinen letzten Rest Würde zu bewahren, drehte er sich um und stürzte ins Esszimmer.
Magda und Less drückten sich an Ingrid Haller vorbei und traten auf die Straße. Prottengeier folgte benommen.
An der Tür hielt Ingrid ihn auf: «Ich ... Er ist nicht so. Er ...»
Verlegen gab er ihr die Hand. Mit gequältem Gesicht blickte sie zu ihm hoch. Stumm drückte sie seine Hand und schloss die Tür.
Betäubt blieb er vor der geschlossenen Tür stehen, bis Less von der Straße rief: «Alles in Ordnung, Herr Prottengeier?»

• 19 •

Schweigend gingen die drei die Straße entlang.
Magda holte tief Luft. Durchatmen. Die Angst wegatmen. All diese blöden Schauspielertricks, die Tante Gisela mit ihr geübt hatte. Atemübungen, Entspannungsübungen. Funktionierten ja doch nicht. Nicht jetzt.
Wo war Tante Gisela? Nicht daran denken, wo sie jetzt war. In einem Keller? Auf einem Dachboden? Gab es nicht eine Geschichte, in der die Entführer ihr Opfer in einer Holzkiste vergraben hatten? Bloß das nicht.
Tom würde nichts tun. Keine Pressemitteilung. Ernst, mit dem musste sie reden. Druck machen. Aber wie? Mit den Alten

vom Heim reden. Wenn die freiwillig auf den *Sturm* verzichten würden? Von sich aus eine Mitteilung an die Presse gäben? Oder war das zu offiziell? Wirbelte zu viel Staub auf? Wie geheim musste es bleiben, damit die Polizei nichts erfuhr?

Sie tun mir etwas an ... Was, um Gottes willen? Nicht denken, nicht denken. Nur gehen, atmen, Schritt für Schritt. Wie grau der Himmel war. Bald kam der Herbst. Mit Tante Gisela spazieren gehen. Herbst mochte sie am liebsten. Wenn sie wiederkam. Sie kam wieder! Bestimmt. Ganz sicher. Sie kam wieder.

Peter sah verstohlen zu Magda. Wie ein ausgewrungenes Handtuch sah sie aus. Prottengeier neben ihr war genauso blass. Dieser Prottengeier. Hatte ihm einen richtigen Schrecken eingejagt. Wie der sich auf den Intendanten gestürzt hatte. Sah so aus, als wollte er ihn erwürgen. Ganz schön temperamentvoll, der Alte. Hätte er ihm nicht zugetraut, so korrekt, wie er sich immer gab. Stille Wasser.

Peter grinste. Wenn Prottengeier weiter so die Fäuste in die Hosentaschen bohrte, würde er noch ein Loch hineinstoßen. Nicht schade um den Anzug. Komischer Kauz. Völlig überzogen, diese Reaktion auf Haller. Der Typ war ein Arschloch, da hatte sein Sohn völlig Recht. Nettes Kerlchen, der Kleine. Würde mal hübsch werden. Aber bis es so weit war, wäre er selber ein Mummelgreis in Prottengeiers Alter.

Less schüttelte sich. Alt werden, nicht gerade ein Spaß. Schrecklich, dass da jeder durchmusste. Diese Alten im Heim. Sein Tipp war immer noch von Koch. Hatte sie bestimmt in diesem Gruselkabinett dort oben versteckt. Der war durchgeknallt, ganz klar. Die Geschichte mit dem fetten Kater. Musste er Prottengeier erzählen. Vielleicht war das eine Spur. Schöner Tag heute. Nicht so heiß. Ein bisschen bewölkt, aber ganz nett.

Prottengeier vergrub die Hände fester in den Taschen. Was war nur los? Wie konnte er sich so auf Haller stürzen? Die Kontrolle verlieren? Wie hatte Schneider gesagt? Mach keinen Scheiß. Den hatte er gerade gemacht. Was war nur los mit ihm? Warum war er so außer sich geraten? Schöne Hilfe für Magda. Er musste sich zusammenreißen. Ihr sagen, dass die Polizei eingeschaltet war. In einer halben Stunde traf er König. Hoffentlich war der Mann fit. Die polizeilichen Ermittlungen brauchten Zeit. Hatten sie Zeit? Er hatte Haller angegriffen. Einfach so. Das letzte Mal, als ...

Mit einem Ruck blieb er stehen. Sein Gesicht war heiß. Natürlich, das war's. Das letzte Mal, als er so die Kontrolle verloren hatte. Achtzehn, neunzehn war er damals. Deswegen musste er die ganze Zeit an seinen Vater denken! Nicht wegen der Alten oder dem Heim. Haller war der Schlüssel. Die gleiche Ignoranz, dieses ausschließliche Interesse an der Arbeit. Haller war ein Workaholic, wie sein Vater. Und dann hatte er seinen Sohn geschlagen. Wie sein Vater. Bis der Sohn eines Tages zurückschlug.

Diese zwanghaften Arbeiter, die nichts mehr sahen als ihre Arbeit, nichts mehr liebten als ihre Arbeit. Damals hatte er das alles nicht gewusst. Aber auch als er es wusste, hatte er seinem Vater nicht verziehen. Weder die Hölle, in der er selbst schmorte, noch jene, die er seiner Familie bereitete.

Haller. Aber würde er seine heißgeliebte Arbeit torpedieren? Wohl kaum. Welches Motiv könnte er haben? Haller ...

Unruhig betrachtete Less den Kommissar. Was war denn jetzt schon wieder? Wieso stand er wie so 'ne beschissene Salzsäule auf der Straße herum? Starrte vor sich hin, als würde er in eine andere Welt gucken.

Vorsichtig zupfte er ihn am Ärmel. «Herr Prottengeier?»

Mit leerem Blick sah der Kommissar ihn an. Magda hatte

nichts bemerkt. Sie war einfach weitergegangen. Na wunderbar. Jetzt hatte er zwei Somnambule am Hals.

Laut klatschte Less in die Hände. «Aufwachen, ihr zwei. Magda, renn nicht so.»

Erstaunt drehte sie sich um und sah zurück.

«Ich schlage vor, wir trinken jetzt erst mal einen Kaffee. Damit ihr wieder zu euch kommt.»

«Ich habe einen Termin im Kommissariat», meinte Prottengeier zerstreut.

«Was haben Sie?», fragte Magda alarmiert.

Prottengeier richtete sich auf und antwortete fest: «Einen Termin bei Kommissar König, Raub und Erpressung. Er bearbeitet den Fall Ihrer Tante.»

«Oh-oh», flüsterte Less und sah zu Magda, die sich ihnen langsam näherte.

«Das ist nicht wahr», zischte sie. «Sie haben eigenmächtig die Polizei eingeschaltet?»

Prottengeier nickte. Less fand, dass er hochmütig wirkte. Der Mann hatte einfach keine Ahnung. Ein bisschen Zerknirschung wäre viel effektiver.

Magda hatte sich vor Prottengeier aufgebaut, die Hände in die Hüften gestemmt. «Hinter meinem Rücken haben Sie die Polizei informiert?»

Less fand ihre Drohgebärde ein bisschen albern. Dazu war sie einfach zu klein. Wie ein Terrier, der einer Bulldogge droht. Andererseits war ihr Gesichtsausdruck zum Fürchten. Sie würde der Bulldogge an den Hals gehen, das stand fest.

«Gegen meinen Willen haben Sie die Polizei informiert?»

«Mensch, Magda, das hat er doch schon dreimal gesagt, dass er's getan hat.»

«Halt's Maul», zischte sie in seine Richtung. Unwillkürlich wich Less einen Schritt zurück.

«Die Polizei versteht sich auf verdeckte Ermittlungen. Die Erpresser werden nichts merken», sagte Prottengeier fest.

Der Mann hatte Nerven.

«Und wenn doch? In dem Brief stand ausdrücklich: Keine Polizei! Wie können Sie gegen meinen Willen so etwas tun?»

«Magda, du hast keine Chance ...»

«Für Sie immer noch Frau Mann.»

Prottengeier zuckte zurück, als hätte er eine Ohrfeige bekommen.

Hatte er auch, fand Less. Plötzlich kam ihm eine Idee. «Du, Magda ...», begann er vorsichtig.

«Halt dich da raus.» Wieder ein Blick wie eine Ohrfeige. «Wenn meiner Tante etwas passiert, mache ich Sie fertig.»

«Herr Prottengeier, Magda, vielleicht sollten wir nicht hier auf der Straße ...»

«Seien Sie still, Less. Frau Mann, ich verspreche Ihnen, dass die Entführer nicht merken werden, dass die Polizei eingeschaltet ist.»

«Das können Sie doch überhaupt nicht versprechen.»

«Magda ...»

«Sie setzen nur verdeckte Ermittler ein. Niemand, den die befragen, wird bemerken, dass das Zivilbeamte sind. Sie sehen doch selbst, wie weit wir mit unseren Detektivspielen gekommen sind.»

«Herr Prottengeier ...»

«Wie können Sie nur so anmaßend sein. Spielen sich auf wie ...»

«Jetzt hört doch mal auf.» Less reichte es. «Was zieht ihr hier ab? High Noon? Das ist doch bescheuert.»

Beide sahen ihn böse an. «Ist doch wahr. Natürlich ist das daneben, einfach hinter deinem Rücken die Polizei einzuschalten.»

Prottengeier wollte wieder das Wort an sich reißen, aber diesmal ließ Less sich nicht unterbrechen. «Aber wie weit sind wir denn selbst gekommen? Gerade eben, bei Haller? Glaubst du nicht, er ist viel kooperativer, wenn die Bullen ihm sagen, er soll diese blöde Pressemitteilung machen?»

Erleichtert sah Less, dass Magda langsam runterkam. Wenigstens verschwand dieser latente Irrsinn aus ihren Augen, und sie schien zu überlegen. Auch Prottengeier wirkte ein bisschen nachdenklicher. Vielleicht schnallte er, dass er sich wirklich wie der Terminator aufführte.

Less seufzte. Diese Heteros mit ihren Hormonproblemen. Und das auch noch auf offener Straße.

«Kann die Polizei Tom zwingen, die Forderungen zu erfüllen?», fragte Magda, und so etwas wie Hoffnung kehrte in ihren Blick zurück.

«Sie werden erst einmal versuchen einzugrenzen, wo Ihre Tante möglicherweise gefangen gehalten wird», antwortete Prottengeier vorsichtig. Dass sie erst einmal herausfinden mussten, ob sie überhaupt gefangen gehalten wurde, verschwieg er wohlweislich.

«Niemand verschwindet vollkommen spurlos. Irgendwie muss sie weggebracht worden sein. Oder sie hat das Heim freiwillig verlassen und wurde unterwegs abgegriffen. König hat eine Tatortnahbereichsfahndung ausgelöst. Das bedeutet Überprüfung und Befragung von Taxiunternehmen, Bahnhofspersonal, Busfahrern, die Befragung von Anwohnern nach verdächtigen oder unbekannten Fahrzeugen. Die Befragung der anderen Heimbewohner. Überprüfung von Gaststätten und Hotels, Befragung möglicher Informanten.»

«Die ist nicht weg. Ich wette, die steckt irgendwo in dem Heim», meinte Less.

Prottengeier sah das Haus vor sich. Die verwinkelten Gänge, Anbauten und Keller. Die verlassenen Nebengebäude. Das Wäldchen. Gut möglich, dort irgendwo eine alte, hilflose Frau zu verstecken.

«Kann die Polizei nicht einfach das Haus durchsuchen?», fragte Magda atemlos.

«So einfach nicht», antwortete Prottengeier vorsichtig. «Nicht ohne begründeten Verdacht, dass sie dort versteckt wird.»

«Aber sie kann Haller dazu zwingen, diese Erklärung an die Presse zu geben?»

Hoffnungsvoll sah sie zu ihm hoch. Prottengeier fühlte sich unbehaglich. Was sollte er ihr sagen? Dass ein Einsatzleiter sich hüten würde, zu früh irgendwelchen Forderungen nachzugeben?

«Sehen Sie, bei einer Erpressung durchlebt der Täter unterschiedliche Gemütslagen. Die sind abhängig von seinem Charakter, dem Zeitfortschritt der Erpressung, dem Verhalten der Geisel. Es ist nicht ratsam, die psychische Stabilität eines Erpressers zu fördern, statt sie zu reduzieren. Ein frühes Nachgeben ...»

«Das ist mir scheißegal», unterbrach ihn Magda. Mit einer heftigen Bewegung strich sie sich die Haare aus der Stirn. «Ich denke nicht daran, mir Gedanken über den Gemütszustand dieser Kerle zu machen. Ich mache mir Gedanken über den Gemütszustand meiner Tante.»

Prottengeier legte ihr vorsichtig eine Hand auf die Schulter. Sie zuckte nicht zurück. Er brachte es nicht über sich, ihr zu sagen, dass vom Gemütszustand des Erpressers vielleicht das Leben der Geisel abhing.

«Vor allem müssen Sie ruhig bleiben, Magda. Die Polizei tut alles Erforderliche, glauben Sie mir. Sie hat viel mehr Möglichkeiten als wir.»

Sie senkte den Kopf und atmete tief. Endlich sah sie zu ihm hoch. «Okay», sagte sie mit gepresster Stimme. «Ich bin ruhig. Ich will meine Tante zurück. Und als Erstes rede ich mit Ernst. Vielleicht kann er mir helfen.»

«Machen Sie nicht zu viel Wirbel, Magda. Sie könnten Ihrer Tante schaden», sagte Prottengeier warnend.

Sie nickte kurz, drehte sich um und ging.

Die beiden Männer sahen ihr nach, wie sie mit schnellen Schritten um die Ecke bog. «Besser, sie unternimmt etwas, als nur rumzusitzen», meinte Less beruhigend.

Prottengeier nickte. Wenn sie nur nichts Falsches unternahm. Aber er konnte sie ja schlecht einsperren. Obwohl er das am liebsten getan hätte.

Nach einer Weile fragte Less leise: «Wie oft passiert es, dass eine Erpressung schief geht? Ich meine, man tut alles, was der Erpresser will und – na ja, die Geisel stirbt trotzdem?»

Prottengeier betrachtete das Pflaster vor sich. Achteckige Steine aneinander gefügt. Grau. So grau wie der Sommerhimmel. Was sollte er Less sagen?

«Wäre wohl besser, wir würden sie bald finden, oder?», fragte Less bedrückt.

«Überlassen wir das der Polizei», antwortete Prottengeier bestimmter, als er es selbst glaubte.

«Als ich gestern von Koch ins Heim zurückbegleitet habe, ist uns der Kater begegnet. Falstaff, erinnern Sie sich?»

Natürlich erinnerte er sich an das übergewichtige Vieh mit seinen Zärtlichkeitswallungen.

«Heribert hat mit dem Kater geredet. Er hat gesagt: ‹Du weißt, wo dein Frauchen ist, was?› Ich meine, vielleicht hat er ja Recht.»

«Wie bitte?», fragte der Kommissar konsterniert.

«Na ja, wenn sie da oben gefangen gehalten wird ... Das

Vieh strolcht doch überall rum. Vielleicht hat es sie ja gefunden.»

«Hören Sie mal, Less, Sie verwechseln da was. Das ist eine Katze, kein Suchhund oder so etwas.»

«Trotzdem.»

Zornig drehte der Kommissar sich zu ihm. «Verdammt nochmal. Halten Sie sich da raus. Zum letzten Mal: Das ist kein Spiel.»

Der Schauspieler kniff die Lippen zusammen und sah den Kommissar herausfordernd an.

Prottengeier spürte eine Zentnerlast, die ihn nach unten drückte. König wartete, Magda war unterwegs ins Theater, und dieser Less würde sich auch nicht abhalten lassen, auf eigene Faust herumzuschnüffeln. Seine Knochen taten weh. Die zwei Stunden Schlaf auf Schneiders zu kurzem Sofa waren nicht gerade erholsam gewesen. Dann noch sein Ausraster bei Haller ...

Er holte tief Luft. Das alles war es gar nicht. Magdas Tante war entführt worden. Sie war der vierte Ariel. Und wenn er sich nicht täuschte, war sie in der Hand eines Mörders.

• 22 •

Betäubt betrachtete sie die Bücher, die sich vor ihr auftürmten. Ungeordnet, in allen Größen mäanderten sie sich die Wand hoch. Belagerten jede freie Fläche, klumpten sich auf dem Boden zu unförmigen Haufen.

Dicke, dünne, großformatige. Abgegriffene Taschenbücher unter dicken Bildbänden, darauf Stapel von lose gehefteten Textbüchern, auf denen wieder dicke Schwarten thronten.

Hinter dem Mann am Schreibtisch wuchsen besonders waghalsige Konstrukte. Manchmal an die Wand gelehnt, dann wieder frei schwebend. Als wollten sie, mangels Platz, auch die Decke in Besitz nehmen.

Unmöglich, eines der Bücher vorzuziehen, ohne alles zum Einsturz zu bringen. Eine bedrohlich instabile Wand vor der Wand. Jederzeit bereit, auf den Betrachter niederzuprasseln, ihn zu erschlagen, ihn unter sich zu begraben, zu ersticken mit dem Staub der Seiten, ihn mit einer Armee von Buchstaben zu erdrücken.

Verächtlich hatten ihr die Bücher ihren bunten Rücken zugekehrt. Abweisend, wie der Mann hinter dem Schreibtisch, dem sie gehörten.

Sie wollte ihn nicht mehr ansehen, seinem funkelnden Brillenblick entkommen. Aber wenn sie den Kopf zur Seite wandte, konnte sie aus den Augenwinkeln neben und hinter sich nur dieselben bösartigen Bücherwände sehen. Sie schrumpfte. Wurde kleiner und kleiner, während die gefangenen Wörter sie beobachteten.

Jetzt nicht klaustrophobisch werden, nicht ausflippen. Den Mann festnageln, mit Blicken, mit Worten.

«Du willst mir also nicht helfen», sagte sie. Ihr Mund war trocken. Das viele Papier hatte jedes Quäntchen Sauerstoff in dem Zimmer aufgesogen. Am liebsten wäre sie aufgesprungen, um das Fenster aufzureißen, Luft hereinzulassen, sicher zu sein, dass da draußen Leben war.

Ohne sich zu rühren, sagte der Mann hinter dem Schreibtisch: «Ich kann nicht hinter Toms Rücken eine Pressemitteilung rausgeben.»

Sie nickte. Er konnte ihr nicht helfen. Er wollte es gar nicht. Die Zeit verstrich, und Tante Gisela ...

Sie schluckte trocken. Nicht daran denken.

«Du tust doch einiges hinter Toms Rücken, oder? Ich habe zufällig ein Telefongespräch gehört, das sehr aufschlussreich war.»

Jetzt kam Bewegung in den Mann. Er rutschte auf seinem Schreibtischstuhl nach vorn. «Welches Telefongespräch?»

Keine Fehler machen. Das war der Haken, an dem sie ihn zappeln lassen konnte. «Ein Telefonat, bei dem du Bericht erstattet hast. Über die Vorgänge am Theater. Die Schwierigkeiten beim *Sturm*. Wirkte nicht so, als wärst du unglücklich darüber.» Sie legte die Stirn in Falten, als müsse sie nachdenken. «Wie war das nochmal? ... es ist alles in Ordnung, Elsa schafft den *Sturm* nicht ...»

Ganz langsam lehnte sich der Mann wieder in seinem Stuhl zurück. «Ich weiß nicht, was du meinst.»

«Vielleicht weiß Tom es ja», meinte sie beiläufig.

Schnapp, die Falle war zu. Der Mann stand auf und drehte sich zu seiner Bücherwand.

«Mach die Pressemitteilung, und ich vergesse, was ich gehört habe», sagte sie in seinen Rücken.

Getroffen! Der Rücken bebte. Erst unmerklich, dann stärker. Die Schultern zuckten. Weinte er?

«Das ist phantastisch.»

Er lachte. Endlich wandte er sich um – und lachte.

«Deine Tante wird entführt, um eine Pressemitteilung zu erpressen, und du willst mich erpressen, damit ich sie rausgebe. Das ist wirklich gut.»

Ihr blieb die Luft weg. Der Kloß im Hals drohte, sie endgültig zu ersticken. Mühsam kämpfte sie dagegen an. «Tante Gisela ist in Lebensgefahr. Ich verstehe einfach nicht, warum niemand etwas tut.»

«Es tut mir so Leid, Magda.»

«Leid, Leid. Davon kommt sie nicht zurück. Dir ist es doch

recht, wenn der *Sturm* gestoppt wird. Das war doch in dem Telefonat ganz klar. Warum tust du dann nichts?»

Der Mann setzte sich wieder. Es war nicht «der Mann». Es war Ernst, ihr Freund. Ernst, den sie kannte, dem sie vertraut hatte.

Er seufzte. «Du hast Recht. Ich habe telefoniert. Und es stimmt, ich bin nicht unglücklich, wenn der *Sturm* stirbt. Aber weißt du, was passiert, wenn ich hinter Toms Rücken eine Absage an die Presse gebe? Er dementiert. Gibt der Presse Informationen über die Entführung. Schlägt Kapital daraus. Ohne Rücksicht auf Gisela.»

Entsetzt sah sie ihn an. «Nein!»

«O doch. Tom wird kämpfen. Magda, wenn der *Sturm* platzt, ist das Theater am Ende. Das lässt er nicht zu. Und da ist ihm jedes Mittel recht.»

«Aber ...» Sie brach ab.

Mitleidig beugte er sich vor. «Ich würde dir gerne helfen. Dir und Gisela. Lieber, als du dir vorstellen kannst. Aber glaub mir, der Schuss geht nach hinten los.»

Sie sah Tom vor sich. Sein wütendes, verschlossenes Gesicht. Die Hand erhoben, um seinen Sohn zu schlagen. Prottengeier, der dazwischenging.

«Was ist denn nur los, Ernst?», fragte sie matt.

Ernst stützte sein Gesicht in seine Kindermörderhände und sah an ihr vorbei. «Frag mich, was nicht los ist, Magda. Tom arbeitet seit Jahren wie ein Besessener. Manchmal zwanzig Stunden am Tag. Er reißt alles an sich. Schmeißt Regisseure und übernimmt ihre Inszenierungen, schmeißt Bühnenbildner und übernimmt ihr Bühnenbild. Ein Wunder, dass er nicht auch die ganze Verwaltung macht. Kümmert sich um alles, entscheidet alles alleine. Und macht Fehler. Fatale Fehler.»

Ernst schob die Brille ein Stück nach vorne und rieb sich

die Nasenwurzel. «Das Theater ist pleite. Nicht zuletzt wegen Tom. Was wir alleine an Abfindungen für geschasste Regisseure und umgestaltete, halb fertige Bühnenbilder gezahlt haben, würde uns ein paar Jahre über Wasser halten. Seine Inszenierungen werden immer mieser. Und er merkt es nicht. Die Zuschauer bleiben weg.»

Wieder seufzte er und stand auf. «Kaffee?»

Sie nickte. Sah ihm zu, wie er zur Kaffeemaschine schlurfte, die Kanne nahm und das Zimmer verließ, um Wasser zu holen.

Kaum hatte er den Raum verlassen, öffnete sie das Fenster. Lehnte sich hinaus und holte tief Luft. Die Bücher krochen zurück. Wurden das, was sie waren. Einfach Bücher. Der Raum um sie herum nahm wieder seine gewohnten Dimensionen an. Nur das Gefühl der Betäubung blieb.

Erst gestern war sie als Anfängerin durch diese Räume geschwebt. Voll Zutrauen, bereit, die Welt zu erobern. Neben ihr Tom, strahlend voll von Plänen, Projekten, Ideen. Und Ernst, schon damals hinter seinen Büchern verschanzt, der an Toms Lippen hing. Jedes Wort begierig aufsog, bereit, für Tom, für das Theater das Unmögliche möglich zu machen. Tante Gisela, mit der lässigen Sicherheit der unkündbaren Schauspielerin, die ihnen von ihrem Stadttheater aus wohlwollend zusah.

Damals hatte sie ihre Tante ein klein wenig verachtet. Was war das schon, eine Stadt zu erobern, wenn die ganze Welt darauf wartete?

Tante Gisela war an ihrem Stadttheater geblieben. Hatte ihre Position gehalten, ausgebaut. Eine Festung aus Anerkennung und Bewunderung um sich gebaut. War hier alt geworden. Und jetzt?

Ernst kam mit dem Wasser zurück. Musterte sie mit prüfendem Seitenblick und schaltete die Kaffeemaschine ein.

Schweigend setzte sie sich ihm gegenüber.

«Der Intendant vom Stadttheater hat mir angeboten, bei ihnen anzufangen. Ihr Verwaltungsdirektor geht demnächst in Pension.»

Sie nickte.

«Natürlich interessiert er sich für die Situation am *Centrum*. Der neue Haushalt der Stadt steht an. Auch das Stadttheater hat seine Schwierigkeiten. Der Subventionstopf ist nicht gerade üppig gefüllt.»

Verlegen sah er auf seine Hände, die fest ineinander verschränkt auf dem Schreibtisch lagen.

War es schon so weit, dass Theater gegen Theater kämpfte? Früher hatte das Stadttheater nicht einmal ein Achselzucken für sie übrig.

«Es ist nicht wegen dem Geld, Magda», sagte Ernst zu seinen Händen. «Natürlich. Auch. Mein Gott, ich bin fast fünfzig. Ist es wirklich so schlimm, wenn ich für meine Arbeit halbwegs angemessen bezahlt werden will?»

Was wollte er von ihr? Die Absolution? Sie hatte ganz andere Sorgen.

«Mit Tom zu arbeiten, das ist die Hölle. Als hätte er Angst, eine Sekunde unbeschäftigt zu sein, zum Nachdenken zu kommen. Er erfindet Arbeit, Hauptsache, er bleibt in Bewegung. Wie ein sinnloser Tanz, der immer schneller und schneller wird. Und ich bin mittendrin. Rase hinter ihm her, um das Schlimmste zu verhindern, flicke die Löcher, die er reißt. Ich kann nicht mehr.»

Flehend sah er sie an.

Müde stand sie auf.

«Was wirst du jetzt tun, Magda?»

Sie zuckte mit den Achseln. Sie wusste es einfach nicht.

• 23 •

Der Wolf ist wieder da. Bohrt sich in die Eingeweide. Verbeißt sich, reißt am Fleisch, indem er den Kopf wild hin und her wirft.

Was ist los? Der Raum schwimmt, bewegt sich, bleibt einfach nicht ruhig. Bitte, bleib stehen. Damit der Wolf aufhört zu beißen.

Kalt. Schrecklich kalt.

Sie hebt die Hände, um die Decke fester um sich zu ziehen. Aber die Decke ist so schwer. Millimeterweise dreht sie den Kopf. Wasser schimmert im Glas. So weit entfernt. Steht nicht still.

Sie kann es nicht greifen, es wandert. Immer wenn sie das Glas packen will, ist es woanders. Sie hört sich keuchen.

Es ist so heiß. Glühend.

Es ist Sommer. Oma sagt, das ist kein Wolf in dir. Dir ist schlecht. Aber sie weiß es besser. Da ist ein Wolf, der frisst ihre Eingeweide. Ein großer, grauer Wolf, so grau wie ein Schatten. Deshalb kann Oma ihn nicht sehen. Sie will raus aus dem Bett. Nach draußen laufen. Ganz schnell laufen und den Wolf zurücklassen. Die Luft riechen. Sonne spüren. Nicht mit dem Wolf im schwitzigen Bett.

Sind das Tauben? Ein Gurren und Kratzen.

Sie öffnet die Augen. Hoch über ihr drückt sich eine dunkle Gestalt auf dem Sims. Reibt sich, maunzt und schaut nach unten. Dreht sich hin und her.

Falstaff. Der Süße ist da. Sie spürt sich lächeln.

Der Kater setzt sich und starrt nach unten.

Wie grün seine Augen sind. Länglich und grün schillernd wie ein See, auf dem die Sonne tanzt.

Die Augen sind ganz nah. Und groß. Sie kann hineinspringen in diese Augen. Sie steht an einem Abgrund, und unter ihr sind die Augen. Grünes Seidentuch, so glatt und verlockend. Es ruft: Komm, trau dich, spring.

Sie springt. Das Grün nimmt sie auf, umhüllt sie. Es ist ganz weich, unglaublich, wie Watte, eine Wolke.

Sie ist ganz klein und schwimmt in der grünen Wolke. Es geht leicht, ganz leicht. So gut, die Arme auszustrecken, sich zu drehen, die Fußspitzen lang zu machen, zu strecken.

Wupps, die grüne Wolke bewegt sich. Es schwappt.

Tief unter sich sieht sie einen Körper liegen. Armer Körper, so alt und matt. Ein großer, grauer Wolf liegt mitten auf ihm. Die scharfen gelben Zähne gebleckt. Er knurrt, aber der alte, dürre Körper liegt still. Bewacht vom Wolf. Gut, dass sie hier oben ist.

Mitten in den Kateraugen. Der Kater dreht sich, und sie sieht einen schmalen Lichtschlitz. Der Schlitz wird größer.

Sie geht mit dem Kater nach draußen, lässt die schmale Pritsche und den Wolf hinter sich.

Wie groß das Unkraut ist. Wie ein Wald. Ein hässlicher, brauner Käfer sitzt auf einem langen Halm. Sie kann ihn genau sehen, denn der Kater steht still. Der Käfer ist größer als sie. Gut, dass ihr in den Kateraugen nichts geschehen kann.

Ein Spinnennetz. Ganz dicht vor ihr. Groß, aus glitzernden Stricken. Dicke, durchsichtige Stricke. Ein Kleid daraus ist schön. Sie wird sich ein Kleid aus Spinnweben machen. Das glitzert und glänzt. Aber nur, wenn Sonne draufscheint.

Jetzt geht es aber nach unten. Wie in einem Fahrstuhl. Der Kater hat sich geduckt. Schade, das Spinnennetz ist zu weit oben. Gerade wollte sie ...

Der Kater rennt. Sie lacht. Es ist wie ganz schnell fahren. Oder fliegen. Dabei schwimmt sie doch.

Wie in einem Karussell wird sie nach hinten geschleudert.

Himalaya-Bahn. Hui! Sich nach hinten fallen lassen, die Arme weit ausgebreitet und den Wind spüren. Vor ihr eine braune, rissige Wand. Ein Baum. Der Kater klettert einen Baumstamm hoch. Sie kreischt und lacht. Seine Krallen kratzen im Holz. Krrrch, krrrch, krrrch.

Dann sind sie oben. Das Grün schwappt in die Waagerechte. Vor Lachen hat sie Tränen in den Augen. Atemlos, als wäre sie selbst geklettert.

Oben ist es schön. Grüne Blätter mit fein gerippten Adern. Manche ganz durchsichtig von der Sonne. Andere so dunkel, dass sie fast schwarz wirken. Millionen von Grün. Sie reden miteinander, die Blätter. Wispern, flüstern. Wenn sie genau hinhört, kann sie die Blätter verstehen. Schritte im Kies. Unten geht ein Mann vorbei. Sie kann nur seinen Haaransatz sehen. Wer ist das?

Dunkle Haare, breite Schultern. Ein Mann, der sie abholen will. Aber sie kann nicht. Sie muss gehen, hat keine Zeit.

Auch wenn es ihr Leid tut.

Falstaff, sei nicht böse, aber ich muss gehen.

• 24 •

Mit einem leisen «Plopp» landete der Kater direkt vor seinen Füßen. Er streckte sich kurz und blinzelte zu Prottengeier hoch. Seine Augen schimmerten grün wie Smaragde.

Irritiert sah Prottengeier zu ihm hinab.

Hinter ihm ertönte ein scharfer Pfiff. Er drehte sich um und sah Less winkend auf sich zukommen. Entnervt schloss er kurz die Augen. Wieso trieb der sich schon wieder hier herum? Und was um Gottes willen hatte er um den Hals hängen?

Kollege König würde einen Herzinfarkt bekommen, wenn er wüsste, wie viele Amateure in seiner Ermittlung herumpfuschten. Er war schon Prottengeier gegenüber mehr als skeptisch. Kein Wunder. Welcher Ermittlungsbeamte hatte gerne revierfremde Kollegen am Hals?

Ungeduldig wippte er mit dem Fuß. Wieso beeilte sich dieser Less nicht ein bisschen? Gemütlich schlenderte er ihm entgegen und machte keinerlei Anstalten, einen Zahn zuzulegen.

«Trantüte», knurrte er halblaut.

Der Kater maunzte zustimmend.

«Falstaff hat ja wirklich einen Narren an Ihnen gefressen», sagte Less beim Näherkommen. «Katzen suchen sich ihren Besitz selber aus. Sie können sich geschmeichelt fühlen.»

Prottengeier gab einen undefinierbaren Laut von sich. Er fühlte sich belästigt, nicht geschmeichelt.

«Was soll das?», fragte er unwillig und deutete auf das Fernrohr, das Less um den Hals trug.

Als hätte er es total vergessen, sah Less an sich herunter. «Ach das? Das gehört Heribert. Hat er mir geliehen. Gutes Stück. Ein bisschen unhandlich, aber von Zeiss.»

Misstrauisch sah Prottengeier ihn an. Less grinste. «Gucken Sie nicht so. Ich beobachte Falstaff.»

«Was tun Sie?»

«Vielleicht ist ja was dran. Heribert hat doch gesagt, Falstaff weiß, wo Magdas Tante ist. Und da die Polizei das Gelände nicht absucht, führt Falstaff mich vielleicht zu ihrem Versteck.»

Prottengeier war verblüfft. Aber der Schauspieler schien es ernst zu meinen.

«Wenn ich ihm zu nah komme, hängt er mich ab. Deshalb die Idee mit dem Fernrohr», erklärte Less. «Keine Sorge, ich habe Heribert gesagt, mein Hobby sei die Ornithologie. Dabei kann ich noch nicht einmal Spatzen und Meisen auseinander halten.»

Wenigstens konnte er keinen großen Schaden anrichten, wenn er den ganzen Tag hinter dem Kater herrannte.

«Wo ist Magda? Ich meine, Frau Mann?»

«Ich habe sie seit heute Morgen nicht mehr gesehen. Warum sind Sie eigentlich so ausgerastet?»

Als Prottengeier nicht antwortete, insistierte er: «Heute Morgen. Beim Intendanten, als Sie den Würgeengel gespielt haben?»

Der Kommissar sah an ihm vorbei auf das Altenheim. Die ersten Nachmittagsschatten leckten an dem verunstalteten Gemäuer, als wollten sie die gröbsten Missbildungen verdecken. Merkwürdig, wie viele Gesichter das Haus hatte. In der Morgensonne freundlich, fast einladend, am Nachmittag eine hinfällige Missgeburt und nachts eine Gruselkönigin. Das verschachtelte, große Dach mit den ohne System darauf verteilten Gauben, die roten Steine, die ohne Sonne ihren Glanz verloren und stumpf wurden, die vielen Fenster, die wie blinde Augen zu ihnen herübersahen.

So theatralisch das Haus war, bildete es doch eine ideale Kulisse für seine Bewohner. Die Alten. Nicht leicht, alt zu werden. Aber auch nicht leicht, jung zu sein.

Gab es das überhaupt: eine glückliche Kindheit? Oder war das nur so eine Hollywood-Erfindung wie die ewige Liebe? Hatten seine Söhne eine glückliche Kindheit? Wohl kaum. Wenigstens hatte er sie nie geschlagen. Vielleicht war es das Beste, wenn sie ohne ihn groß wurden? Besser, als mit einem Vater, der sie sowieso nicht sah, der auf ihnen herumtrampelte. Viel zu aufgefressen von seiner Arbeit, den Erwachsenenpflichten. Krankhaft damit beschäftigt. Ingrid Haller sollte ihren Mann verlassen. Es gab Männer, ohne die eine Familie besser dran war. Sein Vater war so einer gewesen, Haller war so einer. Und er selbst?

«Herr Prottengeier?»

Less und Falstaff sahen ihn verwundert an.

«Wie war es bei der Polizei?», fragte Less schnell.

«Die Ermittlungen laufen», antwortete der Kommissar. Froh, dass Less nicht weiter auf dem Würgeengel herumritt.

«Und dieser König?»

«Ich denke, das ist ein guter Mann.» Doch, das war er wohl wirklich. Er nahm die Geschichte mit den drei toten Schauspielerinnen ernst. Zumindest würde er sie in seine Überlegungen und Maßnahmen einbeziehen. «Sie sollten sich raushalten, Less. Sie können mehr zerstören, als Sie nutzen.»

Der Schauspieler kniete sich zu dem Kater und streichelte ihn. Der ließ es sich gefallen. Stand ganz still und sah weiter zu Prottengeier hoch.

«Ich kann mich nicht raushalten», kam es leise von unten.

Er kam sich dämlich vor, so auf Less und den Kater hinunterzuschauen. Er kniete sich zu den beiden. Sofort rieb Falstaff seinen Kopf an seiner herunterhängenden Hand. Ganz fest, als wollte er die Knöchel des Kommissars spüren. Prottengeier hielt die Hand ruhig. Wie weich sein Fell war.

«Warum?», fragte er den Schauspieler.

«Ich kann Magda nicht im Stich lassen. Ihre Tante ist die einzige Verwandte. Ich verstehe mich mit meiner Familie nicht gerade glänzend, aber gar niemand zu haben ...»

Dieser Less. Jetzt hatte er ihn doch wieder unterschätzt. Die ganze Zeit hatte er gedacht, für ihn wäre das Ganze nur eine Spielerei.

«Passen Sie auf, was Sie tun», sagte Prottengeier eindringlich. «Wir wissen nicht, ob der oder die Entführer uns beobachten. Sie dürfen auf keinen Fall merken, dass die Polizei eingeschaltet ist.»

Less nickte. «Ich weiß. Aber ich tue nichts anderes, als Vögel beobachten. Obwohl der Vogel nicht so aussieht, als wollte er Ihnen von der Pelle.»

Der Kater hatte sich hingelegt und streckte Prottengeier seinen Bauch entgegen. Vorsichtig kraulte er ihn. Das Bauchfell war noch weicher, flaumiger als das Rückenfell. Der Kater schnurrte leidenschaftlich.

«Ich habe so ein blödes Gefühl ...» Less brach ab und streckte die Hand in Richtung Katerbauch. Blitzschnell hob der Kater drohend die Tatze. Less stockte mitten in der Bewegung. Beruhigt überließ sich Falstaff wieder Prottengeiers Hand.

«Wir sollten sie schnell finden», sagte Less, der seine Hand gehorsam zurückgezogen hatte. «Sie ist der vierte Ariel.»

Eine Faust bohrte sich in Prottengeiers Magen. Immer wieder dieselbe Angst. Zu spät zu kommen. Dinge nicht verhindern zu können. Als junger Polizist hatte er das nicht so stark erlebt, so ausgeprägt. Verantwortlich sein für das Leben von Unbekannten. Das kam erst im Lauf der Jahre. Vielleicht wurde man mit dem Alter angekratzter, nicht abgebrühter.

«Ich weiß, dass Sie die Idee mit dem Kater blöd finden. Aber ich stelle mir immer wieder vor, ich wäre gefangen. Allein mit einem Mörder. Ich denke, wir sollten einfach alles versuchen, um sie zu finden. Rechtzeitig.»

Less brach ab.

Mechanisch kraulte Prottengeier den Kater weiter. Auf dem Bauch verlief das Fell in Wirbeln. Plötzlich hob der Kater beide Vorderpfoten und hielt Prottengeiers Hand fest. Sanft drückten die ausgefahrenen Krallen gegen seine Haut. Erschrocken hörte er mit dem Streicheln auf. Der Kater blinzelte und ließ seine Pfoten sinken.

«Falls sie überhaupt auf dem Gelände versteckt wird», sagte er zu Less.

«Klar. Aber ich habe das Gefühl, dass hier alles zusammenläuft.»

Dasselbe Gefühl hatte er auch. Im Gegensatz zu König, der vor allem das Theater im Visier hatte.

«Was treiben Sie denn heute noch so?», fragte Less.

Wenn er das nur wüsste. Das meiste übernahm ohnehin König mit seinen Leuten.

«Im Wäldchen Elsa treffen», antwortete er.

«Katzen sind nachtaktiv. Ich will mich heute Nacht an Falstaffs Pfoten hängen. Kommen Sie mit?»

Sein erster Impuls war, den Kopf zu schütteln. Aber wie viele Möglichkeiten hatten sie?

Seine Kniegelenke knackten beim Aufstehen. Sofort war auch der Kater auf den Beinen. Wesentlich eleganter als er selbst, wie der Kommissar nicht ohne Neid bemerkte.

Less sah fragend hoch. Prottengeier nickte und wandte sich dem Wäldchen zu.

«Glock zwölf! Zur Geisterstunde. Schuhuhu», rief Less ihm nach. Ohne sich umzudrehen, hob er den Arm.

Dass er Elsa im Wäldchen finden würde, hatte die Krüger ihm gesagt. In diesem Wust aus Andeutungen und Zitaten, in denen Elsa sprach, war die Wahrheit verborgen. Er stellte einfach nicht die richtigen Fragen. Wenn er nur zu ihr durchdringen könnte. Aber eines konnte er: zuhören. Vielleicht fielen ihm dann auch die richtigen Fragen ein.

Er sah sie schon von weitem. Eine große, dünne Gestalt mit wehenden weißen Haaren. Eckig und immer noch mädchenhaft in den Bewegungen. Baute sie schon wieder einen magischen Kreis? Jedenfalls schleppte sie etwas Schweres zu einer dickstämmigen Eiche, ließ es fallen, wandte sich um, ging zurück, bückte sich und schleppte wieder etwas zu dem Baum. Mit dem Eifer einer Irren, eines spielenden Kindes. Ganz versunken in ihre Tätigkeit.

Ein paar Schritte vor ihr blieb er stehen. Sie schichtete Steine aufeinander. Schwere Brocken. Einen wackeligen Steinturm.

Im Wäldchen war es schattig. Der graue Morgen hatte sich in einen sonnigen Nachmittag verwandelt. Nur ein Hauch, eine Andeutung von Herbst, dämpfte sein Strahlen.

Elsa bemerkte ihn nicht. Versunken wuchtete sie die großen Steine aufeinander. Ein einzelner Sonnenstrahl, der durch die dichte Baumkrone brach, fiel genau auf den Steinhaufen.

An ihren dürren Armen sah er die Sehnenstränge, die beim Schleppen hervortraten. Die weißen Haare fielen ihr ins Gesicht. Sie keuchte vor Anstrengung. Mit einem zufriedenen Seufzer ließ sie den schweren Stein auf die anderen fallen, strich sich die Haare zurück und betrachtete kurz ihr Werk.

Kurz schob sich ein anderes Bild vor seine Augen. Ein großer Platz, umrahmt von Menschen mit Fackeln. In der Mitte ein loderndes, großes Feuer, so hell, dass die Äste, um die es tanzte, wie schwarze Gerippe schienen, die knarrend und ächzend das Feuer nährten. Eine große, junge Frau, fast noch ein Mädchen, die ein weißes, fließendes Kleid trug. Ihre langen, blonden Haare leuchteten im Feuerschein, die erstaunlich blauen Augen waren dem Feuer zugewandt. Sie sah nichts. Nicht die stumme Menge, nicht die dunkle Nacht. Nur das Feuer, in das sie mit glücklichem Lächeln einen Blumenkranz warf ... Das Bild verschwand.

Ob es so gewesen war, in den Thingstätten? Was war mit ihr geschehen, dass sie über sechzig Jahre später in einem kleinen Wäldchen Zauberkreise legte und Steintürme errichtete?

«Hallo», sagte er sanft, als sie mit dem nächsten Stein angekeucht kam.

Sie erkannte ihn sofort. «Mein Verehrer.» Sie strahlte.

«Soll ich Ihnen helfen?»

Abwehrend schüttelte sie den Kopf. «Ich muss es allein tun, sonst wirkt es nicht.»

«Wofür ist das denn?»

Sie näherte sich ihm und flüsterte: «Es hält das Böse fern.»

«Das Böse?»

Sie sah ihn mit ernstem Blick an: «Wir brauchen Schutz. Die anderen und ich.» Erklärend fügte sie hinzu: «Ich bin doch Ariel.»

«Sie haben Angst», stellte er fest.

Sie wich einen Schritt zurück und rief laut: *«Die Elemente, die ihr zu Waffen härtet, könnten grad so gut die Winde spießen und die quellenden Gewässer lachhaft voller Löcher stoßen, wie ein Fläumchen mir vom Fittich zupfen. Unverwundbar sind alle meiner Art.»* Abrupt drehte sie sich um und rückte einen Stein auf ihrem Turm zurecht.

Sie hatte Angst. Und er hatte den Fehler gemacht, es zu sehen. «Elsa, Sie wissen etwas», sagte er in ihren Rücken.

Sie drehte sich nicht um.

«Bitte, Elsa. Sie müssen mir erzählen, wovor Sie Angst haben. Und vor allem, vor wem.»

Sie begann zu summen.

«Gisela Mann ist in großer Gefahr. Wieso wussten Sie, dass sie entführt wurde?»

Elsa antwortete nicht.

Diese verdammte Irre. Wenn sie bloß mit ihm reden würde.

Aber genau das schien Elsa nicht vorzuhaben. Als wäre er gar nicht da, zog sie los, um neue Steine zu suchen.

Es hatte keinen Sinn. Irgendwie hatte er sie mit seiner Bemerkung über Angst gekränkt. Verdammt, warum baute sie denn die ganze Zeit ihre blöden Zauberdinger? Idiotisch, hier herumzustehen und einer durchgeknallten Nazihexe beim Steinesammeln zuzusehen.

Wenn er sich nur nicht so hilflos fühlen würde. Nutzlos. König und seine Leute sammelten Informationen. Vielleicht wussten sie schon etwas über einen möglichen Aufenthaltsort. Zumindest würden sie wissen, ob Gisela Mann das Haus mit einem Taxi, der Bahn oder dem Bus überhaupt verlassen hatte.

Er wandte sich um. Dieses verdammte Haus. Diese verdammten Alten. Was passierte hier? Und warum fielen ihm die richtigen Fragen an Elsa nicht ein? Er war sicher, dass er nur die richtigen Fragen stellen musste, um zu ihr vorzudringen. Und damit den Kreis um den Entführer, den Mörder, enger zu ziehen.

25

Ein leichter Wind war aufgekommen. Strich durch die langen Zweige der Trauerweiden, wirbelte nachlässig ein paar erste gelbe Blätter über den Kies und blies mit kräftigem Atem Wolken vor sich her, die noch dunkler waren als der mondlose Nachthimmel.

Prottengeier zog sein Jackett enger zusammen und sah nach oben. Die schönen Sommertage waren schon wieder vorbei.

«English Summer» – die Perlenkette hatte Recht.

«Pscht!», zischte es neben ihm. Entnervt warf er Less einen Blick zu. Bestimmt standen sie sich schon stundenlang die Beine in den Bauch. Aber dieser blöde Kater ließ sich nicht blicken. Von wegen nachtaktiv. Kuschelte sich wahrscheinlich gerade in irgendeinem Bett an irgendeinen der Alten und schnurrte. Und sie schlugen sich die Nacht um die Ohren.

Verstohlen warf er einen Blick auf sein Handgelenk. Mist, die Uhr lag auf dem Nachttisch. Wie lange kauerten sie hier schon im Gebüsch? Was, wenn dieser Kater beschloss, gar nicht aufzutauchen? Das Ganze war eine Schnapsidee. Wenn Schmidthahn ihn sehen könnte. Der würde sich totlachen. Und Petry würde ihn zum Polizeipsychologen schicken. Zu Recht.

Ob Magda schlief? Sie war den ganzen Tag so still gewesen. In sich gekehrt. Als hätte sie sich vor ihm und der Welt abgeschottet. Dieser Kuss ... Quatsch! Nicht daran denken.

«Mir reicht's jetzt, Less.»

«Warten Sie, Herr Prottengeier», flüsterte der Schauspieler beschwörend. «Heribert sagt, der Kater ist ihm öfter nachts begegnet.»

«Haben Sie von Koch etwa erzählt, was Sie vorhaben?»

«Natürlich nicht», gab Less beleidigt zurück und starrte weiter ins Dunkel.

Prottengeier schnaubte.

«Mein Gott, Heribert hat erzählt, dass er schlecht schläft. Dann geht er spazieren. Und trifft Falstaff. Ich denke, er wandelt durch die Allee und lernt Text», zischte der Schauspieler ihm zu.

Von Kochs Textphobie. Noch so eine wilde Theorie. Prädestinierte ihn in Less' Augen zum Mörder. Warum tat er sich das an? Diese ganzen Spekulationen? Eine irrsinniger als die andere? Aber dieser ganze Fall hatte etwas Irrsinniges. Alte Schauspieler, die ein letztes Mal auf die Bühne geholt werden. Und ein Mörder.

Da passte es, dass er hier stand und einem Kater auflauerte. Das Ganze war so verrückt, dass er einen Führer durch den

Unsinn brauchte. Less war Schauspieler. Instinktiv durchschaute er vielleicht einiges. Heribert von Koch. Ein alter Mann, der nachts durch die Gegend geisterte. Von welchen Dämonen getrieben?

Er schüttelte den Kopf. Das Ambiente war verwirrend, lenkte ab, verstellte ihm den Blick. Dieser ganze Fall war wie das Haus. Eine wirre Fassade – und was dahinter? Ein Altenheim. Ganz prosaisch. Er musste neu denken, das Ambiente streichen. Was blieb übrig?

Less griff nach seinem Arm. Prottengeier spürte, wie der Körper des Schauspielers sich anspannte. Vor ihnen im Hof war Falstaff aufgetaucht. Wie aus dem Nichts hatte er sich aus dem Schatten des Hauses gelöst. Gut sichtbar im Licht, das durch die Nachtpforte auf den Kies fiel.

Der Kater stand reglos da. Dann blickte er sich um, drehte nur den Kopf. Prottengeier hatte das Gefühl, als würde er ihn direkt ansehen. Dann wandte er wieder den Kopf, hob ihn zum Himmel, die Ohren fest angelegt, den Hals gestreckt.

Fasziniert sah Prottengeier ihm zu. Dieser gestreckte Körper. Mehr Luchs als harmlose Hauskatze. Etwas Wildes, Unberechenbares. Seine Schwanzspitze zuckte. Der Kater duckte sich. Und huschte plötzlich, so geduckt, über den Hof.

Less kroch vorsichtig aus dem Gebüsch. Winkte ihn zu sich. Leise fluchend kroch Prottengeier ihm nach. Möglichst lautlos folgten sie.

Kinder, die Indianer spielen und schon längst von den Erwachsenen entdeckt sind. Wahrscheinlich beobachtete der Kater sie und grinste. Konnten Katzen grinsen? Dieser Falstaff bestimmt.

Am Ende des Hofes erhoben sich dunkel die leer stehenden Gebäude. Mit ihren brettervernagelten Fenstern, den abbröckelnden Steinen und dem hohen Unkraut wirkten sie noch verlassener als tagsüber. Stumme Überbleibsel einer vergessenen Lebensschlacht. Voll von Geheimnissen, die keiner mehr wissen wollte.

Das Unkraut bewegte sich. Less und Prottengeier erstarrten.

Ein leises Rascheln. Dann Stille. Auf Zehenspitzen schlich Less voran. Er winkte heftig. Prottengeier kam näher.

«Da! Ich hatte Recht», flüsterte er aufgeregt und zeigte ins Dunkel.

Zuerst sah Prottengeier nichts. Dichtes Unkraut vor einer Häuserwand. Er trat noch einen Schritt näher. Eine Handbreit über dem Boden, gut versteckt hinter Disteln und hohen Brennnesseln, war ein Fenster. Unvernagelt, mit zerbrochener Scheibe.

«Da ist er rein», zischte der Schauspieler. «Und da finden wir auch Gisela Mann.»

Prottengeier knurrte. Aber wozu den Enthusiasmus bremsen? Nachsehen mussten sie auf jeden Fall. Er zog seine Ärmel hoch und griff durch das zerbrochene Glas. Der Fensterriegel klemmte ein bisschen, ließ sich aber öffnen.

«Wir bräuchten Licht», flüsterte Less aufgeregt hinter ihm.

Prottengeier zog eine Stablampe aus seiner Hosentasche.

«Schade, ich dachte schon, Sie fänden es erregend, mit mir durch die Nacht zu streifen.»

Es dauerte ein paar Sekunden, bis der Kommissar die Flachserei verstand. Ohne sich weiter um den Schauspieler zu kümmern, schaltete er die Lampe ein und leuchtete in den Raum. Eine bröckelige Decke, Wasserflecken, blinde Neonröhren, die schon vor Jahrzehnten den Geist aufgegeben hatten. Langsam fuhr er mit dem Licht nach unten. Ein tiefer Raum, fast ganz in die Erde eingelassen. Die Wände von schmutzigen, rissigen Kacheln bedeckt. Morsche Bretter lehnten dagegen. Eine Metalltür, die in die Finsternis gähnte. Sonst war der Raum leer.

Prottengeier verstaute die Taschenlampe in seiner Hosentasche und kletterte durch das Fenster.

«Hey, was machen Sie?»

«Nach was sieht es denn aus?», fragte Prottengeier, der schon mit den Füßen im Raum war.

«Da geht es ziemlich tief runter», meinte Less und versuchte, über seine Schulter zu spähen.

«Stimmt. Und es ist dunkel.» Prottengeier schob sich weiter durch das Fenster. Mit einem Ruck stieß er sich ab und hielt sich nur noch mit den Händen an der Fensterbank. Der Rest seines Körpers hing im Nichts. Seine Füße tasteten die Wand ab. Zu glatt. Wie tief es wohl war? Dieser verdammte Kater.

Dann sprang er.

Der Aufprall war alles andere als sanft. Durch seine Fußsohlen schoss brennender Schmerz. Reflexartig rollte er sich ab und stieß mit der Schulter hart auf den Boden. Kurz blieb er liegen, um wieder zu Atem zu kommen.

Vom Fenster ertönte eine dünne Stimme: «Herr Prottengeier? Alles okay?»

Er rappelte sich mit schmerzenden Gelenken hoch und schaltete die Lampe ein. Hoch über ihm schwebte das besorgte Gesicht von Less.

«Ich seh mich mal um», rief er hoch.

«Warten Sie, ich komme mit.»

Ohne Less zu beachten, leuchtete er zur geöffneten Tür. Hinter ihm ein lauter Aufprall.

«Mist, ist das hoch», jammerte der Schauspieler.

Prottengeier ging zur Tür und leuchtete in einen dunklen Gang. Ohne Fenster und ohne hereinfallendes Licht spuckte die Taschenlampe nur noch kleine Lichtkreise aus, die gerade einmal ein paar Zentimeter weit reichten. Die Wände um ihn herum, aus nichts sagendem grauem Beton, waren von Spinnweben und Schmutz überzogen. Vorsichtig tastete er sich an ihnen entlang. Der Boden war nicht eben, sondern hatte eine leichte Steigung. Der Gang wurde breiter und die Decke niedriger. Tatsächlich, es ging nach oben. Less hinter ihm atmete heftig.

Plötzlich standen sie vor einer Tür, einer Art Tor. Zwei Meter hoch und genauso breit, schätzte er. Morsche Holzbalken, verwittert und löchrig, durch die das Nachtlicht drang. Von einem Querbalken versperrt.

Ohne sich abzusprechen, hoben die beiden Männer den Balken aus der Halterung. Ein kurzes Zerren an dem verzogenen Holz, und das Tor öffnete sich. Vor ihnen lag ein breiter, unkrautüberwucherter Weg, und dahinter dehnten sich Felder, über die der Nachtwind strich. Offensichtlich waren sie auf der Rückseite des Gebäudekomplexes gelandet.

«Die sportlichen Einlagen hätten wir uns sparen können», stöhnte Less. «Einfach hintenrum gehen.»

Ein leichtes Rascheln im Unkraut. Falstaff stand vor ihnen. Und schien zu grinsen. Das verflixte Vieh wirkte aufreizend freundlich. War wahrscheinlich stolz, den dicken Zweibeiner gehetzt zu haben.

Aus den Augenwinkeln sah er es. Noch eine Bewegung, stärker. Lauteres Rascheln. Mit einem Handgriff zog er Less in den Schatten des Tores zurück.

Mit angehaltenem Atem pressten sie sich an das morsche Holz, während sich verstohlene Schritte näherten. Eine Gestalt im Umhang. Prottengeier spürte seinen Puls schneller schlagen. Der Kapuzenmann. Näher und näher. Na, komm schon!

Die Schritte wurden langsamer, stockten. Hatte er sie bemerkt? Wieder Rascheln ...

Mit einem Satz sprang Prottengeier aus der Deckung. Sah eine große Gestalt, die sich hastig drehte. Ein Sprung. Er fühlte Stoff, Widerstand, der schwankte und fiel.

Mit hartem Griff hielt er die Gestalt am Boden. Sah weißes Haar, angstvoll aufgerissene Augen und ließ los.

«Sind Sie verrückt?», keuchte es vom Boden.

«Was machen Sie hier?», herrschte der Kommissar ihn an.

«Heribert. Ich hab's doch gewusst!», triumphierte Less.

Von Koch, der sich mühsam hochrappelte, sah irritiert zu ihm hin. «Sie natürlich», schnauzte er.

«Ich habe von Anfang an gewusst, dass Sie der Mörder sind», schleuderte ihm der junge Schauspieler entgegen.

Der Alte stutzte. Runzelte die Stirn. Und dann schien er langsam zu begreifen. Aber er sah weder ertappt noch schuldbewusst aus. Mit großer Geste schlang er seinen langen Mantel um sich, ignorierte Less völlig und wandte sich an den Kommissar: «Ich bin ein Teil des Suchtrupps.»

«Suchtrupp?»

«Wir suchen Gisela. Iris Mallak hat uns natürlich über die Entführung informiert. Wir sind der Überzeugung, dass Gisela das Gelände nie verlassen hat. Also durchsuchen wir alles. Nachts, damit der Entführer keinen Verdacht schöpft. Wenn wir sie nicht finden, geben wir morgen von uns aus der Presse Bescheid, dass der *Sturm* platzt.»

Das durfte nicht wahr sein. Nicht nur, dass er mit diesem Spinner Less einem übergewichtigen Kater nachhetzte. Die verrückten Alten waren auch auf der Jagd. Das Ganze war eine Farce. Wenn er Schneider davon erzählte, würde er sich totlachen. Was König sagen würde, wollte er sich gar nicht erst vorstellen.

«Und da ich wusste, dass Sie ebenfalls das Gelände absuchen ...»

«Woher wussten Sie das?», unterbrach Less den Alten.

Der wandte sich ihm höhnisch zu: «Mein lieber Junge, Sie können ganz gut schmeicheln. Aber um mich zu verscheißern, müssen Sie noch einiges lernen. Vögel beobachten. Pah!» Verächtlich schnaubte er durch die Nase.

In der Dunkelheit konnte Prottengeier nicht sehen, ob Less wenigstens den Anstand hatte zu erröten.

«Wir sind alt, aber nicht verblödet», fuhr er unbarmherzig fort. «Und sehr gut in der Lage, uns selbst um unsere Angelegenheiten zu kümmern. Gisela Mann ist unsere Angelegenheit. Wir ...»

Ein greller Pfiff zerschnitt die Nacht. Prottengeier und Less fuhren herum. Von Koch lauschte unbeweglich ins Dunkel. «Sie haben sie gefunden», meinte er tonlos. «Das war das Zeichen.»

«Wen haben Sie gefunden?», fragte Less.

Prottengeier hätte ihn am liebsten geschlagen. Ihm war kalt.

«Der Pfiff kam von Schmidt-Urke. Kommen Sie.»

Sie waren eine seltsame Prozession. Vorneweg der hoch aufgerichtete von Koch, wie ein General, der in die Schlacht zog. Dann der bullige Kommissar, dessen Anzug mit all dem Dreck und den Spinnweben auch nicht schöner wurde. Dicht hinter ihm zockelte unbeirrt der Kater und als Schlusslicht Less, im schwarzen Rolli und mit schwarzer Hose wie James Bond persönlich.

Als Erstes stießen Hännsen und Egon Hertz zu ihnen. Als sie Prottengeier und Less in von Kochs Gefolge sahen, stutzten sie, schlossen sich aber ohne Kommentar an.

Aus einem anderen Gebäude stieß eine unförmige Gestalt

zu ihnen. Iris Mallak in einem braunen Overall, die Hängebacken vor Aufregung zitternd. Als sie Prottengeier erkannte, nickte sie nervös.

Vor dem letzten Haus der Reihe warteten zwei stumme Gestalten in der Nacht. An ein offenes Tor gelehnt, erkannte Prottengeier die zarte Schmidt-Urke. Neben ihr der knittrige Kuhn, der fürsorglich einen Arm um sie gelegt hatte. Beide standen merkwürdig still.

Als die Gruppe sie erreicht hatte, deutete die alte Frau auf das Gebäude: «Sie ist da drin.»

Die Alten und Less stürzten in den Gang. Prottengeier wandte sich zu Frau Schmidt-Urke. Ihr Gesicht war bleich, und die tiefen Falten warfen scharfe Schatten. Mit unendlich traurigen Augen sah sie zu dem Kommissar hoch.

«Sie ist ...» Ihre Augen schwammen.

Prottengeier nickte und ging an ihr vorbei. Der Gang war ähnlich wie im ersten Haus. Eine Rampe, die nach unten führte. Am Ende ein Raum, aus dem Licht drang. Prottengeier verlangsamte seine Schritte. Er wusste, was ihn erwartete. Zögernd trat er durch die Tür.

Der Suchtrupp war gut ausgerüstet. Jeder hatte eine Taschenlampe dabei. Und jede dieser Lampen war in eine Ecke des Zimmers gerichtet.

In diesem Lichtkegel lag sie. Auf einem aufgeklappten, schmalen Bett. Ein zum Nachttisch umfunktionierter schäbiger Holzstuhl. Eine Glaskaraffe mit Wasser, ein Glas, ein Plastikteller mit einem angebissenen Brötchen. Unter dem Bett ein Nachttopf, ein aufgeklappter Koffer.

All das registrierte er in einer Sekunde.

Vorsichtig schob er sich durch den Pulk der Alten, die am Eingang stehen geblieben waren und tapfer mit ihren Lampen die Szenerie beleuchteten.

Und da war er, sein alter Feind. Der Geruch nach Exkrementen und salzigem Schweiß. Der Geruch des Todes. Kurz legte er sich wie eine staubige, süßliche Decke über ihn, kroch in seine Nase, drang in seine Poren. Dann war es vorbei.

Ihr Gesicht sah nicht friedlich oder angstverzerrt aus, sondern einfach tot. Wie viele dieser toten Gesichter hatte er schon gesehen? Wie viele dieser stummen Körper? Und mit jedem neuen Körper, den er so fand, wurde es sinnloser. Die Jagd. Der Kampf. Wenn sie früher gekommen wären. Wenn er versucht hätte, König zu zwingen, sofort das Gelände zu durchsuchen. Wenn. Immer wieder Wenn.

Zitternd näherten sich die Lichtkegel. Die Alten waren hinter ihn getreten.

Er griff nach ihrem Arm, suchte den Puls. Obwohl er genau wusste, wie sinnlos das war. Der Arm fühlte sich an wie trockenes Holz. Der Tod hatte die Spuren des Alters nicht verwischt, sondern ließ sie unter den kunstvoll blondierten Haaren schärfer hervortreten.

Jemand schluchzte. Hinter ihm eine schnelle Bewegung.

Er drehte sich um und sah Less aus dem Raum stürzen. Die Alten umringten ihn. Unbeweglich, steinern, sahen sie auf das Bett. Auf ihre tote Kollegin.

• 26 •

Sie waren alle da. Drängten sich in dem kleinen Zimmer, belagerten alle Stühle. Hännsen, der Sportlichste unter den Alten, hatte sich sogar auf die Kommode geschwungen. Iris Mallaks Boxergesicht hing in traurigen Falten. Mit rot geweinten Augen und einem zerknüllten Taschentuch in den Händen hockte sie auf einem Stuhl dicht bei der Tür. Neben ihr Frau Schmidt-Urke, die rechte Hand am eleganten Stock, die linke tröstend auf Iris' dickem Knie. Der kleine Kuhn erhob sich bei seinem Eintritt halb vom Stuhl und grüßte stumm und kummervoll. Von Koch, in einen winzigen Sessel gezwängt, starrte nur vor sich hin. Sogar Egon Hertz, grau wie die Wand, vor der er saß, war gekommen. Sie umlagerten Magda, die verloren neben Less auf dem Bett kauerte.

Als sie Prottengeier bemerkten, verstummte das Gemurmel. Magda sah auf.

Am liebsten wäre er zu ihr gegangen. Hätte sie in die Arme genommen, sie beschützt, sie gedrückt, bis der Schmerz leichter wurde. Aber seit gestern Nacht, seit sie blass und abwesend dem abfahrenden Krankenwagen nachgeschaut hatte, war er keine Sekunde mit ihr allein gewesen.

Ob die Alten schon die ganze Nacht bei ihr saßen? Less mit Sicherheit. Übermüdet hockte er in seinen schwarzen Tarnklamotten von gestern auf dem Bett. Seine Lippen waren zerbissen, sein asketisches Mönchsgesicht angespannt.

Armer Kerl. Schon als er das erste Mal den Kontakt zu ihm, dem Kommissar, suchte, hatte er genau das verhindern wollen. Voll Hoffnung. Aber hätte irgendjemand diesen Morgen verhindern können? Diese stumme Gemeinschaft? Den Tod?

Prottengeier lehnte sich an die Zimmertür.

«Und?», fragte Hännsen von seiner Kommode. Müde sah Prottengeier zu ihm hinüber. Was sollte er erzählen vom Rest der Nacht? Die Spurensicherung hatte nichts gefunden. Absolut nichts. Schneider war wütend. Auf König, auf die Alten, auf Prottengeier, auf sich selber. Er würde sich in diesen Fall hineinbeißen. Keine Ruhe geben. Aber wie viele Chancen hatte er? Vielleicht konnte er sogar die Staatsanwaltschaft überzeugen, die anderen drei Toten obduzieren zu lassen.

«Ist ...», Iris Mallak schluckte. «Ist sie schwer gestorben?»

«Bitte, Iris!», wies Frau Schmidt-Urke sie zurecht und machte eine Kopfbewegung zu Magda.

«Ich will es wissen», kam es leise vom Bett.

Wie sie so dasaß. In etwas Graues gehüllt, das sie noch blasser erscheinen ließ. Klein und zusammengesunken. Eine traurige, nicht mehr junge Frau mit erloschenen Augen.

«Der Arzt meint, Kreislaufversagen. Das ist kein schlimmer Tod. Man wird ohnmächtig.»

«Und vorher?»

Mein Gott, warum wollte sie das wissen? Aber alle wollten es wissen.

«Sie war die meiste Zeit betäubt, vermutet der Gerichtsmediziner. Aber Genaueres weiß er erst nach der Obduktion. Sie hat nicht viel gemerkt. Sie war in einem Dämmerzustand.»

Sie glaubte ihm. Vorerst zumindest. Sie wollte ihm glauben.

«Ich bin schuld», schniefte Iris Mallak und presste ihr Taschentuch gegen die Augen. «Ich habe sie überredet, den Ariel zu spielen. Sie wollte gar nicht ...»

«Wer will schon?», knöterte von Koch aus seiner Ecke. «Kommen Sie, Mallak, nicht so wehleidig. Schuld ist der Mörder, oder?» Auffordernd sah er Prottengeier an.

«Werden Sie ihn fassen?», fragte Frau Schmidt-Urke.

Stumm sah Prottengeier zu ihr hinunter. Würden sie? Es gab keine Spuren, keinen Hinweis. Noch nicht einmal das Motiv war klar.

«Die Kollegen werden alles tun», sagte er schließlich. Und konnte selber hören, wie vage das klang. Die alte Frau sah ihn skeptisch an.

«Der Spuk ist jedenfalls vorbei», raunzte von Koch befriedigt. «Kein Ariel – kein *Sturm* – kein Mord.»

«Aber wir haben einen Ariel. Elsa.» Frau Schmidt-Urke setzte sich aufrecht.

Heribert von Koch sah sie an, als wäre sie übergeschnappt. Iris Mallak hörte abrupt auf, ihr Taschentuch voll zu schniefen. Egon Hertz' Konturen schienen vollends mit der Wand zu verschmelzen, und sogar der alte Kuhn sah sie an, als hätte sich seine Freundin vor seinen Augen in einen Alien verwandelt. Nur Hännsen, der mit baumelnden Beinen auf der Kommode saß, blickte plötzlich wach und interessiert.

«Sie wollen den *Sturm* weiterproben?», fragte Less die zierliche, alte Frau mit aufgerissenen Augen. Nur Magda hatte den Kopf gesenkt, als ginge sie das Ganze nichts mehr an.

«Sollen wir uns von einem Mörder und Erpresser unser Leben diktieren lassen? Wenn wir jetzt aufhören, hat er gewonnen. Dann sind wir nichts anderes als ein Häufchen seniler Tattergreise, die sich seinem Willen beugen.» Frau Schmidt-Urke blitzte in die Runde.

Prottengeier kniff die Augen zusammen. Die Alte hatte Mumm. Saß da, schmal wie ein zerknittertes Vögelchen, und hielt Kampfreden.

«Und noch etwas, meine Lieben.» Ganz kurz presste Frau Schmidt-Urke ihre Lippen zusammen und streifte Prottengeier mit einem Blick. «Nehmen wir an, wir geben auf. Nehmen wir weiter an, der Mörder ist zufrieden. Rührt sich nicht mehr. Die Polizei findet ihn nicht. Was dann? Was, wenn ihn wieder etwas stört? Wen ermordet er dann?»

«Jedenfalls keinen von uns», warf von Koch ein.

Frau Schmidt-Urke fuhr zu ihm herum. «Sind Sie da sicher? Woher wollen Sie wissen, dass die Morde nichts mit uns zu tun haben?»

Es war still in dem kleinen Raum. Die alten Schauspieler sahen einander an.

«Lahme Hunde seid ihr alle, wenn ihr das Herz nicht habt, etwas Großes zu wagen», schmetterte die alte Frau in die Stille.

«Spiegelberg. *Die Räuber.* Schiller», gab Kuhn zurück.

«Was soll denn jetzt dieses Scheiß-Zitate-Raten?», wollte von Koch wissen und starrte missmutig in die Runde.

«Von Koch, Sie sind ein Trottel», schoss Iris Mallak zurück. Sie schob den Kopf kriegerisch nach vorn und musterte den Alten: «Das bedeutet, dass wir weitermachen. Wir proben den *Sturm.*»

Von Koch öffnete den Mund, schloss ihn aber gleich wieder, als Hännsen von der Kommode sprang und sagte: «Elsa ist der fünfte Ariel. Wenn wir weitermachen, ist sie die Nächste.»

«Mit Elsa geht es natürlich nicht», sagte Frau Schmidt-Urke entschieden.

Plötzlich wurde es Prottengeier warm. Eine Idee schoss ihm durch den Kopf. Ginge das? Völlig außerhalb aller Polizeiroutine?

Frau Schmidt-Urke stützte sich schwer auf ihren Stock und stand auf. Sie ging zu Prottengeier und lächelte verbindlich: «Übrigens, Herr Prottengeier. Unser Hännsen hier war früher Kascheur. Einer der Besten!»

Hännsen streckte seine rechte Hand aus und spreizte die Finger. Er hatte lange, feingliedrige Finger mit dicken Gichtknoten an den Gelenken. Probeweise ballte er sie zur Faust und streckte sie gleich wieder. Immer noch mit Blick auf seine Hand sagte er beiläufig: «Ein Kascheur ist zuständig für die Täuschungen, verstehen Sie? Masken, Trompe-l'Œil und so weiter. Ich kann aus Holz Marmor machen, aus einem kleinen Bühnenkasten einen weitläufigen Palast. Und natürlich aus jedem Menschen einen anderen.»

Die beiden Alten sahen zu ihm hoch. Frau Schmidt-Urke reichte ihm gerade einmal bis zur Brust. Hännsen bis zur

Schulter. Aber in ihren Augen war ein entschlossenes Funkeln.

«Wir brauchen natürlich einen guten Köder», sagte sie nachdenklich.

Unwillkürlich sah Prottengeier zum Bett. Magda hatte immer noch den Kopf gesenkt und horchte in sich hinein. Aber Less sah aufmerksam zu ihnen. Hännsen hatte seine wimpernlosen Augen fest zusammengekniffen und taxierte den jungen Schauspieler. Nach einer Weile nickte er und meinte: «Das könnte gehen.»

«Was zum Teufel habt ihr vor?», fragte Less alarmiert.

• 27 •

Da ist sie. Dieses widerliche, alte Weib. Schleppt Steine für ihre Kreise. Was baut sie? Ein Mäuerchen? Kein Schutzwall wird dich schützen.

Wie sie heute Morgen in der Zeitung posiert haben. «Die alten Schauspieler spielen weiter!» In Fettdruck auf der zweiten Seite. All diese bösartigen Alten, die verlogen dem Fotografen zulächeln. Niemand sieht die Heimtücke in den verkniffenen Augen. Die verlogenen Münder mit den falschen Zähnen. Weiß schimmernde Köpfe, selbstgefällig und eitel. Niemand riecht den Gestank nach Verwesung, den sie an sich tragen. Gestank nach Grab, nach feuchter Erde, nach Schimmel.

Sogar ein Bild von ihr allein. Dem fünften Ariel. Ein leerer, irrer Blick. Da ist nichts in dem Schädel. Ein schwarzes Loch. Wie das Loch, in dem sie bald liegen wird. Im Loch, Schätzchen. Mit all deinem irren Gebrabbel.

Die Zeitung, ein Schlag in den Magen. Der ganze Artikel.

Voll Anerkennung für die «mutigen Alten». Drängen alles weg, sind nicht zu bändigen, nicht zu besiegen. Mit kalten Fingern greifen sie nach den Lebenden, zerstören alles. Denen ist es egal, wenn sie alles an sich reißen, sich aufblähen, bis man keine Luft zum Atmen mehr hat.

Der fünfte Ariel. Lange, glitschige Regenwürmer. Man spaltet sie, und beide Teile kriechen in verschiedene Richtungen, wachsen nach. Unbesiegbar, immer mehr und mehr. Mit schleimiger Haut und ohne Augen, blind in der Erde. Nicht mehr lange. Irgendwann seid ihr erschöpft. Einen sechsten Ariel wird es nicht mehr geben.

Alles dabei? Den Äther, die Spritze. Sie haben das Versteck gefunden. Auch egal. Man kann es gleich hier erledigen. Im Wäldchen. Das Haus ist ruhig. Sie liegen in ihren Betten und ruhen sich aus, erholen die schlaffen Körper, schonen die Klauen, um wieder zuschlagen zu können.

Außer Elsa. Wie eine Ameise schleppt sie ihre nutzlosen Steine. Die Haare wirr im Gesicht. Trockene Zotteln. Der Körper zieht alle Farbe in sich, speichert sie als Kraft. Dieser dürre Körper, eigentlich schon längst ein Skelett. Knotige Beine in braunen Strümpfen.

Sie singt gar nicht. Sonst hört man doch immer diesen nervigen Singsang. Kinderlieder, die irgendwo in der Leere hängen geblieben sind.

Sie bleibt stehen. Wischt sich mit eckigen Bewegungen den Schweiß von der Stirn. Erschöpft, das ist gut. Beim Steineschleppen gestorben. Kein Wunder, in ihrem Alter. Sie wird sich nicht wehren. Keine hat sich gewehrt. Das Haus ist ruhig. Keiner unterwegs?

So, mein Vögelchen. Jetzt ist es so weit. Einfach hingehen. Ganz selbstverständlich. Wie immer.

«Hallo, Elsa.»

Wieso dreht sie sich nicht um?

«Ein schöner Kreis diesmal.»

Näher heran. So nah, dass der Ätherlappen sofort auf das Gesicht trifft. Elsa ist groß. Und dann die Spritze in den knorrigen Arm.

«Bleib doch stehen, Elsa.» Bleib stehen, du widerliche Hexe.

Wieso kommt sie nicht näher? Wenn ich das Gesicht sehen könnte. Aber die Haare hängen darüber. Schlampig, die rutschenden braunen Strümpfe, das Fähnchen von Kleid. Voller Flecken.

«Du hast doch keine Angst vor mir? Ich bin nicht die Hexe Sycorax. Komm her, Elsa, komm. Ich will dir nur die Haare kämmen. Wir machen Elsa schön.»

Wie sie zittert, die Schlampe. Ein Tier, das Gefahr wittert. Ganz langsam auf sie zugehen. Nicht erschrecken, das Vögelchen. Ja, kauer dich zusammen. Auf den Boden. Sehr schön, dann fällst du nicht so tief.

«Elsa, keine Angst. Sieh mal, ich will dich doch schön machen.»

Die Stimme senken, tief und ruhig. Das beruhigt sie. Von hinten an sie heran.

Ganz langsam in die Knie ... Der Lappen ... Und ... Nein. Nicht Elsa. Das ist nicht Elsa ... Der Körper. Muskulös. Jung.

Ein Mann!

Harte Hände packen sie und reißen sie nach oben.

• 28 •

«Du hast was?»

Prottengeier rieb sich müde die Augen. «Less war der Lockvogel. Hännsen hat ihn geschminkt und diese lange Perücke besorgt. Frau Schmidt-Urke hat ihm beigebracht, sich wie Elsa zu bewegen ...»

«Moment mal.» Schneider hob abwehrend die Hand. «Du hast dem Mörder eine Falle gestellt?»

Prottengeier nickte. Nur nicht daran denken, wie knapp es gewesen war. Wie ein Albtraum liefen die Bilder vor ihm ab. Die lockende Stimme. Less, der weisungsgemäß das Gesicht abwandte. Aus der Nähe waren Hännsens Kascheurkünsten Grenzen gesetzt. Dann der schnelle Griff mit dem Ätherlappen und das plötzliche Loslassen, als sie merkte, dass sie keine alte Frau umklammert hielt. Aber so weit hätte es gar nicht kommen dürfen ...

«Du hast ohne mein Wissen eine Zivilperson als Lockvogel benutzt?»

«Er ist Schauspieler, Dirk. Einer von unseren Leuten hätte das nicht geschafft.»

Schneider schnappte nach Luft.

Wie sollte er es ihm erklären? Less, der unverdrossen geübt hatte. Die eckigen Armbewegungen, den unregelmäßigen, hüpfenden Gang. Die letzten zwei Tage während der *Sturm*-Proben, wenn Elsa auf der Bühne war, hatten die beiden im Zuschauerraum gesessen. Schmidt-Urke und Less. Die Alte hatte einen guten Blick. Hatte Less auf alle Absonderlichkeiten in Elsas Bewegungsablauf hingewiesen. Mit ihm vor dem großen Spiegel im Ballettsaal geübt.

«Im Heim ist Less in Elsas Rolle geschlüpft, hat Steine geschleppt, in Elsas Bett geschlafen. Niemand hat es gemerkt.

Die Alten waren natürlich eingeweiht. Less war, aus ein bisschen Abstand, das perfekte Double.»

Schneiders Gesicht wechselte die Farbe. «Du hast eine zivile Person in Lebensgefahr gebracht. Dein Lockvogel hätte draufgehen können.»

Prottengeier blieb stumm. Was hätte er sagen sollen? Dass er immer in der Nähe gewesen war? Dass niemals eine echte Gefahr bestanden hatte? Er wusste, dass das nicht stimmte. Und er hatte es trotzdem getan.

Schneider stand hinter seinem Schreibtisch auf. «Warum hast du uns nicht eingeweiht?»

Was sollte er darauf groß antworten? Dass Schneider sich niemals darauf eingelassen hätte? Er schluckte. «Wir haben den Mörder, Dirk. Im Nebenzimmer.»

Schneider blitzte ihn an. «Super, Prottengeier. Willst du jetzt 'nen Orden? Der große Prottengeier hat im Alleingang den Mörder gestellt? Ohne seine dämlichen Kollegen. Die haben nämlich noch so was wie Verantwortungsgefühl. Was, wenn dem Burschen was passiert wäre? Aber dir ist das ja scheißegal.»

Wie ein Eimer schmutziges Putzwasser schwappten Schneiders Vorwürfe über ihn.

«Und? Wer?», schnauzte sein Kollege ihn an.

Prottengeier schloss kurz die Augen. Schneider begann, mit seinen Fingern auf den Schreibtisch zu trommeln.

«Deine Cousine. Ingrid Haller», sagte Prottengeier leise.

Das Trommeln verstummte. Der Mann ihm gegenüber versteinerte. Das Lausbubengesicht wurde alt.

«Wir haben sie auf frischer Tat ertappt, Dirk. Sie hatte Less den Äther schon aufs Gesicht gedrückt. In der Schürze hatte sie eine Spritze. Insulin. Hat sie wahrscheinlich auch bei den anderen dreien benutzt. Ich habe alles sichergestellt.»

Schneider schwieg. Prottengeier konnte ihn nicht mehr ansehen. Ratlos betrachtete er die Dienstpläne, die hinter dem Schreibtisch hingen. Den gepflegten Ficus in der Zimmerecke. Das war der Moment, vor dem er sich gefürchtet hatte. Ob Dirk den Ficus selbst goss? In seiner Wohnung waren keine Pflanzen. Jedenfalls hatte er keine bemerkt. Wenn er nur etwas sagen würde.

Vorsichtig sah er zu ihm hin.

Schneider starrte auf einen Punkt irgendwo hinter Prottengeiers Rücken. Er hielt mit beiden Händen die Stuhllehnen umklammert. Die Sehnen waren hervorgetreten.

Irgendetwas musste er sagen. «Privilegierte Mörder, Dirk. Pflegepersonal, Ärzte. All diejenigen, die Tag für Tag mit den Alten zu tun haben.» Er biss sich auf die Lippen. Was faselte er da?

«Warum?», kam es leise von dem Mann hinter dem Schreibtisch.

Prottengeier musterte wieder die Dienstpläne. Warum? Warum waren Menschen so verzweifelt, dass sie keinen Ausweg mehr sahen? Außer zu töten?

«Ich weiß es nicht. Da gibt es viele Theorien. Altenpfleger brauchen Distanz zu ihren Pfleglingen. Sie dürfen sich nicht vom Mitleid unterkriegen lassen. Vielleicht wird bei manchen diese Distanz immer größer. Bis die Alten eigentlich gar keine Menschen mehr sind. Der Job ist anstrengend, die Alten sind fordernd wie Kinder. Zu viel Inanspruchnahme wandelt sich in Aggression ...»

Er brach ab. Alles Theorie, Geschwafel. Der Versuch, etwas zu rationalisieren, was unfassbar war. Welche Bilder zogen durch Schneiders Kopf? Sah er Ingrid als kleines Mädchen beim Ballspielen vor sich? Als Teenager in der Schule? Als junge, verliebte Frau? Mit ihren Söhnen auf dem Arm?

Er musste geahnt haben, dass mit seiner Cousine etwas nicht in Ordnung war. Sonst hätte er ihn nicht gebeten, sie in Ruhe zu lassen. Aber das?

Mechanisch schüttelte sein Kollege den Kopf: «Nicht Ingrid.»

«Vielleicht ...» Prottengeier brach ab. «Vielleicht sollte ein anderer die Vernehmung ...»

Mit einem Ruck sprang Schneider auf. «Sicher, sicher. König kennt ja den Fall ... ich organisier das.»

Mit schnellen Schritten ging er zur Tür, öffnete sie und blieb abrupt stehen. Er drehte sich zu Prottengeier um und sagte, ohne ihn anzusehen: «Ich bitte König, dass du dabei sein kannst. Die Kollegen ...» Unsicher brach er ab, um dann schnell fortzufahren: «Sie würden mich bestimmt schonen wollen. Du tust das nicht.»

Prottengeier zuckte zusammen.

Schneider wandte sich ab und verließ fluchtartig den Raum. Prottengeier sah ihm nach. Müde stützte er seine Ellbogen auf den Schreibtisch und legte sein Gesicht in die Hände. Sein Körper war mit Blei ausgegossen, so schwer fühlte er sich an. Das Ende der Jagd.

Vielleicht hatte Schneider Recht. Vielleicht hätte er die Falle nicht stellen dürfen. Aber sie hatten die Mörderin. Schneider hätte ihn nur ausgelacht. Hätte, wäre, immer dasselbe. Die Falle hatte funktioniert. Elsas Hexe Sycorax hatte sich darin verfangen.

Mit einem Ruck setzte er sich aufrecht hin. Das war es! Die Frage, die ihm nicht eingefallen war. Er sah den Nachmittag im Wäldchen vor sich, den zerstörten Zauberkreis. Was hatte Elsa gesagt? «Die Hexe hat Ariel geholt.» Mein Gott. Er hätte einfach nur fragen müssen: Wer ist die Hexe? Sie hätte auf Ingrid Haller gedeutet, und die ganze Lockvogelgeschichte wäre nicht nötig gewesen. Vielleicht hätten sie Gisela Mann noch rechtzeitig gefunden. Wenn er nicht so dämlich gewesen wäre. Nur eine Frage! Die entscheidende Frage. Und er hatte sie nicht gestellt.

Aber hätte er Elsa geglaubt?

Hätte, wäre, würde.

Er schüttelte den Kopf. Sein Nacken schmerzte. Hinter ihm trat König ins Zimmer.

• 29 •

Das Vernehmungszimmer war wie alle Vernehmungszimmer. Klein, eng, schäbig. Die kahlen Wände, die Plastikstühle und der glatte Resopaltisch hatten all die Angst, die Verzweiflung, die Tränen, die dieser Raum schon gesehen hatte, absorbiert.

Das Ende der Jagd. Nie triumphierend oder glorreich. Immer quälende Gespräche in traurigen kleinen Zimmern. Wieder fühlte Prottengeier das Blei in allen Gliedern. Er zwang sich, die Frau, die ihnen gegenübersaß, anzusehen.

Ein merkwürdig ruhiges Gesicht. Die hohen Wangenknochen saßen nur millimeterdünn unter der Haut. Die Nase zog sich wie ein scharfer Strich durch das Gesicht mit den tief liegenden Augen, die von dunklen Schatten umrahmt waren. Ein leerer Blick. Gleichgültig? Abweisend?

«Sie sind über Ihre Rechte belehrt, Sie wissen, dass dieses Gespräch mitgeschnitten wird.»

Königs Stimme klang freundlich, geduldig. Prottengeier entspannte sich ein bisschen. König war ein guter Mann.

«Fragen Sie schon», sagte sie mit rauer Stimme.

«Heute Nachmittag um 15 Uhr 30 wurden Sie von Hauptkommissar Prottengeier überwältigt, als Sie versuchten, den Schauspieler Peter Less mit Äther zu betäuben. In der Tasche Ihrer Kleidung wurde eine Insulinspritze gefunden ...»

«Für Elsa», unterbrach sie.

«Sie geben also zu, dass Sie, in der Annahme, die angegriffene Person sei Frau Elsa Winter, die Spritze bei sich trugen, um sie ihr zu verabreichen?»

Ingrid Haller presste die Lippen zusammen und nickte.

«Frau Haller, würden Sie bitte mit ja oder nein antworten?», fuhr König gleich bleibend freundlich fort.

«Ja doch», presste sie hervor.

Ob sie wusste, was sie da tat? Vorsätzliche Tötungsabsicht.

«Vielleicht sollten Sie doch einen Anwalt zuziehen», mischte sich Prottengeier ein. Er spürte mehr, als er sah, dass König neben ihm sich unwillig anspannte. Das war Königs Verhör. Nicht einmischen.

Langsam drehte sie ihm ihr Gesicht zu. Etwas wie Leben kam in ihre erloschenen Augen. Er sah, dass ihr Unterkiefer ganz leicht zitterte. So ungerührt wie auf den ersten Blick war sie nicht.

Sie sagte hastig, fast ein bisschen jammernd: «Ich wollte doch dem jungen Mann nichts tun. Wirklich nicht. Ich würde niemals ... Aber er sah aus wie Elsa. Als ich ihn festhielt, hab ich erst gemerkt ... ich würde doch so einem jungen Mann nichts tun. Ich bin doch kein ...»

Was war sie nicht? Kein Mörder?

König beugte sich vor. «Aber Elsa Winter wollten Sie etwas antun?»

«Die ist doch sowieso schon so gut wie tot.» Herablassend winkte sie ab. «Dauernd ist die um mich herumgeschlichen, dieses Miststück. Als ich Gisela Mann ins Versteck gebracht habe ...»

«Wie war das, Frau Haller? Sie haben Frau Mann mitten am Tag entführt?»

Die Frau vor ihnen machte wieder eine wegwerfende Handbewegung. «Niemand denkt sich etwas, wenn eine Schwester eine Patientin im Rollstuhl über den Hof fährt. Sie war betäubt, hat sich nicht gemuckst. Nur Elsa musste mir hinterherlaufen. Und dann dieses ewige Hexe-Sycorax-Geplappere. Die ist doch eh schon hinüber.»

König neben ihm räusperte sich leicht. Prottengeier spürte ein leises Ziehen im Magen. Das war ihnen allen gemeinsam. Sie hörten einfach auf, ihre Opfer als Menschen zu sehen. Mit leichtem Widerwillen betrachtete er die Frau. Ihre Augen waren nicht mehr traurig, sondern harte, glänzende Marmorkugeln.

«Und Gisela Mann? War die auch schon so gut wie tot?»

Irrte er sich, oder war Königs Stimme härter geworden?

«Sie hat sich voll gepisst», sagte die Frau mit herabgezogenen Mundwinkeln. «Immer die feine Dame, und dann pisst sie sich voll.»

Das Ziehen wurde stärker. Stieg höher. Gisela Mann in diesem schmutzigen Kachelraum. Er sah sie vor sich, mit ihren blondierten Haaren und den sorgfältig lackierten rosa Fingernägeln. Wie sie sich vor Angst in die Hose machte. Magda durfte das nie erfahren.

«Dass ich den jungen Mann niedergeschlagen habe, tut mir Leid», stieß sie unvermittelt hervor.

Prottengeier nickte. Natürlich, sie war es gewesen, die Less in der Nachtpforte getroffen hatte. Ihr war er über den dunklen Hof nachgelaufen. Die Gestalt mit der Kapuze.

«Ich musste doch die Alte ruhig halten. Zweimal am Tag hab ich ihr Wasser und Medikamente gebracht. Und ausgerechnet da steht der junge Mann in der Pforte.»

Sie war als Letzte in die Pforte gekommen. Er hatte geglaubt, dass sie heimlich irgendwo getrunken hatte. In Wirklichkeit war sie bei Gisela Mann gewesen und hatte ihr Betäubungsmittel eingeflößt.

«Sie sollte nicht sterben. Ich kann nichts dafür, wenn die nicht durchhält.»

«Was ist mit den anderen dreien? Frau Desch-Kallenberg? Katharina Hoss? Elisabeth Braun?», fragte König weiter.

Die toten Ariels. Gespannt betrachtete Prottengeier ihr Gesicht. Wieder hatte sie die Lippen fest zusammengepresst. Fast hochmütig sah sie an König vorbei und schwieg.

Prottengeier war sich sicher, dass sie zu den dreien nichts sagen würde. Geständig ja, aber nur da, wo sie es ihr nachweisen konnten.

König ließ ihr Zeit. Er wartete ab. Aber sie schwieg. Nach einer Weile sagte er sanft: «Frau Haller, den tätlichen Angriff auf Peter Less können Sie nicht abstreiten. Die Tötungsabsicht im Fall Elsa Winter haben Sie zugegeben. Ebenso die Entführung und Ermordung von Gisela Mann ...»

«Die ist von selber gestorben», unterbrach ihn Ingrid Haller unwillig. «Die ist zu früh gestorben.»

«Die Autopsie bei Frau Mann hat ergeben, dass ihr über längere Zeit hohe Dosen Truxal verabreicht wurden. Sie sind Krankenschwester. Sie wissen, wie gefährlich das ist. Also haben Sie ihren Tod zumindest billigend in Kauf genommen.» Königs Stimme blieb sanft. Prottengeiers Magen zog sich zusammen. Vier tote alte Frauen, und sie saß vor ihnen, als wäre das nichts.

«Sie sagen, Frau Mann sei ‹zu früh› gestorben. Zu früh für was?», fragte König weiter.

Zum ersten Mal schien ihr Panzer zu bröckeln. Nervös verschränkte sie die Hände ineinander und sah zu Boden.

«Zu früh für was?», wiederholte König geduldig.

Sie hob den Kopf. Sah die beiden Männer wie aus weiter Ferne an. Ihr Blick blieb an Prottengeier hängen. Kam zurück. Sie lehnte sich leicht vor. Sah ihm unverwandt in die Augen. Er konnte sie über den Tisch hinweg riechen. Eine Mischung aus Wäschestärke, Schweiß und Pfefferminze. Etwas Süßliches. Alkohol. Ihr Geruch war unangenehm. Er drehte den Kopf leicht zur Seite. Aber sie hielt ihn mit ihren Augen fest. Als wäre König gar nicht im Raum, sagte sie sehr leise: «Sie haben gesehen, was es mit ihm macht. Er hat ihn geschlagen. Das Theater saugt ihn aus. Das macht ihn kaputt. Es musste aufhören.»

Ihre Augen ließen ihn nicht los. Tief in ihren Augen sah er es. Den verzweifelten Kampf um ihren Mann, der immer mehr im Theater lebte. Immer später und spärlicher nach Hause kam. Immer weniger sprach, sich immer mehr entzog. Er kannte das Schweigen in diesen Familien. Die Gereiztheit. Das Zehenspitzenschleichen, wenn Papa mal zu Hause war. Den leeren Blick bei den seltenen gemeinsamen Mahlzeiten.

Sie hatte den Feind erkannt. Den, der ihr und ihren Söhnen das antat. Und sie wollte ihn stoppen. Das Theater musste sterben. Mit Sicherheit wusste sie um die angespannte Situation des Theaters. Jetzt konnte sie ihren Mann aus seiner Endlosschleife von Arbeit und Sorgen herauskatapultieren. Ihn zwingen, sich eine andere Arbeit zu suchen. Ihre Familie in Ordnung bringen. Jetzt oder nie. Was waren da ein paar alte Frauen, die sowieso bald sterben würden?

Eine kleine Ader pochte an ihrer Schläfe. Er sah in dieses angespannte, ausgemergelte Gesicht. Er sah die schlaflosen Nächte, das Grübeln, die Tränen. Fast tat sie ihm Leid. Aber nur fast.

«Sie haben gegen den falschen Feind gekämpft», sagte er. Sie fuhr leicht zurück. Was hatte sie erwartet? Absolution? «Ihr Mann ist krank. Er ist Workaholic. Wenn Sie ihm das Theater wegnehmen, wird er sich an etwas anderes klammern. Sie haben die alten Frauen ganz umsonst umgebracht.»

Er lehnte sich zurück. Ihr Blick verschloss sich, wurde hart. Die merkwürdige Intimität zwischen ihnen zerriss.

Sie glaubte ihm nicht. Noch nicht. Aber sie würde ihm glauben. Irgendwann, allein in ihrer Zelle, würde sie darüber nachdenken.

Und wenn schon, dachte er gleichzeitig. Würde sie es bedauern? Sie hatte die Frauen mit einer Leichtigkeit getötet, wie man Ameisen zertrat. Das Einzige, was ihr Leid tat, waren ihre Angriffe auf Less. Less war jung. Sein Magen hob sich.

König fuhr mit seinem Verhör fort, aber sie antwortete nicht mehr. Akribisch kaute er alle bekannten Details durch. Aber sie schwieg. Unbeteiligt, als würde sie das Ganze nichts angehen, saß sie ihnen gegenüber. Nach einer Stunde gab König auf. «Frau Haller, wir unterbrechen das Verhör. Sie werden dem Haftrichter vorgeführt. Und Sie sollten sich mit einem Anwalt beraten. Ein umfassendes Geständnis ist in Ihrer Lage das Beste, was Sie noch für sich tun können.»

Schweigend erhob sie sich. Schweigend kam ein uniformierter Kollege in den Raum, um sie zurück in die Zelle zu führen.

«Frau Haller», rief Prottengeier, als sie sich zum Gehen wandte. König sah unwillig zu ihm hin.

«Warum immer der Ariel?»

«Das Tonband ist nicht eingeschaltet», sagte König scharf.

Hochmütig sah sie an König vorbei. Musterte Prottengeier, als wollte sie abwägen, ob er noch eine Antwort wert war. Mit spöttischem Lächeln sagte sie schließlich: «Er hat es verdient zu sterben. Er bettelt immer nur um seine Freiheit.»

Sie wurde hinausgeführt.

«Was sollte das denn?», fragte König, als sich die Tür hinter ihr schloss.

«Der Ariel im *Sturm*. Der Luftgeist. Zuerst hat ihn eine Hexe gefangen. Sycorax. Er muss alles tun, was sie verlangt, und als er sich widersetzt, sperrt sie ihn in eine Fichte.» König sah leicht verwirrt aus.

«Aber er wird befreit», fuhr Prottengeier nachdenklich fort. «Von diesem Zauberer, Prospero. Aber dann muss er Prospero dienen und ist immer noch gefangen.»

«Ach», meinte König.

«Das Motiv. Warum sie immer den Ariel getötet hat», sagte Prottengeier leicht ungeduldig.

«Weil Ariel von einer Hexe und einem Zauberer gefangen wird?» König runzelte die Stirn.

«Sie ist Ariel. Sie ist der dienende Geist.»

König nickte. Aber es sah eher so aus, als wolle er damit seinen Kollegen beruhigen.

Prottengeier konnte ihm ansehen, dass er ihn nicht verstand. «Man tötet sich selber», erklärte er, schon leicht verzweifelt.

Wieder nickte sein Kollege auf diese beruhigende Art. Prottengeier hatte den Verdacht, dass König dabei über seine Einweisung nachdachte. Elsa hatte es gewusst: «Sycorax war Ariel. Ariel hat sich in Sycorax verwandelt. Ariel hat keine Macht.» Aber Sycorax. Die größte Macht, die es gab. Die Macht über Leben und Tod. Seufzend stand er auf. Es hatte keinen Zweck. Mit seinem Gefasel über Hexen und Zauberer würde er König nur davon überzeugen, dass er in eine Anstalt gehöre.

«Ich habe Sie dabei sein lassen, weil Kollege Schneider mich darum gebeten hat ...», sagte König und stand ebenfalls auf. Offen sah er Prottengeier an.

«Es ist Ihnen lieber, wenn ich gehe?»

«Sie können ja Kollege Schneider berichten», schlug König vor.

Prottengeier nickte. Ein glatter Rauswurf. Aber was hatte er schon mit dem Fall zu tun? Außer, dass er die Mörderin überführt hatte. Aber das war wohl nur ein unerwünschter Eingriff in die Ermittlungen. Wieder spürte er das Brennen in seinem Magen.

Schweigend wandte er sich um und ging.

• 30 •

Im Flur, auf einer der Besucherbänke, saß Haller. Er hatte die Ellbogen auf die Knie gestützt und sein Gesicht in den Händen verborgen.

Prottengeier blieb stehen. Ob Haller wusste, dass seine Frau die Morde für ihn begangen hatte? Um ihn zu retten? Hatte er in seinem verbissenen Kampf für das Theater jemals an sie gedacht? Jetzt würde er es tun müssen. An sie und an seine Söhne.

Haller sah hoch. Sah Prottengeier an und zog hochmütig die Augenbrauen zusammen. Dann wandte er den Blick wieder ab und starrte auf die Wand.

Nein, Haller würde sich nicht in Selbstvorwürfen zerfleischen. Er würde es einfach nicht verstehen. Genau wie sein Vater.

Ohne den Intendanten anzusprechen, ging Prottengeier an ihm vorbei.

Er wusste, wo er Schneider finden würde. Den ersten Bericht war er ihm schuldig. Als er auf die Straße trat, empfing ihn leichter Nieselregen. Er hob den Kopf und ließ die zarten Tropfen sein Gesicht streicheln. Sein Nacken schmerzte höllisch. Kurz überlegte er, einfach in die andere Richtung zu gehen. In sein Hotel. Sich ins Bett legen, die Decke über dem Kopf, und schlafen. Die ganze Sache vergessen. Wenigstens für ein paar Stunden.

Er schüttelte sich und wandte sich in Richtung *08/15*.

Nieselregen stand der Kneipe besser als Sonnenschein. Die Fassade wirkte weniger billig, der Eingang fast einladend.

Hinter der Theke stand die schöne Suse. Diesmal sah er sie sofort. Ihre langen, glänzenden Haare fielen halb über ihr Gesicht, als sie eilig nach vorne trat, um ihn zu begrüßen. Die nächtliche Störung hatte sie ihm wohl verziehen. Sie lächelte.

«Gut, dass Sie kommen. Er sitzt dahinten.» Mit einer Kopfbewegung wies sie auf den Tisch am Fenster.

Genau wie beim ersten Mal saß Schneider allein am Tisch. Aber diesmal drehte er ein leeres Schnapsglas zwischen den Fingern. Als Prottengeier vor ihm stand, sah er auf. Seine Augen waren trüb und von roten Äderchen durchzogen, als hätte er geweint.

Nachdem Prottengeier sich gesetzt hatte, kam Suse mit einem zweiten Schnapsglas und der Flasche.

«Das ist ein Klassiker, oder?», fragte sie unbekümmert. «Zwei einsame Männer ersäufen ihren Kummer.» Sie beugte sich über den zusammengesunkenen Schneider und küsste ihn auf den Kopf. Ihr schönes Gesicht hatte sie Prottengeier zugewandt. Sie zwinkerte.

In diesem Moment beneidete er seinen Kollegen. Um ihre Jugend. Ihre Unbekümmertheit. Er nahm die Flasche und goss sich ein. Scharf und warm rann der Alkohol durch seine Kehle.

«Warum?», fragte Schneider und starrte wieder auf sein Schnapsglas, als wolle er die Antwort gar nicht hören.

«Sie wollte tatsächlich den *Sturm* stoppen. Von Anfang an. Ohne die Produktion ist das Theater am Ende. Sie hat wohl gehofft, dass sich ihr Mann dann eine andere Arbeit sucht. Mehr Zeit hat für sie und die Söhne ...» Er brach ab.

Schneider nickte. «Ich hab's gewusst. Dieses Arschloch ist schuld. Jahrelang hat er die Familie vernachlässigt. Sich nicht um sie gekümmert. Sie war so verändert, die letzten Jahre. So niedergeschlagen. Nur Unglück hat er gebracht. Alle haben das gesagt.»

Prottengeier rutschte auf seinem Stuhl. Sollte er widersprechen? Lag die Schuld wirklich bei Haller?

«Du redest Scheiße», sagte Suse zärtlich. Immer noch stand sie dicht hinter Schneider. «Er hat damit doch nichts zu tun. Nur weil dich dein Mann vernachlässigt, kannst du doch nicht hingehen und blindlings Leute killen.»

Unwillig schob Schneider sie von sich. «Das verstehst du nicht», murmelte er. Suse zuckte die Achseln und ging. Prottengeier sah ihr nach. Plötzlich fühlte er sich leicht. Suse hatte Recht. Es war nicht Hallers Schuld. So viel Verantwortung für einen anderen konnte niemand übernehmen. Er griff wieder nach der Flasche. Der Nachmittag würde lang werden.

• 31 •

Aus dem grauen Himmel tröpfelte es. Seit gestern war alles nass. Der Himmel, die Erde und Prottengeier.

«November wäre gut. Eine Beerdigung im November ist das

einzig Wahre», schwadronierte von Koch in die Gruppe. Frau Schmidt-Urke verzog angewidert das Gesicht.

«Aber es regnet doch, was willst du denn, Heribert?», meinte Hännsen und schlug seinen feuchten Jackettkragen hoch.

Prottengeiers Kopf fühlte sich an, als hätte ihn ein Riese zwischen seine Fäuste gepresst. Er war froh über den bedeckten Himmel. Grelles Sonnenlicht hätte er nicht ausgehalten. Nicht mit diesen Kopfschmerzen. Verdammte Sauferei.

«Viel zu warm, der Regen», meckerte von Koch. «Meine Beerdigung findet jedenfalls im November statt. Grauer Himmel, Nebel, triste Ausstattung. Nicht so ein Blümchenkram.» Verächtlich deutete er über die geschmückten Gräber.

«Du kannst mir schon mal einen Platz auf der Gästeliste reservieren», schniefte Iris Mallak. «Allein schon um sicher zu sein, dass dich die Würmer fressen.»

Prottengeier rieb sich den schmerzenden Kopf. Wie es Dirk heute Morgen wohl ging? Hatte sich wohl doch nicht getraut, zur Beerdigung zu kommen. Ein Verwandter der Mörderin am Grab des Opfers. Oder er war noch betrunken. Jedenfalls hing er ganz schön in den Seilen, als er und Suse ihn nach Hause schleppten. Nettes Mädchen.

Unwillkürlich sah er zu Magda, die als Einzige noch am Grab stand. Seltsam deplatziert, in einem schreiend roten ... Ding. Prottengeier wusste nicht genau, was es darstellen sollte. Eine Kleidhose? Einen Mantelumhang? Die Alten trugen zwar auch nicht Schwarz, aber wenigstens gedeckte Farben.

Frau Schmidt-Urke, in einem schicken dunkellila Kostüm, hatte sich sogar eine lange Perlenkette um den Hals geschlungen. Festlich. Aber eher Oper als Friedhof. Hännsen, Kuhn und Hertz trugen dunkelbraune Anzüge. Heribert von Koch trauerte sogar in hellem Leinen. Und die Mallak hatte sich in einen grauen Hosenanzug gezwängt. Nur die Offiziellen waren in Schwarz gekommen. Der Bürgermeister, mit seiner unendlichen Rede. Die Kuratoriumsmitglieder. Die komplette Heimleitung. Für Frau Dr. Krüger standen jetzt harte Zeiten an. Immerhin war Ingrid Haller Teil ihres Pflegepersonals. Und sie hatte nichts gemerkt. Wenn Sie wenigstens aufmerksam geworden wäre, als der zweite Ariel starb. Katharina Hoss und die ominösen Pantoffeln ... Jetzt blieb ihr nichts, als mit verkniffenem Mund neben den Offiziellen zu stehen, die sie geflissentlich übersahen.

«Wie lange braucht die Kleine denn noch?», murrte Heribert von Koch und sah zu Magda hinüber. Alle Köpfe des Grüppchens drehten sich zum Grab.

«Wir können zum Brunnen gehen. Da ist eine Bank», meinte Kuhn und griff Frau Schmidt-Urke galant unter den Arm. Sie nickte erleichtert. Prottengeier hatte auch nichts dagegen, sich hinzusetzen. Less stand immer noch mit verschränkten Armen einen Grabstein weiter, den Blick unverwandt auf Magda gerichtet. Gut. Sie war nicht allein.

«Helfen Sie mir, Herr Prottengeier?», fragte Frau Schmidt-Urke.

Gehorsam ging er zu ihr und bot ihr seinen Arm. Sie hakte sich ein und machte Kuhn ein Zeichen, sie allein zu lassen.

«Schön, so ein Friedhof», begann sie nach ein paar Schritten.

Prottengeier sah sich um. All diese gepflegten Rechtecke aus geharkter schwarzer Erde und stramm stehenden Stiefmütterchen. Ordentlich in Grabsteinumrandung eingefasst. Die roten Grableuchten auf extra angefertigten Granitsockeln. Grässlich.

«Sehen Sie einmal», rief die alte Frau an seinem Arm und blieb stehen.

Verständnislos blickte Prottengeier auf eines der Gräber.

Er konnte nichts Besonderes entdecken. Ein schwarzer Grabstein und die üblichen streng diagonalen Blumenreihen.

«Hier ruht Prof. Dr. Emil Sinnsheimer und Frau», las er halblaut.

«Wenigstens ende ich nicht als die Grabbeilage eines Mannes», meinte sie befriedigt und setzte sich wieder in Bewegung.

«Haben Sie Angst vor dem Tod?», hörte er sich fragen. Sie sah zu ihm hoch. Winzig und zerbrechlich an seinem Arm. Wie konnte er nur so eine Schwachsinnsfrage stellen? «Entschuldigen Sie», sagte er schnell.

«Nein, nein», sie drückte seinen Arm. «Eine legitime Frage an eine Frau in meinem Alter und auf einem Friedhof.»

Er sah ihr zartes Gesicht, die blasse Haut, die wie gekräuseltes Pergament über den feinen Knochen lag. Die wachen Augen, die unter den weißen Brauen dunkel vorblitzten. Der leichte Regen schien ihr nichts auszumachen. Die Tröpfchen hatten sich wie ein Tauschleier auf ihr weißes Haar gelegt.

«Man freundet sich nicht mit dem Tod an, bloß weil er näher rückt. Das wirkt nur so. Es ist eher eine Art Lähmung. Man sitzt jetzt vor der Schlange, die in der Jugend weit weg im Gras lag. Man konnte sie vergessen, aber jetzt lauert sie direkt vor dir.»

So viele Dinge, für die es keinen Trost gab, die man mit sich selber ausmachen musste. Allein.

«Machen Sie sich keine Sorgen um Magda. Natürlich ist sie traurig. Aber es ist nicht so, als wäre ihre Tante plötzlich nicht mehr da. Sie war noch nie da. Irgendwann wird Magda sich daran erinnern. Das mildert das Verlustgefühl.»

Der Kies knirschte unter ihren Füßen.

«Gisela Mann war eine sonderbare Frau», fuhr sie fort. «Sehr schön, sehr eitel, auf seltsame Art unberührt. Ich glaube nicht, dass sie von den Menschen, die um sie herum waren, viel gemerkt hat.»

Der Riese, der Prottengeiers Kopf umklammerte, drückte kurz zu.

«Nichts Böses über die Toten», seufzte sie. «Sie wird ihre Gründe gehabt haben. Wie jeder.»

«Wie Ingrid Haller», murmelte Prottengeier.

«Das arme Mädchen.»

Prottengeier blieb stehen. Das arme Mädchen hatte vier ihrer Kolleginnen so locker umgebracht, wie man Fliegen erschlug.

«Heute Nachmittag werden Ihre drei Kolleginnen exhumiert und zur Gerichtsmedizin gebracht», entgegnete er trocken.

Die Alte schüttelte sich leicht und zog ihn weiter.

«Tom war nicht da», sagte sie ruhig. «Aber das ging ja wohl kaum. Aber ich habe Ernst gesehen. Und den Choreographen. Ein schöner Mann.»

Prottengeier blickte missmutig vor sich hin. Er hatte es auch bemerkt. Und die Blicke, die dieser Mongolenfürst auf Magda geworfen hatte.

Die Alten vor ihnen hatten jetzt eine Bank unter einer Eiche erreicht. Unter ihrem Blätterdach war der Regen kaum noch zu spüren. Prottengeier und Frau Schmidt-Urke standen ein bisschen abseits und warteten, bis die anderen sich gesetzt hatten.

«Was passiert denn jetzt mit dem Theater?», fragte Prottengeier.

«Es wird wohl geschlossen. Ohne den *Sturm* ...»

«Sie spielen den *Sturm* nicht?», fragte er erstaunt.

Sie schüttelte energisch den Kopf.

«Komm her», rief Kuhn und tätschelte den Platz neben

sich. Prottengeier half ihr zu der Bank, auf der sie sich umständlich niederließ.

Da saßen sie vor ihm aufgereiht. Von Koch neben Iris Mallak, die immer noch schniefte, daneben Kuhn, der sich besorgt zu Frau Schmidt-Urke beugte und ihr über die feuchten Haare strich, und Hertz, der auf einer halben Pobacke saß und sich bemühte, ja niemanden zu stören. Nur für Hännsen und ihn war kein Platz mehr.

Mit einladendem Lächeln deutete Hännsen zu dem kleinen Brunnen, der seitlich zur Bank vor sich hin plätscherte. «Wir können es uns dort gemütlich machen.» Und mit Schwung setzte er sich auf den gemauerten Brunnenrand. Prottengeier nahm neben ihm Platz. Der Rand war feucht. Die Nässe drang ungemütlich durch seine Hose. Aber wenn es Hännsen nichts ausmachte ...

«Sie wollen also tatsächlich den *Sturm* aufgeben?», fragte er die Alten auf der Bank.

Sie sahen ihn nur an. Heribert von Koch scharrte unruhig mit den Füßen den Kies auseinander. Iris Mallak nickte und kramte nach ihrem Taschentuch. Hertz zog den Kopf noch weiter in den Kragen. Frau Schmidt-Urke und der alte Kuhn sahen sich an. Traurig, wie es Prottengeier schien.

Hännsen neben ihm strich sich über seine schimmernde Glatze und meinte schließlich: «Zu viel Blut an der Produktion. Das ist nicht gut.»

«Ach, komm schon, Hännsen», schnarrte von Koch unwillig. «Wir hätten es sowieso nicht geschafft.»

«Hätten wir wohl», entgegnete Frau Schmidt-Urke.

Von Koch lachte bitter. «Nicht mit einem Prospero, der sich kein Wort Text merken kann. Diese Nachteule hätte besser mich abgemurkst.»

«Jetzt übertreib nicht, Heribert», unterbrach ihn Hännsen.

«Was heißt übertreiben?» Mit der flachen Hand schlug er sich an die Stirn. «Ihr wisst doch, dass nichts mehr in diesen blöden Schädel reingeht.»

«Sie haben das ganz anständig gemacht», ließ sich Iris Mallak vernehmen. Die anderen warfen ihr erstaunte Blicke zu. «Na ja, nicht besonders gut, aber ganz anständig», rechtfertigte sie sich verlegen.

Mit zornigem Blick geiferte von Koch: «Also, Sie waren grauenhaft, Mallak. Eine absolute Fehlbesetzung. Außerdem geht's nicht nur um mich. Nach mehr als fünf Sätzen braucht die Schmidt-Urke ein Sauerstoffzelt ...»

«Jetzt reicht's aber, Heribert», unterbrach ihn Kuhn. Von Koch ließ sich jedoch nicht bremsen: «... und unser lieber Hännsen hier ist ein erstklassiger Kascheur. Das hat man an der Maske von diesem Less gesehen. Aber er ist kein Schauspieler.»

Hännsen kicherte und hob den Daumen. «Richtig.»

«Und Hertz kriegt doch schon beim Anblick von mehr als zwei Leuten einen Infarkt.»

Empörtes Gemurmel brach aus. Plötzlich hob Frau Schmidt-Urke gebieterisch den Arm. Alle verstummten und sahen zu ihr. «Heribert, Sie sind zwar ein Kotzbrocken, aber so ganz Unrecht haben Sie nicht.» Ernst wandte sie sich an den Kommissar. «Wir sind zu alt. Das ist der Punkt. Vielleicht hätten wir es geschafft. Vielleicht nicht. Wir haben beschlossen, es nicht zu versuchen.»

Prottengeier wollte protestieren, aber ein Blick auf die Alten ließ ihn verstummen. Vielleicht hatten sie Recht.

«Es war ein schöner Traum, den Tom uns geschenkt hat. Das sollten wir nicht vergessen», sagte sie abschließend.

«Vor allem war es Toms Traum. Und ganz so uneigennützig war der nicht», ließ sich Hännsen vernehmen.

Von Koch stand auf und deklamierte mit trauriger Stimme: «*Wir sind aus jenem Stoff, wie dem zum Träumen. Und unser kleines Leben beginnt und endet ein Schlaf.*»

«Prospero. *Der Sturm*», sagte Prottengeier.

«Zehn Punkte im Zitate-Raten», meinte Hännsen anerkennend und klopfte dem Kommissar auf die Schulter.

«Sie können sich doch noch etwas merken, Sie alter Schlawiner», rief Iris Mallak und strahlte von Koch an. Frau Schmidt-Urke klatschte, und Kuhn rief: «Bravo.»

Genauso schnell, wie die Begeisterung ausgebrochen war, verebbte sie wieder. Magda und Peter Less waren unter den Baum getreten.

Der Regen hatte ihr Haar gekräuselt und ließ es dunkler wirken. Ihr schöner Mund war fast so farblos wie ihr Gesicht. Mit hängenden Armen stand sie vor der Bank. Der Riese ließ Prottengeiers Kopf los und packte sein Herz.

«Danke, dass ihr gekommen seid», sagte sie leise. «Und danke, dass ihr nicht Schwarz tragt. Sie ... sie hat es gehasst.» Magda brach ab und biss sich auf die Unterlippe.

Prottengeier stand auf. Die nasse Hose klebte unangenehm an seinem Hintern.

«Ist doch klar, Mädchen», meinte von Koch wegwerfend.

«Frau Dr. Krüger fand es nicht passend», murmelte eine dünne Stimme. Erstaunt sah Prottengeier Egon Hertz an. Er hatte ihn noch nie sprechen gehört. Hertz grinste verlegen.

«Na und?», dröhnte Heribert. «Wir sind Schauspieler. Kennt ihr den? Der Vater eines berühmten Schauspielers ist gestorben. Am nächsten Tag kondoliert ein Zivilist, der bei der Trauerfeierlichkeit dabei war. Der Schauspieler fragt: Wo waren Sie? In der Leichenhalle oder am Grab? Der Zivilist sagt: In der Halle. Sagt der Schauspieler: Das war noch gar nichts. Am offenen Grab hätten Sie mich sehen müssen.»

Alle lachten. Sogar Magda lächelte.

«Das Geschenk», rief eine atemlose Stimme in das Gelächter. Als Prottengeier sich umdrehte, stand Elsa vor ihm und strahlte ihn an. Er hatte sich schon gefragt, wo sie abgeblieben war.

Mit sichtlicher Anstrengung hob sie einen Kasten hoch und hielt ihn Prottengeier vor das Gesicht. Darin saß Falstaff und fauchte ihn durch die Gitterstäbe an. Prottengeiers Knie wurden weich.

«Er soll in ein Tierheim. Und weil er Sie doch so mag, bekommen Sie ihn. Sehn Sie, wie er sich freut?»

Prottengeier sah nichts dergleichen. Das Plastikgefängnis mit Einstiegsgitter war für den mächtigen Kater offensichtlich zu klein. Das Tier drehte und wendete sich wütend.

«Aber ... also, ich habe Fische», sagte Prottengeier. Er hörte selbst, wie kläglich der Protest klang.

«Wunderbar», schnauzte von Koch. «Katzenfernsehen. Dann langweilt sich das Vieh nicht.»

Skeptisch sah der Kommissar in den Käfig. Falstaff unternahm einen Ausbruchsversuch, indem er sich mit seinem ganzen Gewicht gegen das Gitter warf. Unwillkürlich trat Prottengeier einen Schritt zurück. Aber Elsa setzte sofort nach und drückte ihm den Kasten in die Hände. Das Vieh war verdammt schwer.

«Weil Sie uns geholfen haben, die Hexe zu fangen», sagte sie treuherzig. «Er wird es gut bei Ihnen haben.»

Nicht lange, schwor sich Prottengeier. Noch heute würde er das Vieh ins Tierheim bringen.

«Ihr Taxi wartet», meinte von Koch und deutete auf das Eisengitter des Friedhofseingangs, das die Lebenden scharf von den Toten trennte.

Prottengeier nickte.

«Reißen Sie sich los, Prottengeier. Ich bin nächste Woche da und berichte», grinste Less ihn an.

Wieder nickte er und sah in die Runde. Irgendetwas musste er sagen. Zum Abschied. Was würden sie jetzt mit sich anfangen? Ohne das Theater? Seidenblumen basteln? Einen Moment dachte er, dass Ingrid Haller ihnen mehr angetan hatte, als vier von ihnen zu ermorden.

Sein Blick fiel auf Magda in ihrem schrecklichen roten Gewand und mit verweinten Augen. Er hatte nichts verhindert. Ihr nicht geholfen.

«Wie lange sollen wir denn noch hier rumstehen?», zerschnitt von Kochs ungeduldige Stimme den Moment der Stille.

Prottengeier nickte. Er wandte sich zum Gehen. Sein Kopf schmerzte, und sein Hintern war unangenehm feucht. Falstaff rumpelte schwer in seinem Gefängnis. Plötzlich spürte er, wie sich eine Hand in seine schob. Neben ihm ging Magda. Er drückte ihre Hand, und gemeinsam gingen sie zum Ausgang.

Der Taxifahrer trommelte ungeduldig mit den Fingern auf das Lenkrad und wandte sich missmutig um, als Prottengeier den fauchenden Falstaff auf den Rücksitz stellte. Das Vieh käme ins Tierheim. Morgen.

Falstaff maunzte.

Oder übermorgen. Hastig setzte er sich neben den Fahrer und drehte sich noch einmal um. Die Alten winkten. Magda lächelte ihn durchs Fenster an. Der Fahrer legte den Gang ein.

«Oh, Mist!», entfuhr es Magda. «Jetzt weiß ich deinen blöden Vornamen immer noch nicht.»

• Danksagung •

«Was macht der Mond tagsüber?» – «Wohin geht das Meer bei Ebbe?» Kinderfragen. «Was machen eigentlich alte Schauspieler, denen es nicht vergönnt ist, auf der Bühne zu sterben?»

Es gibt in ganz Deutschland ein einziges Altenwohnheim für Bühnenkünstler. Dieses Wohnheim diente jedoch nicht als Vorlage für die Geschichte, und jede Ähnlichkeit ist – wie heißt das so schön? – rein zufällig.

Ich danke Daniela Auer, die in Altenheimen recherchiert hat, Bibliotheken nach den spärlichen Informationen über Thingstätten durchforstete, mir fachkundigen Rat über Art und Dosierung betäubender Medikamente verschafft hat. Und die nicht böse war, dass ich nur einen Bruchteil der mühsam beschafften Informationen verwendet habe.

Hauptkommissar Prottengeier hat einen neuen Berater! Polizeioberrat Hugo Müller hat sich seiner angenommen. Es stimmt zwar, dass Romanfiguren ein Eigenleben bekommen, aber Prottengeier ist doch sehr schweigsam. Deshalb informiert mich Hugo Müller über Ermittlungsmethoden und polizeiliche Arbeit. Das tut er mit Mühe und unendlicher Geduld bei dummen Fragen. Danke, Hugo.

Ein besonderer Dank auch an meinen ebenfalls neuen Lektor Andreas Feßer für seine Ideen, Ratschläge und Verbesserungen. Außerdem ist er der erste Mann, mit dem ich so lange telefoniert habe, bis wir beide heiße Ohren hatten.

Geblieben sind meine Lektorin Silke Schlawin und mein Agent Bastian Schlück, die mir nach wie vor über die Klippen des Autorenlebens helfen. Und mein Mann, der diese Klippen mit mir teilt. Der mich aufbaut und unterstützt und kleine, bösartige Ausrufezeichen an die Ränder meiner Seiten malt, wenn ich Unsinn schreibe.

Und natürlich meine Testleser, allen voran meine Mutter, die sich die Nächte um die Ohren schlägt, um meine Manuskripte zu lesen. Meine Schwestern, die dasselbe tun.

«Ich habe schon wieder so ein dickes Manuskript bekommen. Ihr auch?»

«Natürlich. Sie wird immer schlimmer, findet ihr nicht?»

«Doch, seit sie schreibt, ist sie unerträglich.»

Danke, Schwestern! Und all den anderen.

Madeleine Giese